Christophe Boltanski

DAS VERSTECK

Roman

Aus dem Französischen
von Tobias Scheffel

Carl Hanser Verlag

Die französische Originalausgabe erschien 2015
unter dem Titel *La cache* bei Éditions Stock in Paris.

Dieses Buch erscheint im Rahmen des Förderprogramms
des französischen Außenministeriums, vertreten durch
die Kulturabteilung der französischen Botschaft in Berlin.

1 2 3 4 5   21 20 19 18 17

ISBN 978-3-446-25642-2
Umschlag: Peter-Andreas Hassiepen, München
Motiv: © frimages/Thinkstock
Satz: Gaby Michel, Hamburg
Druck und Bindung: CPI books GmbH, Leck
Printed in Germany

MIX
Papier aus verantwortungs-
vollen Quellen
FSC® C083411

AUTO

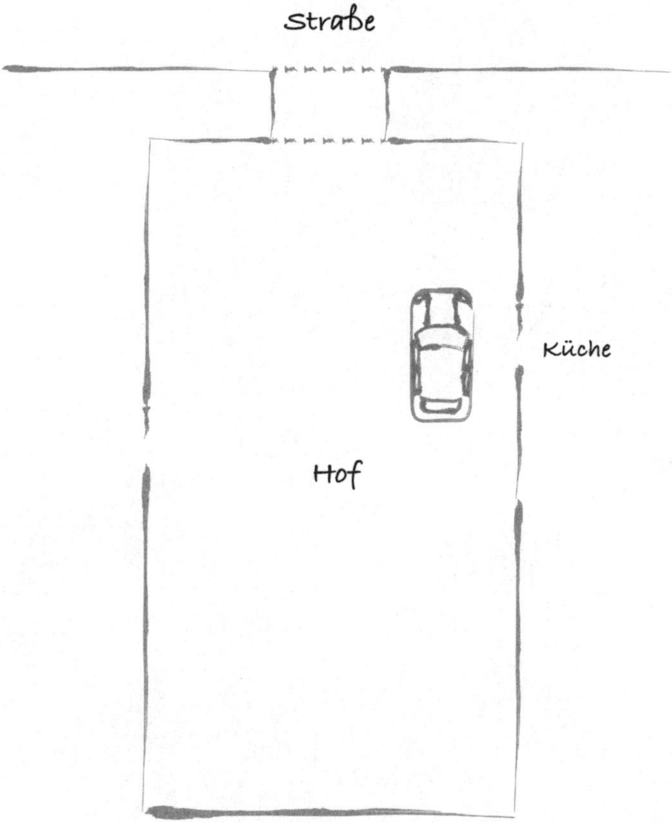

Straße

Küche

Hof

1

Ich habe sie das Haus nie zu Fuß verlassen sehen, nicht allein und nicht einmal gemeinsam. Etwas so Einfaches tun wie einen Bürgersteig entlangschlendern. Sie wagten sich nur motorisiert aus dem Haus. Sitzend, dicht an dicht, im Schutze einer Karosserie, hinter einer Panzerung, wenn auch einer leichten. Innerhalb von Paris fuhren sie in einem weißen Fiat 500 Lusso. Ein einfaches, wendiges, beruhigendes Auto, ihnen mit seiner Rundlichkeit angemessen, mit seiner Zwergengröße, dem Tachometer, dessen Skala bis 120 km/h reichte, dem Zweizylinder-Heckmotor, der ein Rasseln hervorbrachte, das Tuckern eines alten, knatternden Motorboots. Sie parkten es im gepflasterten Hof, dem Tor gegenüber, abfahrbereit, neben dem Hauptflügel, fast an die Wand gepresst, wie die Rettungskapsel einer Rakete. Die Beifahrertür unveränderlich zum Kücheneingang ausgerichtet. Um es zu erreichen, brauchten sie nur eine kleine Steintreppe zu nehmen. Damit das Hinabsteigen leichterfiel, hatte man auf halber Höhe aus einem Teil einer Stufe eine weitere herausgehauen. Unten angelangt, mussten sie nur noch ins Wageninnere eintauchen, indem sie sich an den Türgriff klammerten. Sie ließen niemanden zurück. Wir brachen immer alle zusammen auf. Sie am Steuer. Er neben ihr. Jean-Élie, Anne und ich auf die Rückbank gequetscht.

Sie trug eine sehr große Brille mit hellbraunem Gestell

und ovalen, leicht getönten Gläsern. Bevor sie den Zündschlüssel betätigte, beugte sie sich vor zu dem kleinen Spiegel auf der Rückseite der Sonnenblende, richtete mit dem Handballen ihr Haar, bauschte es zur Tolle, streckte die Wangen vor, deutete ein spitzlippiges Lächeln an, um Make-up und Lippenstift zu überprüfen, und startete dann unter einem Kochtopfgeschepper, das von den Hauswänden widerhallte. Am Steuer ihrer Knatterkiste, die bei jeder Kolbenbewegung von heftigem Zittern erfasst wurde, verwandelte sie sich in einen Cyborg. Sie war eins mit ihrer Maschine. Da ihre kaputten Beine die Pedale nicht drücken konnten, waren mit Hilfe irgendeines Automechanikers lange Bedienungshebel, eine Art Besenstiele wie in alten Flugkisten, hinzugefügt worden, damit sie bremsen, beschleunigen, also steuern konnte, was sie mit beachtlicher Geschwindigkeit tat, vor allem, wenn sie einem Fußgänger begegnete, der gerade über die Straße lief. Mit wütender Freude raste sie am liebsten auf hinkende, aber eigenständige Alte los, um sie für deren geringe Bewegungsfreiheit zu bestrafen und ihren Mitfahrern einen Schrecken einzujagen. Sie hat nie jemanden überfahren. Ich weiß nicht, ob sie einen Führerschein besaß und falls ja, durch welche List sie ihn bekommen hatte. Sie liebte das. Diese Fahrten waren ihr Rollstuhl, ihre wiedergefundenen Beine, ihr Sieg über ihre erzwungene Unbeweglichkeit.

2

Wann hatten die beiden aufgehört, durch die Straßen zu gehen? Bei ihr weiß ich es. Anfang der dreißiger Jahre. Seit ihrer Polio-Erkrankung, die sie sich kurz nach der Geburt von Jean-Élie während ihres Medizinstudiums zugezogen hatte, und ihrer unerschütterlichen Weigerung, Krücken zu benutzen und in der Öffentlichkeit als schwache Person zu erscheinen, eines Teils ihrer selbst beraubt. Wenn in einem Restaurant ein Kellner auf sie zueilte, um ihr die Tür aufzuhalten, schnauzte sie ihn an, sie brauche niemanden. Sie hasste vorgetäuschtes Mitleid, hochmütige Liebenswürdigkeit, die Gesunde oder vermeintlich Gesunde jenen gegenüber bekunden, die es nicht sind. Und er? Zu welchem Zeitpunkt hat er beschlossen, nicht mehr zu Fuß zur Arbeit zu gehen? Nicht mehr die Kais entlangzuflanieren und in den Büchern der Bouquinisten zu blättern? Keine Einkäufe mehr zu erledigen? Ohne einen Sou in der Tasche zu leben? Die öffentlichen Verkehrsmittel zu boykottieren? Sich nicht mehr allein auf eine Caféterrasse zu setzen? Das Haus nicht ohne Begleitung zu verlassen? War es seine Entscheidung oder die seiner Frau? Litt er unter akuter Agoraphobie? Wollte er mit dem Vermeiden jener natürlichen Fortbewegungsart des Menschen sein Mitgefühl mit oder eher seine Liebe zu einer Frau bekunden, die gegen die Gesetze der Mechanik zu Felde zog?

Sie diente ihm als Chauffeur. Sie setzte ihn vor offiziellen Gebäuden mit repräsentativen Steinfassaden ab, sah ihm zu, wie er hinter monumentalen, von der Trikolore überragten Türen verschwand, und wartete dann auf seine Rückkehr. Sie beförderte ihn überallhin. Wie einen Schwerverletzten. Ins Krankenhaus, als er noch praktizierte, zu Kommissionssitzungen, wo er an Diskussionen über Invalidität und Untauglichkeit teilnahm, zu Fachtagungen zum Thema Behinderung. Sie brachte ihn mitten in der Nacht, mit ihren schlafenden Kindern, ans Bett von Sterbenden oder, was öfter vorkam, zu Hypochondern. Ohne diese Eskorte hätte er sich sicherlich verirrt. Der gewissenhafte Arzt, der von seinen Patienten vergöttert wurde, mit Diplomen, Ehrungen, Auszeichnungen behängt, war wie ein nacktes Kind inmitten von angezogenen Leuten. Mal vergnügt, mal gequält, mal leidend, bewegte er sich im Leben ohne Rückzugsposition, ohne Zufluchtsort, wie ein Schalentier, das seines Panzers beraubt und der Gnade des erstbesten Raubtiers ausgesetzt ist. Er war unfähig, zu lügen oder seine Gefühle zu verbergen, und fähig, bei der geringsten Ergriffenheit in Schluchzen auszubrechen. Ein Text, eine Musik, eine Bemerkung, eine Erinnerung genügten, ihn zum Weinen zu bringen oder ihn bis über beide Ohren erröten zu lassen.

Breiter Kopf, kräftiger Hals, hohe Stirn, flacher Schädel, kurzgeschnittenes schütteres Haar. Äußerlich hatte er eine leichte Ähnlichkeit mit Erich von Stroheim, ohne dessen preußische Steifheit. In der Öffentlichkeit mimte er nicht den – im Falle des amerikanischen Schauspielers und Regisseurs österreichisch-ungarischer Herkunft vollständig erfundenen – Stil des betressten Junkers mit sadistischer Neigung, sondern den in seinem Falle ebenso sehr aus der Luft gegriffenen des taktvollen, diskreten und zurückhaltenden englischen Gentleman. Zu diesem Zweck trug er einen schmalen, wie bei David Niven zweigeteilten Schnurrbart, unter der Jacke immer eine beigefarbene Wollweste, rauchte eine Bruyere-Pfeife mit geradem Rohr von gängiger Qualität, hergestellt zumeist in Saint-Claude, und bekundete Geschmack für Whisky, obwohl er sonst praktisch keinen Alkohol trank. Mit seinen langgezogenen mandelförmigen Augen, die von markanten Wimpern betont wurden, blickte er beständig erstaunt auf die Welt, als bliebe sie ihm ein Geheimnis. Wir mussten ihn schützen, mussten vereint bleiben, einen Sperrgürtel um seine Person bilden. Was immer kommen mochte, wir waren seine Leibwächter. Seine Airbags, bereit, beim ersten Zusammenprall aufzugehen.

3

Der Fiat der zweiten Generation, der sogenannte Nuova 500, mythisches Objekt der italienischen Filme der fünfziger Jahre, erinnerte an ein Goldfischglas, ein Mini-U-Boot, ein UFO, und ich, sein Passagier, an einen Marsmenschen, der auf einen unbekannten Planeten geschleudert worden war. In seinem Herkunftsland nannte man ihn *la bambina*. Die weniger schmeichlerischen Franzosen hatten ihm den Spitznamen ›Joghurtbecher‹ gegeben. Sein Boden glitt dicht über den Asphalt. Sein Blech war so dünn wie ein Blatt Papier. Das Gefühl des Eingeschlossenseins wurde durch das Fehlen hinterer Türen und noch stärker durch das von Fenstern, die man hätte öffnen können, verstärkt. Ich konnte Stunden damit

zubringen, im Rücken den Motor, von dem ich jeden Puls-
schlag spürte, in alle Richtungen durchgeschüttelt, die Beine
angezogen, die Knie gegen den Vordersitz geklemmt und das
Gesicht an das kleine Fenster gepresst, wie aus der Frosch-
perspektive ein Paris vorbeiziehen zu sehen, das damals
fast einförmig schwarz war, eine vom Dunst verschwomme-
ne, monotone Landschaft. Benommen vom unregelmäßigen
Dröhnen der Maschine, fuhr ich große, rußbedeckte Ver-
kehrsadern entlang, die Rue Bonaparte, den Boulevard Mor-
land, die Avenue de Ségur, die Rue de Sèvres, die Rue Vaneau,
die Avenue du Maine, in einem Zustand der Schwerelosig-
keit, als bewegte ich mich in einer dunklen und wässrigen
Welt (sagt man nicht vom Verkehr, er fließe?), wie in der
Tiefe von Tusche, in Tiefseegräben, die von durchsichtigen
Fischen bevölkert waren. In fötaler Haltung zusammengekauert saß ich im Inneren dieser eiförmigen Kiste, den Blicken der anderen ausgesetzt und kurioserweise unsichtbar,
in einem Uterus auf Rädern, den meine Großmutter mitten
durch das Treiben der Stadt steuerte.

Sie wohnten in einem jener herrschaftlichen Stadthäuser,
die im Allgemeinen den Namen eines Vicomtes oder Marquis tragen, im mittleren Teil der Rue de Grenelle. Sie hatten
nichts mit Adel und allem, was damit in Beziehung steht, zu
tun, gehörten deswegen aber durchaus nicht zum Faubourg
Saint-Germain, das seit Balzac weniger ein Viertel denn eine
soziale Gruppe bezeichnet, bestimmte Verhaltensweisen, ein
Gehabe, eine Art zu reden. Bis ich ungefähr mit dreizehn beschloss, dauerhaft bei ihnen zu leben, haben sie mich an allen
schulfreien Tagen gehütet, also fast die Hälfte der Woche.
Am Dienstagnachmittag (oder war es damals noch am Mitt-

woch?) holten sie mich bei Schulschluss im 14. Arrondissement in der Rue Hippolyte-Maindron ab, brachten mich am
nächsten Abend zu meiner Mutter in die Impasse du Moulin-Vert zurück, und nahmen mich für das Wochenende von
Samstagmittag bis Sonntag erneut. Alle waren sie da und erwarteten mich im Fiat gegenüber der Schule, dann, später, in
respektvollem Abstand zum Collège Lavoisier. Je weiter ich
in meiner Schullaufbahn kam, desto weiter entfernt parkten sie Jahr für Jahr, in der Rue Pierre-Nicole, dann der Rue
des Feuillantines, ja sogar in der Nähe des Hôpital du Val-
de-Grâce, um mich nicht vor den anderen Schülern zu um-
armen. Eines Tages, sicherlich der Tag des Übergangs zum
Jugendalter, nahm ich schließlich den 83er Bus an der Halte-
stelle Port-Royal in Richtung Bac-Saint-Germain.

4

Als Kind verbrachte mein Onkel Christian jeden Vormittag
von 9 Uhr 15 bis 12 Uhr 30 auf genau demselben Platz, aller-
dings in einem Wagen mit Frontantrieb (es sei denn, es wäre
eine ID19 gewesen, die einfachere Version der DS), während
sein Vater im Hôpital Laennec Dienst tat. Das Krankenhaus
mit seinem Ballett von Krankenwagen und glänzenden Poli-
zeitransportern jagte ihm Entsetzen ein. Zu Recht verband er
es mit Leiden und Tod. Geschah es, weil man ihm ein solches
Schauspiel ersparen wollte, oder wegen der Parkvorschrif-
ten? Der Citroën wurde nicht vor dem Haupteingang in der

Rue de Sèvres abgestellt, sondern auf der Seite der Rue Vaneau. Was tut man in einer Glaskabine mitten in Paris? Man betrachtet die Aussicht. Die Hilfspolizistinnen, die Strafzettel unter Scheibenwischer stecken, die akrobatischen Übungen eines Fahrers, der vergeblich versucht, sich zwischen zwei Stoßstangen zu klemmen, die mit Presslufthämmern bewaffneten Arbeiter, die gerade ein Trottoir aufbrechen, die Tauben, die sich auf eine Regenrinne setzen, ein Stückchen von Auspuffgasen verschleierter Himmel. Christian heftete die Augen auf die Passanten. Mit der Zeit kannte er sie alle. Die alte Schachtel in ihrem Gabardinemantel, das Motordreirad der Post, den Alten im Regenmantel, die Frau mit Kinderwagen. Ganz besonders erwartete er, die Stirn an die Scheibe gedrückt, die Ankunft eines kleinen Mädchens, in das er sich verliebt hatte, ohne je das Wort an sie gerichtet zu haben.

Er wartete das Erwachsenenalter ab, bis er sich ohne seine Schutzhülle aus dem Haus wagte. Beim ersten Mal war er achtzehn. Er lief nicht weit. Keine fünfhundert Meter, von der Rue de Grenelle bis zu einer winzigen Galerie, auf jiddische Kunst spezialisiert und genannt Les Tournesols, die seine Mutter in der Rue de Verneuil eröffnet hatte, um eine Betätigung für ihn zu finden. Dort tat er seinen Dienst und malte währenddessen im Hinterraum. Nach ein paar Monaten übernahm er die Leitung der Galerie und begann, Maler auszustellen, die er selbst ausgewählt hatte, wie Jean Le Gac. Ich weiß nicht, ob ihn am Ende dieser ersten selbständigen Exkursion jemand abholen kam. Noch mehrere Jahre lang fuhren ihn seine Eltern, wohin auch immer, mit dem Auto. Zur Académie Julian, wo er Zeichenkurse besuchte, zu Museen, zu Ausstellungen. Luc, mein Vater, behauptet, er habe seine Selbständigkeit früher erworben. Aber als er ungefähr im selben Alter die Idee hatte, segeln zu gehen, um mal rauszukommen, fand er sich mit seiner ganzen Familie auf dem Boot wieder. Ein zehn Meter langes Schiff mit einem Skipper, das in einem Hafen im niederländischen Friesland lag. Wie gelang es seiner Mutter, sich mit ihren Hinkebeinen an Bord zu hieven? »Hätte sie die Wüste in einer Karawane durchqueren wollen, wären wir alle auf Kamele gestiegen«, sagt Christian.

5

Im Winter ließ sie während der langen Wartestunden den Motor laufen, damit es warm blieb. Sie klemmte eine Wärmflasche zwischen die Oberschenkel, deckte ein Plaid darüber und beschrieb Blatt um Blatt, wobei sie sich auf eine lederne Schreibunterlage stützte. Unter dem Pseudonym Annie Lauran verfasste sie Romane, inspiriert von ihrer traurigen und einsamen Kindheit – sie war adoptiert worden, »verkauft«, wie sie sagte, an ihre Patentante, eine exzentrische vornehme Frau, Vorstandsdame eines Wohltätigkeitsvereins –, von ihrem Vater, einem mittellosen, morphiumsüchtigen Anwalt aus Rennes, der von seinen politischen Misserfolgen zerrüttet war, von ihrem Bruder, einem Abenteurer, der vom Größenwahn befallen war und auf den Austral-Inseln im Exil lebte wie Napoleon auf Sankt Helena. Sehr schöne Bücher, die in einem Land von früher spielten, das aus Kathedralen und Taufkapellen bestand, einer feuchten, abergläubischen Mayenne, einem kleinkarierten, kolonialen Überseefrankreich. Außerdem war sie die Verfasserin quasi soziologischer Essais. Erstaunlich hellsichtiger Abhandlungen über die zweite Einwanderergeneration, die »Kinder von nirgendwo«, wie sie sie nannte, oder über ihre Ablehnung des »dritten Lebensalters«, wie der Ausdruck lautete, der in den siebziger Jahren in Mode war, bevor »Senioren« und »Grey Power« erfunden wurden. Sie forderte eine »Tonbandliteratur«, die sich der ausschließlichen Aufzeichnung der Wirklichkeit widmen würde, nach dem Beispiel des *Cinéma vérité* von Jean Rouch, in sachlichem Stil, befreit von jeglicher Form von Psychologie. Insgesamt etwa zwanzig Titel, die bei Plon oder Pierre-Jean Oswald und später bei den Éditeurs français réunis erschienen, dem Verlag der Kommunistischen Partei, häufig mit Fotografien oder Collagen von Christian auf dem Umschlag. Ein zu Unrecht in Vergessenheit geratenes Werk.

6

Als sie angesichts ihres neuen Status als Ahne nach meiner Geburt eine wenn nicht liebevolle, so doch zumindest vertrauliche Anrede akzeptieren musste, entschied sie sich für »Großmutter«, wie im Märchen. Wegen Rotkäppchen oder eher des großen bösen Wolfs wegen, dieser zwiegesichtigen Hydra, die Sanftmut und dröhnende Stimme vereint, Unschuld und Raubtierhaftigkeit, Nachthemd und graues Fell, Baumwollmütze und blitzende Fangzähne. Sie provozierte gern, brach gern Verhaltensregeln, liebte es, zu bezaubern und zugleich einzuschüchtern. »Oma«, die Bezeichnung, für die sich meine andere Großmutter, mütterlicherseits, entschieden hatte, hätte nicht zu ihr gepasst. Sie gehörte nicht zur Gruppe jener süßlich-freundlichen alten Damen, die für ihre Nachkommenschaft Kuchen und Marmeladen zaubern. Es kam für sie nicht in Frage, sich ins Oma-Fach abschieben zu lassen – mit wohlwollendem Lächeln, großer Nachsicht und gezwungener Aufmerksamkeit, wie man sie unter den gerührten Blicken der Passanten launischen Kindern entgegenbringt. Sie verfügte über einen unerbittlichen Lebenshunger. Sie brodelte wie ein Dampfkessel unter Druck, unfähig, ihre überbordende Energie auf ihre Antriebsräder zu übertragen. Wie das Tier im Märchen war sie ans Bett gefesselt und wurde von unersättlichem Hunger gequält. Wie das rotbemützte Mädchen hatte sie uns alle gefressen. Wir waren zu ihren Armen, ihren Beinen geworden, zu einer Verlängerung ihres eigenen Körpers.

An öffentlichen Orten – der Abflughalle eines Flughafens, einer Caféterrasse, einem Kinosaal oder der Buchmesse beim Fest von *L'Humanité* – war es mir verboten, sie Großmutter zu nennen oder irgendeinen gleichwertigen Ausdruck zu verwenden, der auf ihr Alter hätte anspielen können, über das sie größtes Stillschweigen bewahrte. Beim Schreiben dieser Zeilen weiß ich immer noch nicht genau, wann sie geboren wurde, und ich empfinde Widerwillen, die nötigen Nachforschungen bei den betreffenden Behörden anzustellen, aus Furcht, in ihre innerste Privatsphäre einzudringen.

Sie lehnte, wie sie sagte, »alles, was Spuren hinterlässt«, ab. Angefangen bei der Last der Jahre, jenem langsamen Niedergang, jenem körperlichen Verfall, jenem reduzierten Leben, das sie auf ihre Krankheit zurückwarf, jene andere Erniedrigung, die sie nie zu bekämpfen aufgehört hatte. Sie legte unendlichen Wert auf ihr Erscheinungsbild. Sie färbte sich die Haare schwarzbraun, übertrieb es mit Selbstbräunungscreme, und trotz ihrer Schwierigkeiten beim Laufen trug sie hohe Absätze, um ein paar Zentimeter größer zu werden. Vor Fremden musste ich also »Meine Tante« sagen, ein respektvollerer, vor allem zeitloserer Ausdruck, der weniger mit dem Alter verbunden war. Um mich nicht zu verheddern, vermied ich es, sie in der Öffentlichkeit anzureden.

7

Natürlich kam es vor, dass wir unser Raumschiff verließen, um uns einen Film anzusehen, vorzugsweise einen amerikanischen, oder ins Restaurant zu gehen. Orte, die ihrer leichten Zugänglichkeit und Anonymität wegen ausgesucht wurden. Wie die Kinos *Maine, Escurial, Mac-Mahon*, deren Säle ebenerdig gelegen waren. Oder große laute und unpersönliche Brasserien, wie *La Coupole* oder *Le Select* zu beiden Seiten des Boulevards Montparnasse, oder auch *Les Ministères*, eine Brasserie in der Rue du Bac. Niemals französische Bistros mit karierten Tischdecken, sogenannter traditioneller Küche, runtergebrannten Kerzen und einem aufmerksamen

Wirt, der einem jeden Wunsch von den Augen abliest. Wir wollten in der Masse der Gäste oder der Zuschauer aufgehen. Trotz unserer Bemühungen, unauffällig zu bleiben, spürte ich die lastenden Blicke, sobald wir irgendwo aufkreuzten. Unsere kleinen, dunkelhaarigen, mageren Gestalten (abgesehen von meinem Großvater, der etwas voluminöser war) und unsere schildkrötenartige Bewegung, unsere ernsten, fast lauernden Gesichter machten einen eigenartigen Eindruck. Wir gingen Hand in Hand, drückten uns aneinander und bildeten ein einziges Wesen, eine Art dicken Tausendfüßler. Natürlich waren mir diese schwächlichen, verwundbaren Geschöpfe ein wenig peinlich. Sie, rechts und links eingehängt, er, auf einen Stock gestützt. Wir um die beiden herum. Wenn ich ihnen nicht den Arm anbot, tat ich, als würde ich sie nicht kennen, ich ging voraus, sah in die Luft. So sehr ich die Wärme, das Zusammengepferchtsein im Fiat mochte, so sehr fürchtete ich das ungeschützte Hinausgehen, die wenigen Meter, die vor aller Augen zurückgelegt werden mussten.

8

Sie, er, wir, diesmal im Einsatz. Der für profane wie religiöse Rituale günstige Sonntagvormittag begann immer mit dem Vertrieb der *Humanité dimanche*. Das eingetragene Parteimitglied war sie. Ein Engagement, das stärker von der Loyalität ihrem Verlag gegenüber bestimmt war als von ihrem

Glauben an eine Ideologie, die in ihrer Vorstellung immer ein wenig undeutlich blieb. Trotz ihrer Behinderung holte sie mindestens einmal im Monat die Wochenzeitung bei der Ortsgruppe des 7. Arrondissements in der Rue Amélie ab, um sie dann an die wenigen Mitglieder des Arrondissements zu verteilen. Sie übernahm das Fahren, Jean-Élie und Anne das Ausliefern. Entsprechend der sozialen Zusammensetzung des Viertels umfasste die Zelle, der sie angehörte, eine ansehnliche Zahl von Führungskräften und höheren akademischen Berufen, ja sogar Unternehmer mit Betrieben von zehn oder mehr Angestellten, will man die Kategorien des Instituts für Statistik übernehmen. Im Falle dieser für die Kommunistische Partei Frankreichs wenig repräsentativen Stichprobe wäre es angebrachter, von Nomenklatura im Sinne der Ostblockländer zu sprechen. Der Anwalt verteidigte die kommunistische Gewerkschaft, der Bankier verwaltete das sowjetische Vermögen in Frankreich, der Dichter hatte seinen Sitz im Zentralkomitee, die Verlegerin verlegte die Genossen Schriftsteller. Da sie in Feindesland lebten, vermieden sie jede Form von Agitation, wie Flugblätterverteilen, Plakatieren oder Hausieren. Als erklärte Bourgeois, aber heimliche Aktivisten, wahrten sie hinsichtlich ihrer politischen Aktivitäten größte Diskretion. Wenn Anne ihnen die Zeitung ins Haus lieferte, baten sie sie rasch herein und schlugen die Tür hinter ihr zu, aus Angst, mit der aufrührerischen Literatur von einem Nachbarn überrascht zu werden. Sie wussten nicht, ob sie das junge Mädchen als Weggefährtin behandeln sollten oder als Austrägerin, der man ein Trinkgeld zusteckt. Einer hatte sie gefragt, ob sie ihm bei der Gelegenheit Croissants mitbringen könne.

Nach *L'Huma* kam die Messe. In Saint-Sulpice. Oder eher davor. Auf dem Kirchenvorplatz. Weder sie noch er betraten die Kirche. Immer dieselbe Rollenverteilung: Jean-Élie und Anne als Kundschafter voraus, die von dem gewaltigen Portal verschlungen wurden. Meine Großeltern und ich im Begleitfahrzeug hinterher, in dem wir am Fuße der Stufen, unter der gewaltigen Säulenhalle, sitzend, gesammelt, tief verneigt, das Ende der Messe erwarteten. Der Fiat fordert zum Beugen der Knie auf. Holten sie ein Messbuch heraus? Murmelten sie Ave Maria oder Vaterunser? Ließen sie andere für sich beten, ihre abgesandten Kinder? Ich habe nur noch ein langes Schweigen in Erinnerung, einen leeren Platz, einen steinernen Brunnen, aus dem nicht das geringste Wasser sprudelte. Einen geschlossenen Zeitungskiosk. Reglose Bettler, die an den Säulen lehnten. Hinter den Scheiben des *Café de la Mairie* gestapelte Stühle. Den verlassenen Parkplatz. Und mich, in die Betrachtung eines Kinoplakats versunken, das an der Fassade des *Bonaparte* hing, dessen Filmtitel ich durch die Kastanienbäume hindurch zu entziffern versuchte, unruhig, weil ich meinen Onkel und meine Tante nicht aus diesem unsymmetrischen, fast unförmigen Gebäude auftauchen sah, auf das Glockengeläut lauernd, das Signal ihrer Erlösung und unseres Aufbruchs.

Der Vormittag endete im Marais, in der Rue des Rosiers, die damals noch keine von Luxusgeschäften und Falafelimbissen heimgesuchte Fußgängerzone war, sondern eine lebendige und volkstümliche Straße. Ein weiteres Ritual. Dort wurden in der Boulangerie Binkelsztajn Kümmelbrot, Mohnkekse und Käsekuchen gekauft, bei Goldenberg, Blum oder Klapisch Wurst und Malosol-Gurken – die Frage, welcher der drei das beste Pastrami, das beste *pickelfleisch* und die beste *leberwurst* machten, war Anlass zu endlosen Diskussionen – und in einem Lebensmittelladen mit kleinen blauen Fliesen in der Rue Hospitalières-Saint-Gervais, dessen Namen ich vergessen habe, Matzen, den ich butterbestrichen und kochschinkenbelegt verschlang, ein doppelter Verstoß gegen die Kaschrut, über den Großpapa lächelte. Ich kann mich nicht erinnern, dass ich dieses lange sonntägliche Programm als widersprüchlich empfunden hätte. Jedenfalls nicht vor einem gewissen Alter. Und er, was dachte er darüber?

9

Durch die Zufälle des Lebens hatte sein eigener Vater ebenfalls eine enge Beziehung zum Auto. Er hätte unter dem Applaus der Menge aufrecht in einer Karosse fahren sollen, als Mephisto verkleidet, mit rotem Cape und geschwungenen Brauen. Stattdessen wurden die Karossen und Limousinen von ihm fabriziert. Er war in Odessa aufgewachsen, jener Stadt am Schwarzen Meer voller Musiker. Ein Kind aus dem Ghetto, Spross einer einfachen, frommen Familie, der über eine außerordentliche Stimme verfügte. Ein reicher homosexueller Händler (oder eine wohltätige Dame, je nach Version) finanzierte ihm den Gesangsunterricht und erklärte ihm immer wieder, er sei der neue Fjodor Schaljapin. Die Bretter des zaristischen Theaters erwarteten ihn. Er würde

Boris Godunow spielen. Er würde vor dem Zaren im Todeskampf liegen. Er würde dem englischen König »Ha! Ha! Ha!
Den Floh!« entgegenschleudern (ein anscheinend in Russland ziemlich alltägliches Wunschbild: Jahre später erlebte
der Schriftsteller Romain Gary, wie seine Mutter ihm dieselbe Zukunft versprach). Eine Stimmbandtuberkulose hatte
seinen Opernambitionen und seinen Träumen vom Ruhm
ein Ende bereitet. Unter dem vereinten Druck der Krankheit
und der Pogrome war er in der Hoffnung auf ein besseres
Leben um 1895 nach Frankreich emigriert, und dies trotz
der Degradierung von Hauptmann Alfred Dreyfus im großen Hof der École militaire im selben Jahr. Er war an einem
Sonntag in Paris angekommen. Alles war geschlossen, bis
auf eine Karosseriewerkstatt, die wohl in der Nähe der Gare
de l'Est gelegen war. Der Chef fragte ihn nach seinem Beruf.
Er konnte nichts, außer die Stimme zu erheben, und er
sprach kein Französisch. Er streckte ihm die Hände hin. Zunächst wurde er Sattler, machte Sitze, Kissen, Polster. Dann
wurde er als Arbeiter bei Citroën eingestellt. Am Quai de Ja-
vel oder an der Place de Clichy? Es war eine harte Arbeit, bei
der lange Phasen der Untätigkeit mit Phasen der Überlas-
tung abwechselten. Am Ende war er Werkmeister. Bevor ihn
der Krebs dahinraffte, soll er seine Freunde angefleht haben,
ein letztes Mal eine Oper anhören zu können. Man soll ihn
auf einer Trage in die *Opéra Garnier* gebracht haben. Christian hat an dieser Geschichte, die zu melodramatisch ist, um
wahr zu sein, immer gezweifelt. Seiner Ansicht nach ist die
Karriere seines Großvaters als eines großen tragischen Bas-
ses nie über das Stadium des Vorsängers in einer Synagoge
hinausgekommen.

10

In den Ferien legten sie Tausende von Kilometern zurück, dann aber nicht im Fiat 500, sondern in einem Volvo 144, einem für die Landstraße besser geeigneten Fahrzeug, robust, eckig, aus schwedischem Stahl, das sie so selten wie möglich verließen. Sie verbrachten darin Tage und Nächte. Um die Lobby, die endlosen Flure, engen Treppen oder winzigen Mansarden eines Hotels zu vermeiden, zog Großmutter es vor, im Sitzen zu schlafen, auf den Vordersitz gequetscht, um sich herum zusammengepfercht die Ihren. So konnte sie über sie wachen, ohne mit einem argwöhnischen Rezeptionisten über ein Einzelzimmer für fünf Personen, darunter drei Erwachsene, verhandeln zu müssen. Jean-Élie saß neben ihr. Ich weiß nicht, wie es ihm gelang, ein Auge zuzutun, während er mit dem Kopf am Fenster lehnte und das Lenkrad ihm in die Rippen stach. Anne, damals ein Teenager, schlief auf der Rückbank. Großpapa über ihr auf einem Brett, das wackelig über Kopfstütze und Hutablage gelegt worden war. Wenn ich sie begleitete, lag ich im Kofferraum, der offen blieb, damit ich inmitten des Gepäcks atmen konnte. Im Hafen von Brindisi, in Italien, wurde ich einmal von der Taschenlampe eines Bersagliere geweckt. Ich erinnere mich noch mit Schrecken an das Lichtbündel, das über mein Gesicht fuhr, das Flüstern in einer mir unbekannten Sprache. Die Polizisten, die durch den nur angelehnten Kofferraumdeckel stutzig geworden waren, vermuteten wohl einen Diebstahl, bis sie unsere verschlafenen Gestalten bemerkten.

Jahre zuvor befand sich Christian unter dem Deckel, aber in anderen Autos. Sein Bruder, Luc, nahm Annes Platz ein. Ihr Vater auf seinem Brett lag neben einem langhaarigen, aus Amsterdam stammenden Dichter, einem Freund der Familie, der in ein großes grünes Cape gehüllt war. Die Besetzungen, die Nebenrollen konnten wechseln, es war immer dasselbe lebende Bild, derselbe Aufbau, dieselbe Ansammlung von Fleisch und Stahl, wie nach einer Karambolage. Man erwachte auf fahlen Parkplätzen im Geräusch der Hupen. Um ihre Bedürfnisse über einer Schüssel zu verrichten, hielt Großmutter sich an der Türöffnung fest, von der Wagentür verdeckt. Man wechselte kaum die Kleidung. Mit einem Evian-Zerstäuber oder dem Wasser aus einer Wärmflasche machte man Katzenwäsche. Man verachtete Museen, Schlösser, Ruinen, Strände, idyllische grüne Flecken, pittoreske Dörfer, angesehene Restaurants, Orte, für die sich ein Umweg lohnt. Auf diese Weise waren sie, in diesen Fällen ohne mich, bis in den Iran, an den Polarkreis, nach Moskau, über den Wendekreis des Krebses hinaus gefahren. Sie hatten die Vereinigten Staaten von Osten nach Westen durchquert, Australien von Norden nach Süden. Wie Paul Morand sagt, opferten sie beim Reisen die Tiefe der Weite. Ihr Ziel bestand weniger darin, entfernte oder exotische Landstriche zu entdecken, als längstmögliche Entfernungen zurückzulegen und neue Nadeln in einen Globus zu stecken.

11

Mangelte es den Autofahrern bereits an Benzin oder streikten auch sie? Wir durchquerten ein sonniges Paris, das so leer war wie an einem 15. August. Wir fuhren die Avenue du Général-Leclerc hinauf. Es war morgens. Durch die kleinen Fenster des Fiats erinnerte die Löwenskulptur auf der Place Denfert-Rochereau an ein Zirkustier. Großmutter und Jean-Élie zeigten verschwörerische Mienen. Wir fuhren durch eine Stadt voller Graffiti und zerfranster Plakate mit einem überschwappenden Eimer voll weißem Kleister zwischen den Beinen, einem Besen und unserem eigenen Papierstapel. Die Botschaft, die wir an die Mauern kleben würden, hatte mit den schüchternen Anfängen der Aufruhrstimmung in diesen ersten Maitagen des Jahres 1968 nicht viel zu tun. Damals war ich sechs. In der Sackgasse, in der meine Eltern wohnten, spielte ich mit den Kindern aus der Nachbarschaft Bereitschaftspolizei und Demonstranten. Ich hatte mich, glaube ich, für die Seite der Ordnungshüter entschieden, aus Freude an der Uniform. Auf dem kleinen braunen, rechteckigen Plakat, das wir ankleben sollten, war nicht die Rede von irgendwelcher Polizeigewalt, sondern von »La vie impossible de Christian Boltanski«. Ich verstand nicht, warum mein Onkel ein so strenges Urteil über sein kurzes Leben fällte und das auch noch der Pariser Bevölkerung mitteilen wollte, noch dazu mit Hilfe seiner Familie. Es war seine erste Ausstellung. Der Surrealistenfreund Henri Ginet hatte ihm sein Theater und Kino geöffnet, das *Ranelagh* in der Nähe des gleich-

namigen Parks im 16. Arrondissement. Er hatte seine farb-
verschmierten Gliederpuppen aus Lumpen am Fuße einer
monumentalen Treppe in einer nachgemachten Renaissance-
halle aufgestellt, die mit rotem Filz verkleidet war. Ich erinnere mich genau an die Vernissage am 3. Mai 1968 abends.
Jean-Élie kam ganz aufgeregt und verkündete, im Quartier
Latin gebe es Barrikaden.

12

Wir fuhren rückwärts in den Hof, wobei wir darauf achteten,
nicht die beiden kleinen schmiedeeisernen Bogen rechts und
links des Portals zu demolieren. Die Nachbarin, Erbin eines
alten, auf Reiseliteratur spezialisierten Verlages, hätte den
Hof gern von diesem Schrott befreit. Sie träumte von einem
eleganten, geradlinigen französischen Garten in der Art von
Le Nôtre und hatte zu diesem Zweck auf der ihr zustehenden
Fläche einen beständig trocken liegenden Brunnen errichten
und um ihn herum, entlang mehr oder weniger geometri-
scher Linien, Weißdornbüsche in Form von Kugeln oder Äh-
ren pflanzen lassen, Sträucher, die mangels Sonnenlicht alle
rachitisch und abgezehrt endeten. Sie hätte ihrem Besitz gern
ein Jahrhundert aufgeklebt, vorzugsweise ein großes, hätte
dieses recht eigentümliche herrschaftliche Stadthaus, das im
Winter feucht, im Sommer kühl war, immer im Schatten lag,
schwermütig, voller staubiger, schmutziger Luft, gern auf die
Liste historischer Gebäude setzen lassen, besser noch, ihm

einen Stil zugewiesen, einen prestigeträchtigen Namen, erhielt jedoch vom Denkmalamt eine endgültige Ablehnung. Das Gebäude war ein architektonisches Durcheinander, ein Haufen geologischer Schichten, ein Patchwork unterschiedlicher Epochen, das eine Rotunde aus dem 17. Jahrhundert, eine efeuüberwucherte Louis-XV-Fassade und zahlreiche spätere Bauteile miteinander verband.

Es mag seltsam erscheinen, die Beschreibung eines Hauses mit seinem Auto zu beginnen. Der Fiat 500 bildet, genau wie seine schwedische große Schwester, den ersten Raum der Rue-de-Grenelle, ihre Verlängerung, ihre Schleuse, ihren beweglichen Teil, ein Zimmer außerhalb der Mauern, bildet ihre Augen, ihren Augapfel. Wie ein Heim umschließt er ein begrenztes, rundes, glattes Universum, warm und beruhigend wie ein Fleckchen vor dem Kamin. Er ist weniger Transportmittel als Wohnform. Leer, durchsichtig und vollgestopft zugleich, mit seinen verglasten Außenseiten offen und mit seinen Gummidichtungen und vernickelten Umrandungen verschlossen, verriegelt, fast wasserdicht. Das Innere wird durch sein Gegenteil definiert, durch jenes omnipräsente und doch weit entfernte und irreale städtische Außen. Der Fiat befriedigt unseren Wunsch, fliehen und sich einschließen zu können, zur Welt zu kommen und in den Zustand eines Fötus zurückzukehren. Er stellt den schützenden und gebärenden weiblichen Körper dar. Als phallisches und mütterliches Symbol ist er ebenso *domus* wie *domina*, Domizil wie Dominierende. Großmutter hatte ihn mit unentbehrlichen Gegenständen ausgestattet, Bürste, Einwegkulis, Reinigungstücher der Marke Quickies, Papiertaschentücher, Sonnenbrille, goldene Päckchen 555-Zigaretten, ähnlich wie Blaise Cendrars, jener andere Versehrte, der seinen Alfa Romeo in ein fahrbares Zimmer verwandelt hatte und die Kapitel der Bücher, die er lesen wollte, im Handschuhfach aufbewahrte.

13

Ich stelle mir vor, wie ihr Gesicht aschfahl wurde, als sie an der Windschutzscheibe das Blatt Karopapier entdeckte, über das sich in Großbuchstaben die Worte »PROFESSOR BOL- TANSKI JUDE« zogen. Sie erkannte die Buchstaben sofort als Kinderschrift, und zwar nicht nur wegen des Schreibfehlers und der Unbeholfenheit, der Unanständigkeit des Ausdrucks. Sie hatte keinerlei Schwierigkeit, den Schuldigen zu überführen. »Mein kleiner Liebling, wie buchstabierst du Professor?«, fragte sie ihn eines Tages in honigsüßem Ton. Der Junge, kaum älter als ich, proper, brav, kurze Hose und Seitenscheitel, antwortete ihr eilfertig. Ob sie danach von seinen Eltern, die im dritten Stock wohnten und genauso geschniegelt waren, in einheitlichem Marineblau, Blazer, Faltenrock und Haarreif inklusive, eine Erklärung verlangte? Die aus der Dunkelheit gesprungene Vokabel konnte er nicht »ganz allein gefunden« haben, wiederholte sie. Er musste bei Tisch Äußerungen, Anspielungen auf »die Leute von nebenan« aufgeschnappt haben, auf den Mann, der seinen Briefkasten mit dem Titel »Professor« schmückte, Äußerungen und Anspielungen, über die er sich später vielleicht mit seinen Kameraden von der Schule der Heiligen Sowieso ausgetauscht hatte, von denen es im Viertel so viele gab. Hatte einer von ihnen ihm vorgeschlagen, zur Tat zu schreiten? Den Eindringling zu demaskieren? Während sie tobte – nicht gegen das Kind, sondern gegen das noch immer von Hass durchdrungene Milieu, aus dem es hervorgegangen war – blieb der Empfänger der Botschaft stumm. Ein einfaches Blatt Papier, drei Worte und alles fängt von vorn an.

14

Wie begibt er sich aufs Kommissariat? Nicht im Hotchkiss, jenem Wagen mit spitz zulaufendem Kühler, auf den er so stolz war, trotz der Aussetzer beim Anlassen. Den hatte die deutsche Armee schon vor einer Ewigkeit konfisziert. Nicht zu Fuß, trotz des kurzen Weges. Bestimmt im Velocar, das zu dem Zeitpunkt noch nicht beschlagnahmt ist. Das vierrädrige, pedalbetriebene Fahrzeug mit leichter Karosserie hat ihm bereits Ärger eingebracht. Er hatte es von einem Unbekannten gekauft und wurde von einem jungen Mann im Viertel, der behauptete, er sei der Eigentümer, des Diebstahls beschuldigt. Natürlich hat er die geforderte Summe bezahlt. Er konnte sich keine Diskussionen erlauben. Als er in der Rue Perronet 10 ankommt, hilft er seiner Frau, die ihn wie immer begleitet, die staubige Treppe hinauf. Seine Mutter, die ebenfalls vorgeladen ist, schließt den Zug. Die Polizeistation erstreckt sich über zwei Stockwerke eines repräsentativen Eckgebäudes. Sie gehören zu den Ersten, die ihr Abzeichen holen. Alle, deren Name mit den Buchstaben A und B beginnt, werden ab Dienstag, 2. Juni 1942, einberufen. Ein Mann in »abgewetztem Anzug« empfängt sie in einem rauchverdüsterten Raum. Höflich bietet er der behinderten Frau einen Stuhl an, nicht aber der Schwiegermutter. Die beiden Geächteten bleiben vor dem Polizisten stehen, der hinter seinem Schreibtisch sitzt. Ist er derselbe, der bei ihrer Eintragung in das Spezialverzeichnis im Oktober 1940 in einem Tonfall, als sei das ganz offenkundig, sagte: »Monsieur Boltanski, bei Ihnen in der Nachbarschaft lebt ein weiterer Jude, Monsieur Lévy. Sie kennen ihn wahrscheinlich?« Er händigt beiden ihr gelbes Viereck aus, aus dem mit der Schere drei Sterne auszuschneiden sind, und fordert sie auf, in der für die Abzeichnung vorbehaltenen Spalte zu unterschreiben. Im Gegenzug verlangt er eine Stoffmarke aus ihrem Heft mit den Rationierungsmarken. Die Mutter verlässt als Erste den Raum, mit verschrecktem Blick, den Stoff in der Hand, den sie zu Hause entlang der schwarzen Borte ausschneidet und sorgfältig an die Revers der Mäntel näht. Auf dem Gehsteig bricht sie zusammen. Als eine Passantin das Stückchen Stoff und ihre Tränen sieht, sagt sie zu ihr: »Von jetzt an können wir unsere wahren Freunde erkennen!«

15

Deutlich sichtbar trägt er seine gelbe Zielscheibe. Sie drückt sich an seine Seite. So schnell er kann, tritt er in die Pedale und fährt durch ein teilweise menschenleeres Paris. Sie verlassen kaum noch das Haus, aber man hat sie über eine Sendung Orangen informiert. Eine Seltenheit. Eine ganze Kiste. Wo fahren sie hin, um sie abzuholen? Jean-Élie erinnert sich nicht mehr. »Vielleicht zu einem Bahnhof.« Und wer ist der Absender? Ein Verwandter? Ein Freund? Jemand, der ihnen etwas schuldet? Wie auch immer, sie machen sich Sorgen. Sie haben gezögert, ein solches Risiko einzugehen. Seit dem Frühsommer ist die Überwachung stärker geworden. Die Polizei für Judenfragen stellt in Metrogängen, an Ausgängen von Kinos und Theatern und in öffentlichen Parks Fallen. Mit seinem leuchtenden Stoff auf der Brust kann er überall aufgegriffen werden. Auf der Rückfahrt plötzlich eine Schlange, eine Menschenansammlung und in der Ferne eine Sperre, eine Kontrolle, Uniformierte verlangen Ausweise, es werden Befehle gerufen. Wenn er wendet und zurückfährt, fällt er sofort auf. Also weicht er zurück, ganz langsam, kaum merklich. Bei einem Velocar gibt es keinen Rückwärtsgang. Die einzige Möglichkeit besteht darin, den Fuß auf die Erde zu setzen und das Fahrzeug zurückzuschieben. Seine ohnmächtige Beifahrerin sieht zu, wie er schwitzt, die Muskeln angespannt, am Lenker zieht. Seine Sohlen rutschen. Die Räder sperren sich gegen den Asphalt. Die Fahrradkette läuft leer. Die Menge vor ihnen, die sie verbirgt, wird lichter. Wenn sie

34

den Abstand vor sich zu groß werden lassen, riskieren sie, die Aufmerksamkeit der Polizisten oder Soldaten auf sich zu lenken. Die letzten Fußgänger und Fahrzeuge werden gleich die Absperrung passieren, als seitlich ein Ausweg auftaucht. Er weicht noch einen oder zwei Meter zurück, biegt mit dem Velocar ab und verschwindet in der Nebenstraße.

16

Diesmal geht er allein. Mitten in der Nacht läuft er die Stufen vor der Küche hinunter und wendet sich zur Straße, mit seinem Überzieher, dem Hut und einem kleinen Koffer. Er trotzt der deutschen Anordnung, die es ihm verbietet, zwischen 20 Uhr und 6 Uhr morgens seinen Wohnsitz zu verlassen. Ist es im Spätsommer oder bereits im Herbst 1942? Seit einiger Zeit hält er keine Sprechstunden mehr. Das Aufsichtsgremium der öffentlichen Wohlfahrtspflege von Paris macht sich daran, seine Praxis für »vakant« zu erklären. Er ist offiziell von seiner Frau geschieden. Sein Bankkonto ist gesperrt. Nichts hält ihn mehr in Paris. Mit entschlossenem Schritt durchquert er den Hof, geht zum Tor, hebt den Riegel an, zieht es auf und lässt es so laut hinter sich zuschlagen, als wollte er, dass alle – Angehörige, Concierge, Nachbarn, Anwohner, Polizeispitzel, mögliche Passanten – ihn hören.

KÜCHE

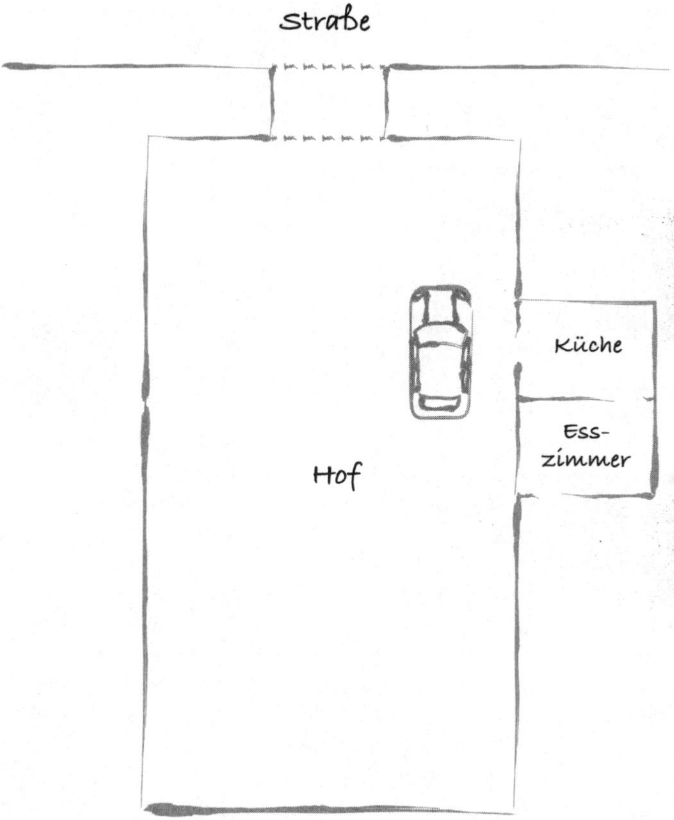

Straße

Hof

Küche

Ess-
zimmer

1

Früher zeichnete ein Anwesen sich durch die Zahl und Qualität seiner Schlösser aus. In einem bürgerlichen Heim achtete man sorgfältig darauf, alles zu verschließen: Türen, Schränke, Sekretäre, Abstellkammern, Schubladen, Keller, Speicher. Ja, an diesem Detail erkannte man ein gutes Haus. Wohlstand, Ehrwürdigkeit eines Ortes wurden am Klappern des Schlüsselbundes gemessen. Man besaß nur, was man verschließen, mit Vorhängeschlössern sichern, absperren, verbergen konnte. Jeder hat irgendwann einmal die Erfahrung gemacht: Zum Räumen einer Wohnung nach einem Todesfall gehört es, Schlüssel zusammenzutragen, deren Verwendung man nicht kennt. Schlüssel in jeder Form: große, vergoldete, verkupferte, rostfarbene, graue, kümmerliche, dicke, mit Bohrung, mit Bart oder mit Doppelbart. Schlüssel mit Geheimnissen, die sehr oft nirgends hinführen, verwaiste Schlüssel, die aus Ungewissheit oder aus Nostalgie aufbewahrt wurden, Schlüssel, bei denen man ahnt, dass sie Besitz, Truhen, Gärten, Gemüsegärten, Garagen schützten, vielleicht sogar verbargen, einen Reichtum, der zugleich offenkundig und unsichtbar sein sollte.

In der Rue-de-Grenelle gab es lange Zeit nur einen einzigen Schlüssel – flach, leicht, gezackt, dreieckig, viele Male verloren und ebenso oft wieder nachgemacht, der alles befehligte. Er öffnete – und öffnet noch immer – eine alte quietschende Tür, die aus zwei verglasten Füllungen besteht und zu beiden Seiten mit einer Klinke versehen ist, so dass man, selbst wenn man seine Schlüssel drinnen vergisst, draußen nicht ausgesperrt bleibt. Seit Jahren schleift der rechte Flügel über die Terrakottafliesen. Das Holz ist gequollen, die Angeln haben sich gesenkt. Um ihn zu öffnen, muss man die Klinke drücken und den Türflügel nach Möglichkeit leicht anheben, während man zugleich mit dem Fuß einen täglich etwas stärkeren Druck auf den unteren Teil ausüben muss. Hat man die Schwelle überschritten, so gelangt man in die Küche, einen ziemlich dunklen Raum wegen der Aluminiumjalousien, die sich an den unteren Scheiben befinden und deren verzogene Lamellen die Lichtundurchlässigkeit noch verstärken. Um ihr Auto zu erreichen, nahm Großmutter immer diesen Weg. Wir machten es genauso. Alle dem Haus fremden Personen nahmen die beiden anderen, feierlicher wirkenden Ausgänge im hinteren Teil des Gartens: Gäste kamen im Allgemeinen über das Vestibül herein, während Patienten, Schüler oder Vertreter den kleinen Salon durchquerten.

Die verschiedenen Zugänge erlaubten eine funktionale Strukturierung des Raums, indem sie die privaten Gemächer von den beruflichen oder gesellschaftlichen trennten. Jedem seine Tür. Die zur Küche war fast nie verschlossen – bis in den siebziger Jahren auf geheimnisvolle Weise ein Gemälde verschwand, das ein Schaf auf einer Weide am Meeresufer darstellte, und dann, ein paar Monate später, eine Pendeluhr aus schwarzem Marmor. Nach diesen beiden nie aufgeklärten Diebstählen gewöhnte man sich an, die Tür abzuschließen. Eine rein symbolische Maßnahme. Hätte ein Einbrecher einen neuen Diebstahl verüben wollen, so hätte er nur eines der wackligen Fenster im Erdgeschoss zur Gartenseite aufzustoßen brauchen. Besitz zählte nicht. Von Bedeutung waren allein die Menschen. Und keine Panzerung, kein Schloss, keine Überwachungskamera, keine Gegensprechanlage würde sie vor den Gefahren schützen, denen sie sich zu Recht oder Unrecht ausgesetzt sahen. Um sich zu verteidigen, setzten sie auf ihre unauflösliche Vereinigung, ein viel solideres Band als jede Sicherheitskette. Die Rue-de-Grenelle bildete dadurch einen zugleich autarken wie offenen Mikrokosmos. Meine Familie lebte nicht zurückgezogen, sondern zusammengeschweißt.

2

Die Küche könnte als quadratisch beschrieben werden, würde sie geraden Linien folgen. Die für ihr Funktionieren notwendigen Bestandteile, anderswo hinter Verputz, Brettern oder Kästen verborgen, sind hier sichtbar, ein bisschen wie bei bestimmten modernen Bauten. Es ist ein einziges Durcheinander aus Rohren, elektrischen Leitungen, mit Zähler und Druckmesser. Das Mobiliar besteht aus einer Reihe von Schränken, unverändert seit mindestens einem halben Jahrhundert, mit resopalbeschichteten Schiebetüren in Eiche-Imitation. Kleine karottenfarbene Fliesen, die nach dem Zufallsprinzip mal beliebig, mal absichtsvoll versetzt angebracht wurden und mit unebenen Gips- und Fettflecken verdreckt sind, schmücken die mehr oder weniger parallel zur Eingangstür verlaufenden Wasserleitungen, wobei sie deren wunderliche Umrisse betonen, sowie, bis auf halbe Höhe, die linke, den elektrischen Haushaltsgeräten vorbehaltene Seitenwand. Das orangefarbene Mosaik fasst eine Edelstahlspüle, einen alten Gasherd und eine Spülmaschine ein, die wegen unzähliger Kalkablagerungen und verkrusteter Nahrungsreste am Ende eines langen, energiefressenden Programms vor allem die Funktion als Abtropfgestell erfüllt. Von Dünsten und Essensspritzern gelb gewordene Farbe bedeckt die restlichen drei Seiten des Raumes sowie die Decke.

Der Wandschmuck mag sich mit der Zeit verändert haben, seine Motive sind die gleichen geblieben. Der kleine Stich einer Postkutsche links über dem Wasserhahn verweist auf weitere englische Postkutschen, die einst das angrenzende Esszimmer schmückten. Mein Großvater bediente sich ihrer als Vorlage, als visueller Stütze, um den Kindern, die er dann in die Arme nahm und zum Bild emporhob, alle möglichen erfundenen Geschichten zu erzählen. Eine Kopie des Aquarells des Marseiller Malers Antoine Roux mit dem Titel *Der Dreimaster Saint-Vincent-de-Paul* auf dickem Papier, hinten rechts, ist ein Echo auf gleichermaßen verschwundene Seegemälde. Der großformatige Abzug von einem Paar keimender Kartoffeln, der an derselben rechten Wand thront, ersetzt ein anderes Foto von einem Teller mit einem Steak samt Pommes frites und einem Glas Rotwein auf monochrommalvenfarbenem Grund, ein Werk von Christian, das aus der Zeit Ende der siebziger Jahre stammt, in der er zahlreiche Variationen des klassischen Sujets des Stilllebens anfertigte. Diese Bilder, die frühere zitieren, diese Selbstreferenzen, diese allein von Eingeweihten wahrnehmbaren Bilder in Bildern sind charakteristisch für ein auf sich selbst reduziertes System.

Wenn ein Haus mit einem Palimpsest verglichen werden kann, mit einem Pergament, das regelmäßig abgeschabt wird, um es erneut beschreiben zu können, so ähnelt die Rue-de-Grenelle für jeden Außenstehenden einem unleserlichen Gekritzel. Nur die Familienangehörigen können in einem solchen Wirrwarr die nach so vielen Jahren unvermeidlichen Veränderungen erkennen. Jean-Élie führt, meistens auf Rat oder Initiative seiner Schwester Anne, minimale Veränderungen durch, kleine Streichungen, winzige Hinzufügungen. Wie jene Ramadanlampe und die mundgeblasenen ägyptischen Ballongläser, die auf dem weißen Laminat-Servierwagen aufgetaucht sind oder die ausschließlich mit Petit-Brun-extra-Keksen gefüllte emaillierte Blechdose hinten auf dem Küchentisch, neben einem angeschlagenen Salzstreuer aus Kristall und dem runden Kästchen aus Ebenholz, das früher auf dem Schreibtisch meines Großvaters stand und die Autopapiere enthielt. Für einen Dritten unsichtbare Veränderungen, die aber für mich, der ich aufmerksam die kleinsten Erschütterungen eines in der Zeit erstarrten Ortes registriere, eine beträchtliche Bedeutung haben.

3

Nach dem Tod seiner Eltern ist Jean-Élie ins Erdgeschoss gezogen, wie man sich in eine Gruft zurückzieht. Er hat die Wohnung in ihrem Zustand belassen. Er hat nur ein paar Dinge entfernt, Platz gemacht, Sachen verschenkt, ein paar Möbelstücke verrückt, ohne die generelle Anordnung zu verändern. Dennoch ist »Unten«, wie wir es nennen, dadurch nicht zum Museum geworden, zu einem persönlichen Tempel, dessen Wächter er wäre. Sein Respekt dem Ort gegenüber ist weniger Ausdruck eines Nicht-Loskommens von der Vergangenheit oder einer Vorliebe für Reliquien als eine Form von Askese, eine Nachlässigkeit, Gleichgültigkeit gegenüber materiellen Dingen. Aus Bequemlichkeit nimmt er die Mahlzeiten in der Küche ein und nutzt das ehemalige Esszimmer als Ankleide- oder Abstellraum. Dieser zweite Raum, der zum Anhängsel des ersten wurde – weshalb er in diesem Kapitel vorkommt – enthält ein Schlafsofa, auf dem ich gelegentlich übernachte und das ausgeklappt den ganzen Raum einnimmt, einen mit ocker-gelbem Kordsamt bezogenen Sessel, einen kleinen runden Tisch, eine lange, schmale Bank, nie ausgepackte Umzugskartons, Mäntel, die an einem hölzernen, an die Rückseite der Tür genagelten Dreifachkleiderhaken hängen, ein als Bücherregal genutztes Tellerbüfett, das von gestapelten oder in mehreren Reihen aufgestellten Büchern überquillt, und ein Backgammon-Brett mit Elfenbeinintarsien, das als Ablage für verschiedene Nippesgegenstände dient, die früher im Salon aufgestellt waren:

ein schildpattverziertes Opernglas, ein Fächer aus Seidenpapier, eine Kristallvase, eine indigoblaue chinesische Teekanne, ein fischförmiger Briefbeschwerer aus Kristallglas, eine Geldbörse von 1900 aus Kettengeflecht mit einer vergoldeten Schließe. Ich weiß nicht, ob Jean-Élie einem dieser Gegenstände irgendeinen sentimentalen Wert beimisst.

So lange ich mich zurückerinnere, ist er immer gleich gekleidet. Er trägt eine verwaschene Levi's 501, ein Hemd mit schmalen Streifen, einen dunkelblauen Pullover, meistens über die Schultern gelegt, und schwarze Lederstiefeletten. Wenn er allein zu Mittag isst, besteht seine Mahlzeit unveränderlich aus einem Glas Rotwein, einem Stück Brot und einem Spiegelei, überzogen mit einer Schicht Harissa, die er mit einem einfachen Daumendruck einer Tube der Marke Cap Bon entnimmt. Hat er den Tisch abgeräumt und den Kaffee getrunken, den er vormittags gekocht und in einem kleinen Stieltopf aufgewärmt hat, raucht er mit nachdenklichem Gesicht und gedankenverlorenem Blick, zum Fenster gewandt, einen Cigarillo. Auch wenn er zu den Menschen gehört, die ich am meisten auf der Welt liebe, bleibt er für mich doch ein Geheimnis. Ich bin unfähig zu erkennen, wann er traurig, glücklich, ruhig, besorgt oder verärgert ist. Er beklagt sich nie. Seine Stimme bleibt unter allen Umständen sanft und gleichförmig. Ich habe ihn nur sehr selten wütend und kein einziges Mal brutal gesehen. Es kommt vor, dass er ein kurzes verärgertes Knurren von sich gibt und die Zähne zeigt, wie eine Katze, meistens, wenn man zögert, seine Hilfe anzunehmen. Zu uns allen ist er liebevoll, einsatzbereit, zuvorkommend, aber er zieht einen nicht ins Vertrauen. Oder sehr wenig.

Obwohl er alle oder fast alle von seiner Umgebung produzierten Manuskripte aufmerksam gelesen hat, sofern er sie nicht in Teilen neu geschrieben hat, spricht er nie über seine eigene intellektuelle Arbeit. Zufällig entdeckt man im Regal einer Buchhandlung wissenschaftliche Werke über Sprache, Phonologie, die durch Chomsky bewirkten Umwälzungen, die er Monate oder Jahre zuvor geschrieben und veröffentlicht hat, ohne je darüber zu reden. Sein enzyklopädisches Wissen umfasst die griechische und römische Antike, mit einer Vorliebe für das spätrömische Reich, die Malerei des Quattrocento, die Französische Revolution, die angelsächsische Literatur von Geoffrey Chaucer bis Virginia Woolf, das internationale Kino, die Linguistik, die er zu seinem Beruf gemacht hat, aber auch Kenntnisse in Makroökonomie, Medizin, Epistemologie, chinesischer Philosophie und ich weiß nicht was noch alles. Stundenlang kann er die geheimnisvollen Ursprünge der etruskischen Sprache, die Entdeckung der Helixstruktur der DNA durch Watson und Crick, die Entschlüsselung der Linearschrift B durch den englischen Architekten Michael Ventris erörtern, die große Pest in London von 1665, das verrückte Leben des Dichters William Blake, die Auseinandersetzungen von Fritz Lang mit den Nazis oder auch die Nacht, die der junge Alfred Hitchcock in einer Polizeistation verbrachte, sowie die Auswirkungen dieser traumatisierenden Erfahrung auf sein filmisches Gesamtwerk. Dank der täglichen Lektüre von *Le Monde* und eines Gedächtnisses, das an Hypermnesie grenzt, ist er in der Lage, über die kleinsten Ereignisse des Tagesgeschehens der letzten siebzig Jahre zu berichten. Über sich, über uns dagegen sagt er nicht viel.

Fragt man ihn, wie es ihm geht, antwortet er in einem Ton, der einen von jedem weiteren Nachfragen abbringt, »gut«. Als ich es endlich wagte, ihm mein Vorhaben anzukündigen, ein Buch über die Rue-de-Grenelle zu schreiben, erklärte er mir sehr prononciert, das sei »eine gute Idee«, dann wechselte er das Thema. Ich wartete noch ein paar Wochen, bevor ich ihm vorschlug, ihn zu besuchen und ihn zu befragen. Ich fürchtete, ihn zu bekümmern, wenn ich ihn nötigte, wieder in eine Vergangenheit einzutauchen, in der der Tod zwangsläufig eine gewisse Rolle spielte. Am Telefon hat er nach kurzem Zögern, das ich in seiner Stimme zu erkennen glaubte, wie immer eingewilligt. Ich bin werktags zum Mittagessen zu ihm gekommen. Er hatte Pastete gekauft und eine Dose Erbsen aufgemacht. Die ganze Mahlzeit über war mein Magen wie zugeschnürt. Er beantwortete meine Fragen, ohne seinen gewohnten Humor und seine Ruhe zu verlieren. All diese Gespräche fanden in der Küche statt, im Stehen, nebeneinander. Er, rauchend, mit dem Rücken an das Büfett gelehnt. Ich mit meinem Notizbuch, nahe der Tür. Auf der Schwelle zu meinem Thema. Wie ein Besucher, der im Vorzimmer empfangen wird, nicht weiß, ob er willkommen ist, und zögert, sich zu verabschieden oder die anderen Räume zu erkunden.

4

Wenn ich aus der Schule kam, ging ich, noch im Mantel, als Erstes zum Kühlschrank. Während mir das Wasser im Mund zusammenlief, steckte ich auf der Suche nach irgendetwas Essbarem den Kopf hinein. Im Allgemeinen fand ich nichts außer gemahlenem Kaffee, einer Packung Margarine, einer Flasche Worcestershire-Sauce, einer Dose Kekse, einem Glas oxidierter Cornichons, der oben erwähnten angebrochenen Tube Harissa und ein paar Eiern, die in den zu diesem Zweck angebrachten Vertiefungen in der Tür standen. Manchmal entdeckte ich, versteckt im Gemüsefach, neben einem welken Kopfsalat in Pergamentpapier gewickelten Kochschinken, den ich sofort vertilgte. Auch die Brotschublade wühlte ich auf der Suche nach möglichem Feingebäck in alle Richtungen durch. Ich stopfte alte Kekse in mich hinein, biss in trockene Brotreste, kratzte Marmeladengläser aus. Ich hatte Hunger. Ich war nicht der Einzige, der den hoffnungslos leeren Speiseschrank durchstöberte. Noch heute verkündet das Quietschen der Eingangstür, gefolgt vom gummierten Klang des Kühlschranköffnens, zweifelsfrei die Ankunft meines Onkels Christian.

Um es gleich zu sagen: In der Rue-de-Grenelle gab es nichts zu futtern. Aus Angst, dick zu werden und einen zu schwer gewordenen Körper nicht mehr am ausgestreckten Arm hochziehen zu können, pickte Großmutter wie ein Vogel mit spitzen Lippen ein paar Krümel. Sie dürfte etwa dreißig Kilo gewogen haben. Das Gewicht eines Kindes. In ei-

nem Anflug von Solidarität oder aus Nachahmung unter-
warfen Jean-Élie und Anne sich derselben Schlankheitsdiät.
Nur Großpapa, dem immer als Erstem aufgetan wurde, hatte
Anrecht auf eine kräftigere Ration, als würde er noch wachsen. Im Restaurant bestellten sie, in der Absicht, auf ihre Linie zu achten, aber auch, um nicht zu viel Geld auszugeben,
eine Folge von Vorspeisen und Gemüse. Wenn der missmu-
tige Kellner eine Portion Pommes frites, ein Ei mit Mayon-
naise, Mischgemüse und Selleriesalat auf seinen Abreiß-
block notiert hatte, stellte er stets die unvermeidliche Frage:
»Und als Hauptgang?« Zu viert aßen sie wie einer. Als sie
einmal versehentlich ein schickes Restaurant betreten hatten, in dem man nicht à la Carte essen konnte, und zögerten,
anderswo hinzugehen, hatten sie ein Menü bestellt, ein einziges, das billigste, das sie nach Reihenfolge der Gänge unter
sich aufgeteilt hatten, wobei der nahrhafteste Großpapa vorbehalten war. Selbst beim Essen bildeten sie nur einen einzigen Körper.

5

Sie bewohnten einen Palast und lebten wie die Clochards. Es
wäre falsch, in dieser Mischung aus Landstreichertum, Hunger, Schmutz, Knauserigkeit nur die Schrullen exzentrischer
Großbürger zu sehen. Ihre absonderlichen Verhaltensweisen
bezeugten eine Ablehnung des guten Benehmens und der
Konventionen. Sie waren Ausdruck der Auflehnung gegen-

über ihrem Milieu. Und sie schufen ein Unter-sich-Sein, eine Absetzung von der äußeren Welt, in diesem Sinne hatten sie etwas Pathologisches. Die gewöhnlichen Hierarchien waren umgestürzt. Luxus kam in Berührung mit Armut. Mein Großvater machte sich Vorwürfe wegen des Todes einer Patientin, die an einer Krebserkrankung gestorben war, die er nicht rechtzeitig festgestellt hatte. Seitdem schickte ihm der Ehemann, ein Industrieller, aus mysteriösen Gründen, die in der Familie Anlass zu endlosen Witzen gaben, jedes Jahr eine Kiste Champagner. Vom besten. Die sündhaft teuren Flaschen wurden getrunken, als handele es sich um den üblichen Rachenputzer, ohne die geringste Zeremonie, einfach so zum Alltagsessen. Sie aßen nicht zu Mittag, sie picknickten. Sie nahmen einen Happen. Sie lebten in einem beständigen Provisorium. Das Haus war nicht immer so gewesen. Bis Mitte der sechziger Jahre, als es noch einen Teil seines Glanzes bewahrte, kümmerte sich anscheinend ein Hausmädchen in Livree um Haushalt und Küche. Eine Bretonin mit Vornamen Berthe, dann eine Spanierin, Amalia, die von der Hausherrin, wie in anderen bürgerlichen Haushalten der Zeit, mittels einer kleinen Silberglocke zum Abräumen gerufen wurde.

6

Ich litt nicht unter Mangelernährung. Da ich alles vertilgte, was nur in Reichweite kam, wurde ich schließlich sogar ein eher molliger Junge. Als vorausschauender Mensch wartete ich nicht, bis die Kost auf meinen Teller gelangte. Ich war schneller. Ich stopfte mich an der Quelle voll, aus dem noch auf dem Feuer stehenden Topf. Meine Mutter, die die örtlichen Sitten und Gebräuche nicht übernommen hatte, verließ die Rue-de-Grenelle fast immer mit leerem Magen. Während sie, die Hände brav rechts und links neben ihrem Gedeck, darauf hoffte, bedient zu werden, stürzte sich ein jeder in fröhlichem Handgemenge aufs Essen. Die Mahlzeiten, die damals im Esszimmer unter einem Kristalllüster eingenommen wurden, waren Momente ausgelassener Freude, der Freiheit und des Durcheinanders. Es konnten auch überraschend Gäste kommen. Man machte ihnen Platz. Die Frage, ob es für alle reichte, stellte sich nicht. Ich habe Jean-Élie vor zehn Gästen erklären hören: »Das passt gut! Ich habe drei Schokoladen-Éclairs gekauft.« Es gab keine richtigen Tischsitten. Man konnte mit den Fingern essen, sich auf die Bank knien, die Gabel in den Topf tauchen, das Besteck ablecken, sich die Hände an der Kleidung abwischen. Christian behauptet, sein Vater habe ihn ermutigt, sich mit den fettigen Händen durchs Haar zu fahren, um es zu kräftigen. Ich persönlich habe ihn nie so etwas tun sehen.

In diesem auf sich selbst zurückgezogenen Universum verschlangen wir viele Konserven. Als Nachtisch *Crème des-*

sert Mont Blanc, Vanille-, Schokolade- oder Grand-Marnier-Geschmack. Couscous von Garbit mit Fleisch und vorgegartem Gries. Manchmal sogar eine Mischung aus mehreren Dosen. Eine Küche wie eine russische Puppe. Ravioli von Buitoni, in die Jean-Élie – das war sein persönliches Raffinement – ein wenig Gloria-Kondensmilch gab. Weiße Bohnen von Cassegrain, die er in neapolitanischer Tomatensoße warm machte, um die englischen *baked beans* nachzuahmen. Diese abgepackten Nahrungsmittel wurden nur nach einem einzigen Kriterium beurteilt: ob sie zum Verzehr geeignet waren oder nicht. Der Inhalt musste steril und hermetisch verschlossen sein. Gab es die geringste Wölbung im Deckel, das leiseste Pfeifen beim Öffnen, so endete er im Mülleimer.

7

Wir hatten Angst. Vor allem, vor nichts, vor den anderen, vor uns selbst. Vor verdorbener Nahrung. Faulen Eiern. Menschenmassen und ihren Vorurteilen, ihrem Hass, ihren Begehrlichkeiten. Vor Krankheit ebenso wie vor den Mitteln, ihr zu begegnen. Vor der nach aufmerksamer Lektüre des Arzneimittelverzeichnisses geschluckten Tablette. Vor der Vergiftung durch Stadtgas. Vor dem Ertrinken im Meer. Vor einer Lawine im Gebirge. Den Autos. Unfällen. Uniformträgern. Vor jeder Person, die mit irgendeiner Autorität, also der Macht zu schädigen, ausgestattet war. Vor offiziellen Formularen. Davor, sich an Behörden wenden zu müssen. Vor der kleinen wie der großen Geschichte. Vor trügerischen Freuden. Vor Weiß, das Schwarz voraussetzt. Vor ehrenwerten Leuten, die sich unter Umständen in Verbrecher verwandeln können. Vor denen, die sich die guten Franzosen nennen – in Abgrenzung zu jenen, die sie für schlecht halten. Vor indiskreten Nachbarn. Vor der Wandelbarkeit der Menschen und des Lebens. Vor dem Schlimmsten, denn das ist immer sicher.

Diese Furcht hat mir meine Familie schon sehr früh vermittelt, fast bei der Geburt. Als ich klein war, hatte ich krankhafte Angst vor heißem Sand, vor Wellen, wilden Pilzen, hohem Gras, dicht stehenden Bäumen, vor der Dunkelheit, freundlichen alten Damen, die ich mit Hexen verwechselte, Spinnen und, allgemeiner, vor jeder Art Insekt. Ich galt als unruhiges Kind. Damit ich mich im Restaurant ruhig verhielt, zeigten meine Eltern mir alte Menschen im Raum, vorzugsweise gebückt und mit Pusteln. Sofort hörte ich auf zu schreien, weil ich Angst hatte, sie würden mich in einen Frosch verwandeln.

In den Ferien setzten sie mich, um ein bisschen an die Luft zu kommen, am Strand oder auf einem Rasen mitten auf eine Badematte. Von der unwirtlichen Natur umgeben, blieb ich still, bis sie zurück waren, ohne es auch nur zu wagen, einen Schritt über die Badematte hinaus zu tun. Als ich größer wurde, weitete sich mein Grauen auf fliegende Untertassen aus, auf Mondnächte, dunkle Ecken, einen Spaltbreit geöffnete Schränke und angeleinte oder nicht angeleinte Hunde.

Mein Vater lebte in der Angst vor dem nuklearen Holocaust. Er weiß ungefähr alles über die Entwicklung der Atombombe, das sogenannte Manhattan-Projekt. In der Zeit des

Kalten Krieges prophezeite er bei jedem Wiederaufleben der Spannungen zwischen den Vereinigten Staaten und der Sowjetunion das Ende der Welt. Seitdem werden seine Nächte weiter von Visionen von »seltsamen Raumschiffen« heimgesucht, »die sich still auf etwas Unerbittliches zubewegen«. Bereits als Jugendlicher malte Christian unzählige Kriegsszenen irgendwo zwischen *Guernica* und *Blauer Zirkus*, zwischen den Albträumen von Picasso und den Träumereien von Chagall. So wie orientalische Ikonen das Blut Christi ausschwitzen, hinterließen seine Gemälde, die er mit eigenhändig gemischter Farbe auf der Basis von Speiseöl überzog, noch vor kurzem eine leichte Spur, wenn man aus Unachtsamkeit an ihnen vorbeistreifte. Eines davon, ein besonders schönes und erschreckendes, das in Flammen stehende Flugzeuge, Trümmer und verängstigte Menschen zeigt, hängt an einer Wand im ehemaligen Esszimmer. Jean-Élie warnt uns mit einem »Pass auf!« – ein Ausruf, den er im Allgemeinen immer wiederholt –, wenn es um so einfache Handlungen geht wie das Überqueren einer Straße oder das Öffnen eines Wasserhahns.

Ihre Mutter hat jeden Augenblick ihres Lebens kontrolliert. Nachdem sie das Erwachsenenalter erreicht und ihre Selbständigkeit teuer erkauft hatten, verlangte sie von ihnen, über jede Reise und Abwesenheit informiert zu werden. Verspäteten sie sich auch nur ein klein wenig bei den Anrufen oder der Ankunft, so stellte sie sich schreckliche Katastrophen vor. Ich habe sie einmal bei der SNCF anrufen hören, um sich zu erkundigen, ob der Zug, der einen ihrer Söhne transportierte, nicht entgleist sei.

8

Die zwölf Schläge von Big Ben, die in der ganzen Wohnung widerhallten, dienten als Ruf zum Mittagessen. Seit dem Krieg verpasste mein Großvater nie die französischsprachigen Nachrichten der BBC, die täglich um 12 Uhr Londoner Zeit auf Mittelwelle gesendet wurden. Er hörte keinen anderen Sender. Mit fiebriger Hand hielt er sein kleines Transistorradio ans Ohr gedrückt, vermutlich aus Angst, der Empfang könnte gestört sein, die Teleskopantenne dabei waagerecht ausgezogen, um weniger aufzufallen, und erwartete das befreiende Schlagwerk von Westminster. Die zu den französischen Nachrichten leicht versetzten Meldungen, die mit klarer Stimme langsam und rhythmisch gegliedert verlesen wurden und jede Zäsur betonten, gemäß der Radio-Diktion im Vereinigten Königreich, hatten einen Hauch von Fremdheit. Mein Großvater verfolgte sie mit besorgtem Gesicht, als empfange er einen feindlichen Sender und fürchte, von deutschen Funkpeilwagen aufgespürt zu werden. Waren die Nachrichten beendet, setzte er sich zu Tisch.

9

Wenn sie uns eine Freude bereiten wollte, ging sie früh morgens in die Küche hinunter und begann zu kochen. Sie stand auf ihren schwankenden Beinen, gegen die Anrichte gestemmt, höhlte Paprikaschoten aus, um sie zu füllen, grillte Auberginen über der Herdflamme, zog die verbrannte Haut mit dem Messer ab und mischte das eingekochte Innere mit rohen Zwiebeln. Sie ließ Gurken Wasser ziehen, tauchte sie in dicke Sahne. Sie knetete und rollte Fleischbällchen in Ei und Paniermehl, warf sie in kochendes Öl, bestreute sie mit Paprika. Sie schnitt Geflügelleber und briet sie an. Düfte nach Knoblauch, verbrannten Schalen und Frittiertem erfüllten die Küche. Das Geräusch des Hackmessers und seltsame Namen hallten darin wieder: Gretschnewaja Kascha, Wareniki, Pojarski, Watruschka. An Festtagen, im Allgemeinen am Sonntag, bereitete sie Borschtsch zu. Eine Suppe aus roten Rüben, Kohl und Rinderbrust, die sie am Vortag auf kleiner Flamme kochen ließ, bevor sie am frühen Morgen das Fett abschöpfte und sie mit Piroschki servierte, bei Goldenberg gekauften Hefeteigtaschen. Als Allerletztes fügte sie ihrer scharlachroten Bouillon Zucker und eine Fingerspitze Essig hinzu, wobei sie jede Zutat mit der Sorgfalt einer Laborantin dosierte. Das Geheimnis des Borschtsch ruht in einem sehr empfindlichen Gleichgewicht von süß-sauer.

Zum Zeichen der Freude holte sie dann ihre schönsten Teller heraus, die aus blauem Porzellan. Die tiefen für die Suppe, die flachen für das Fleisch. Mehr noch als ein Festmahl schenkte sie uns eine Vergangenheit. Sie verband uns mit einer Geschichte, die nicht die Ihre war. Sie opferte einem früheren Kult, dessen Riten sie übernommen hatte. Sie vollzog eine Art Eucharistie. Ihre kräftigende Suppe mit dem säuerlichen Geschmack und dem Geruch nach Kohl enthielt auf konsubstantielle Weise die Seele der Boltanskis. Mit drei, vier Löffeln Zaubertrank verschaffte sie uns eine Herkunft, das Gefühl der Zugehörigkeit wenn auch nicht zu einer Gemeinschaft, so doch zumindest zu einem Ernährungsmodell, etwas, das es erlaubte, uns zu unserer Andersartigkeit zu bekennen oder sie vielmehr zu rechtfertigen. Bilder von Steppenlandschaften, von über den Schnee gleitenden Schlitten, geistlichen Liedern, Sabbatkerzen, wilden Zigeunerkapellen stiegen aus ihren Kesseln empor. Sie, die nichts aß, gab zum Ausgleich eine kulinarische Tradition an uns weiter. Keine exotische Folklore, keine zu respektierenden Sitten, keine seltene, vor dem Vergessen zu rettende Sprache, keine altüberlieferte Kultur, die über die Grenzen hinweg gepflegt werden musste. Nur Rezepte. Ein Essen, das man »russisch« nennen sollte, um nicht »jüdisch« zu sagen.

All das tat sie nicht für uns, sondern für ihn. Ihre Opfergaben waren nur für ihren Mann bestimmt. Der Borschtsch, die Pojarski-Koteletts genau wie das Pastrami oder die im Marais gekauften Strudel füllten eine Lücke. Sie dienten dazu, das in Worte oder besser Speisen zu fassen, worüber nicht gesprochen wurde und was ständig da war. Er forderte nichts. Er sagte nichts. Sie allein brach das Schweigen und wagte es, ein Adjektiv auszusprechen, das auszulöschen er sich bemüht hatte. Sie war es, die ihn am Sonntagvormittag zum Pletzel schleppte. Sie war es auch, die ihm den Geschmack Odessas wiedergab. Er selbst hätte es vermieden, auf der Straße aufzufallen, und hätte sich sicherlich mit ein paar bretonischen Spezialitäten zufriedengegeben, zu denen sie sicher fähig gewesen wäre, hätte ihre eigene Familie sich für Gastronomie interessiert und sie nicht als kleines Kind im Stich gelassen. Indem sie sich durch eine Heirat, die sie von ihrem Milieu trennte, mit ihm vereinte, hatte sie alles geheiratet: was er war und was er nicht mehr sein wollte. Sie köchelte ihm die Gerichte seiner Kindheit, um ihn mit sich selbst zu versöhnen und ihm wieder einen Stolz, eine Stabilität, eine gute Grundlage zu geben.

10

In diese osteuropäische Küche war sie von ihrer Schwiegermutter eingeführt worden. Eine Frau, die vier Jahre vor meiner Geburt starb, die das Leben des Ehepaares teilte und in der Etage über ihnen wohnte. Diese unwirkliche Figur lebt in der Erinnerung der Familie unter dem liebevollen Namen Niania fort, den man mit Amme oder Oma übersetzen kann. Nie wird sie anders bezeichnet als mit diesem, aus einem russischen Roman stammenden Kosenamen, als wäre sie ihr ganzes Leben lang nur das gewesen: eine alte Amme, die überquillt vor Liebe für ihre Kinder. Ich weiß nicht, wie sie ausgesehen hat. Ich kann mich auf kein Familienalbum stützen, nicht ein einziges sepiafarbenes Porträt wurde liebevoll im Holzrahmen aufbewahrt. In der Rue-de-Grenelle sind Fotos verpönt, denn sie zeigen, was nicht mehr ist. Das Wenige, was ich weiß, habe ich von meinem Vater und meinen Onkeln.

Sie war, anscheinend, eine winzige, korpulente Dame mit langen braunen Zöpfen, immer schwarz gekleidet, als wäre sie zu ewiger Witwenschaft verurteilt. Christian beschreibt sie als eine Babuschka mit gefärbten Haaren, in blumenbestickter Strickjacke und steif vom Rheuma, die »Wihrr kómmähn!« antwortete, wenn man sie rief. Abends hörte er mit ihr russische Weisen auf ihrem Grammophon. Namentlich eine Platte mit Liedern von der Wolga, von der er Jahre später ein Exemplar im Atelier des rumänischen Bildhauers Brancusi wiederfand, das im Centre Pompidou nachgebildet ist. Er behauptet, sie habe einen starken jiddischen Akzent gehabt. Jean-Élie beteuert dagegen, sie habe korrekt Französisch gesprochen, es aber nicht schreiben können. Luc hat nie Musik bei ihr gehört und versichert, sie habe keinerlei Grammophon besessen. Er erinnert sich hauptsächlich an die belegten Brote mit Auberginenkaviar und ihre Angewohnheit, immer wenn sie ihn hüten sollte, eine Stunde zu früh und mit einem Buch der Comtesse de Ségur und einer Kerze für den Fall eines Stromausfalls aufzukreuzen. Mit ihrer schrillen Stimme und gerolltem »r« las sie ihm *Le Général Dourakine* vor und erzählte ihm, sein Vater werde noch Minister. Ihrem einzigen Sohn und dem Land Frankreich, das sie aufgenommen hatte, war sie in derselben Zuneigung verbunden.

11

Von Niania kenne ich nur den Samowar. Ein emblematischer
Gegenstand, der den Gründungsmythos des Stammes verkörpert. Das Totem der Boltanskis. In meiner Erinnerung
stand er früher deutlich sichtbar auf dem Tellerbüfett im
Esszimmer. Nach seinem Verschwinden habe ich ihn lange
mit dem Fuß der Messinglampe verwechselt, die bei meiner Mutter in der Sackgasse thronte und heute, übrigens
sehr schlecht, mein Schlafzimmer erhellt. Tatsächlich hat
Christian ihn nach dem Tod seiner Eltern an sich genommen.
Er soll versucht haben, ihn als Kunstgegenstand an einen
Sammler zu verkaufen und ihm dann, von Gewissensbissen
gepackt, eine Kopie angedreht haben. Zumindest behauptet
er das. Der Samowar dient als Illustration für den letzten Roman meiner Großmutter, der ihrem Mann und seinem langen Todeskampf auf einer Intensivstation gewidmet ist. Auf
der Schwarz-Weiß-Fotografie, die den Umschlag des kleinen
Buches mit dem Titel *Réanimensonge* schmückt, ist er zier-
licher und weniger funkelnd als die üblichen tragbaren russischen Wasserkessel, die man bei Antiquitätenhändlern findet. Soviel ich weiß, ist er nie benutzt worden, jedenfalls
nicht seit seiner Verwandlung in eine Statue. Im Gegensatz
zum Totempfahl, der für Freud ein Vaterersatz ist, handelt es
sich hier um eine weibliche Figur, die ganz aus Rundungen
besteht, mit einem bauchigen Körper, zwei gedrehten Hen-
keln und einem gezackten Postament zur Aufnahme der Teekanne. Oder zumindest um eine androgyne Gestalt mit ih-

rem winzigen Hahn, aus dem keinerlei Flüssigkeit mehr herauskommt. Als Quelle der Wärme, als Instrument des Teilens symbolisiert der Samowar die Feuerstelle und im weiteren Sinne den Haushalt, die Gruppe, den Vorfahr, aber auch die Entwurzelung, das vergessene Land, die Angehörigen, die man verlassen hat. Einen Verlust.

Unser Emblem ist die Folge eines Diebstahls. Als Niania von zu Hause floh, nahm sie den Kessel mit, der noch kochend heiß gewesen musste. Warum belastete sie sich mit einem so alltäglichen Utensil, das in Russland jeder Haushalt besitzt? Sicher als Erinnerung an die Familie, die sie verließ, und in Aussicht auf die, die sie gründen würde. Um einen Bindestrich zwischen ihre beiden so unähnlichen Leben zu setzen. Bevor sie entschwand, schrieb sie an ihren Vater, einen Händler, der Trauben aus Korinth und Rindfleisch aus der Türkei importierte. Ein begüterter Mann, der einen Schlitten mit Glöckchen besaß. Darauf legte sie später bei ihren Erzählungen großen Wert, da dieses besondere Detail, das am Gespann befestigte Glöckchen, seine höhere soziale Stellung beweisen sollte. In ihrem Brief erklärte sie ihm, sie fahre zu David, ihrem Geliebten. Einem Opernsänger, dessen triumphale Karriere abrupt durch Krankheit unterbrochen worden war. Schlimmer, ein Junge von niedrigem Stand, den ihre Eltern wahrscheinlich nicht als Schwiegersohn gewünscht hätten. Der aus einem zu armen, zu religiösen Milieu stammte. In ihren Augen nicht russisch genug. Mit einem Handwerkervater, der den Allmächtigen fürchtete, noch die Kippa aus schwarzem Stoff trug sowie die rituellen Locken und der keine Goyim in seinem Haus empfing. Aber dort, wo er jetzt war, hatten diese Details keine Bedeutung mehr. Jetzt lebte er in einem sagenhaften Land, dem ersten, das die Juden gleichgestellt hatte. Bald wäre er reich und glücklich. Der Brief endete mit einer Ode an Frankreich. Gemeinsam würden sie ein neues Leben in einem großherzigen Land beginnen, einem gastlichen Land, in dem alle Bürger, woher sie auch stammten oder was sie auch glaubten, frei und gleich waren.

Anscheinend war sie noch nicht volljährig. Um reisen zu können, änderte sie im Pass ihr Geburtsdatum. Mit ihren falschen Papieren hatte sie an jeder Grenze Angst, verhaftet zu werden. Da ihr Samowar zu groß für den Koffer war, trug sie ihn beim Aussteigen aus dem Zug in Paris unter dem Arm. David erwartete sie auf dem Bahnsteig. Er hatte vergessen, dass sie so jung war. Auch sie brauchte einen Moment, bevor sie ihn wiedererkannte. Ein Jahr zuvor hatte sie einen Künstler verlassen, den ich mir wie Toulouse-Lautrecs Aristide Bruant vorstelle, nur ohne die breiten Schultern: breitkrempiger Hut, schwarzer Mantel und roter, um den Hals geschlungener Schal. Jetzt traf sie einen Arbeiter im blauen Overall, abgemagert und mit vorzeitig gealtertem Gesicht. Nachdem er sie die sechs Stockwerke eines Mietshauses im 17. Arrondissement hatte emporsteigen lassen und sie in einem winzigen Dachzimmer untergebracht hatte, erklärte er ihr, er werde jetzt wieder zur Arbeit gehen. Er gehörte zur Nachtschicht. In dieser ersten Nacht und in den folgenden blieb sie allein in der Mansarde, in der es keinerlei Möbel gab außer einem Gurtbett, einem Stuhl und einem mit kyrillischen Schriftzeichen bedeckten Überseekoffer. Sie spielte mit dem Gedanken, nach Odessa zurückzufahren und sich vor ihrem Vater niederzuwerfen, seine Gnade zu erflehen und ihm seinen Messingkessel zurückzugeben, aber sie war eine Geisel ihres Briefes, ihres Lyrismus und vor allem des Stolzes, mit dem sie ihre Wahlheimat und ihr künftiges Glück beschrieben hatte. Mit dem ihm eigenen Takt räumt Jean-Élie ein, sie sei »ein wenig enttäuscht« gewesen. Aus diesem Grund, so fügt er hinzu, bildete sie mit ihrem Mann »ein sehr gutes Paar«.

12

Mir ist bewusst, dass all dies aus einer einzigen Quelle stammt: von Niania, die im Leben gelernt hatte, zu verdrehen, abzuschwächen, zu verherrlichen. Fast ein Jahrhundert lang muss dieser Bericht einige Dutzend Male von einer begrenzten Anzahl von Personen, maximal fünf oder sechs, erzählt worden sein. Mit der Zeit hat er die Kraft einer Legende erworben, einer Fabel, die von ihren Schönheitsfehlern befreit ist, von den Jahren der Behandlung geglättet wurde. Er ist ausgehärtet wie Knetmasse. Am Ende ist er ausgetrocknet und brüchig geworden. Ich beeile mich, ihn aufs Papier zu bringen, bevor er zerkrümelt und auf immer verschwindet. Natürlich enthält er einen Teil Wahrheit. Er nährt sich aus Bestandteilen, die der Erinnerung entstammen und zuvor der Wirklichkeit entnommen wurden. Jeder meiner Gesprächspartner berichtet eine geringfügig andere Version. Diese Entstellungen haben ihre eigene Bedeutung und geben den winzigen Ereignissen Patina, Tiefe, Dichte. Sie erzählen ihrerseits eine Geschichte, die des Exils, die Geschichte einer Einwanderin, die wie viele ihresgleichen zur Lüge gezwungen war, um zu überleben, die Geschichte ihrer Nachkommen, die sich nach Zusammenhalt sehnten, und auch die der vergehenden Zeit, des Vergessens.

13

Alles bleibt stabil. Die Familienessen finden weiter am langen Ausziehtisch statt. Jeder hat denselben Platz um das olivgrüne Wachstuch. Jean-Élie und Anne sitzen auf der Bank, dem Zwilling von der im Nachbarraum, neben dem eingeschalteten Herd, und überlassen den anderen die Kinosessel, die zusammengeklappt an der Wand stehen, das einzig Neue, eine zur Zeit ihrer Mutter unvorstellbare Extravaganz. Zu instabil. Die mit dunkelrotem Samt gepolsterten Klappsitze schwanken gefährlich, sobald man sich darauf setzt, da die Metallstange, die sie verbindet, nie am Boden befestigt wurde. Sie hätte sich darauf nicht abstützen können. Sie hätte befürchtet zu fallen. Die Möbel mussten ihr als Krücken dienen, als Brüstung, als Sporen, als Armstütze. Sie beschrieben einen unsichtbaren Weg durch das Haus, vergleichbar Karabinerhaken, Verankerungen, die ein Bergsteiger an einer Felswand hinterlässt. Ohne die frühere Hausherrin sind sie unnötig geworden, gerade gut genug, mit einem Leichentuch bedeckt zu werden. Sie hauchte ihnen Leben ein. Ihre jähzornige Energie erfüllt weiter die Mauern. Man könnte sie sich fast vorstellen, wie sie sich zwischen Tisch und Anrichte in den Hüften wiegt, die Hände auf den Korbstuhl gestützt, den sie wie einen Rollator vor sich herschiebt, die Züge angespannt, fast grimassierend, mit jener Wut, jener nach innen gerichteten Gewalt, als führe sie einen Kampf gegen sich selbst und gegen alles, was sie umgibt. Und wir, aufmerksam auf die kleinste ihrer Gesten, bereit, zu ihrer Hilfe herbeizustürzen, während wir zugleich hinter ihr bleiben, in respektvoller Entfernung, den Blick nach oben gerichtet, um dem ihren nicht zu begegnen, denn im Blick der anderen sieht sie, dass sie anders ist. Wenn wir heute abends in der Küche versammelt sind, sehen wir weiter irgendwo in die Ferne. Wir sprechen weder über sie noch über ihn. Zu keinem Moment rufen wir die Erinnerung an sie wach, nicht aus Nachlässigkeit oder Gleichgültigkeit, sondern aus Schamgefühl. Als wären sie noch immer da.

14

Nach der Flucht von »Monsieur« ist die Concierge noch aufdringlicher als gewöhnlich. Ständig kommt sie unangekündigt herein, ihre kleine Tochter im Schlepptau, um Hilfe anzubieten, die Lieferung von Gemüse bei diesem oder jenem Händler zu verkünden oder den letzten Tratsch aus dem Viertel zu berichten. Sicher versucht sie, von der behinderten Frau angerührt, die ihre beiden Jungen jetzt allein aufzieht, sich nützlich zu machen. Bestimmt war sie schockiert von dem Verhalten dieses Mannes, der mitten im Krieg einfach so seine Familie verlassen hat, und hat den anderen Bewohnern des Hauses ihr Herz ausgeschüttet. In der Küche, die ihrer Loge gegenüberliegt, hört man jedes ihrer Gespräche. Bestimmt tönt das »Den wären wir los!« oder »Kann man von diesen Leuten denn etwas anderes erwarten?« ebenso laut durch den Hof wie ihr Rundfunkempfänger, der in Endlosschleife die Reden von Pétain und Laval verbreitet. Muss man sich vor ihr hüten? Kollaboriert sie mit den Behörden, so wie andere Hausmeisterinnen? Zumindest teilt sie nicht die Leidenschaft der alten Jungfer im Vierten, einer Näherin in Heimarbeit, für Philippe Henriot, den Kommentator von Radio Paris, genannt der »französische Goebbels«. Sie beklagt sich über die »Boches« und äußert gelegentlich Kritik gegenüber dem »Maréchal«. Aber falls sie einen Verdacht hegte, so könnte sie eine Indiskretion begehen. Sie stellt also eine Gefahr dar. Ende 1942 wird eine Klingel an der Küchentür angebracht, um ihr Hereinkommen zu signalisieren.

15

Ich bewege mich durch die Rue-de-Grenelle wie über ein Cluedo-Spielbrett. Durch einen glücklichen Zufall gibt es gleich viele Spielsteine wie Protagonisten. Abgesehen von Oberst Günther von Gatow ist leicht herauszufinden, wer die Rollen von Fräulein Gloria Roth, Baronin von Porz, Professor Bloom, Direktor Grün oder Frau Weiß übernommen hat. Ich brauche nicht zu würfeln. Tatsächlich kann ich mich nur in eine einzige Richtung bewegen und rücke immer nur ein Feld vor, manchmal zwei, wenn beide dieselbe Funktion erfüllen, so wie Küche und ehemaliges Esszimmer. Die hintereinanderliegenden Räume – diese Anordnung ist übrigens ihr größter Nachteil – sparen Flure und bieten keine Seitenausgänge. Bei jeder Runde des Spiels entdecke ich einen neuen Raum. Im Gegensatz zu der klassischen Spielfassung gibt es auch keinen heimlichen Durchgang, der das Arbeitszimmer mit dem Observatorium (hier: die Terrasse) oder das Bad mit dem Salon verbinden würde. Auch habe ich nie Keulen, Dolch oder Revolver gesehen. Als Indizien verfüge ich in diesem Stadium über einen Schlüssel, einen halbleeren Kühlschrank, einen Samowar und ein Glöckchen. In jedem Teil des Hauses bestelle ich eine oder mehrere Figuren ein, überprüfe die Alibis eines jeden, äußere eine Hypothese und nähere mich ein bisschen mehr der Wahrheit an. Wenn das Opfer auch dasselbe ist wie in Cluedo, so ist es doch eine andere Geschichte. Ich stehe nicht vor einem Mord, sondern vor einem Verschwinden. Die Frage, die ich beantworten muss, ist die folgende: Wo ist Doktor Schwarz versteckt?

ARBEITSZIMMER

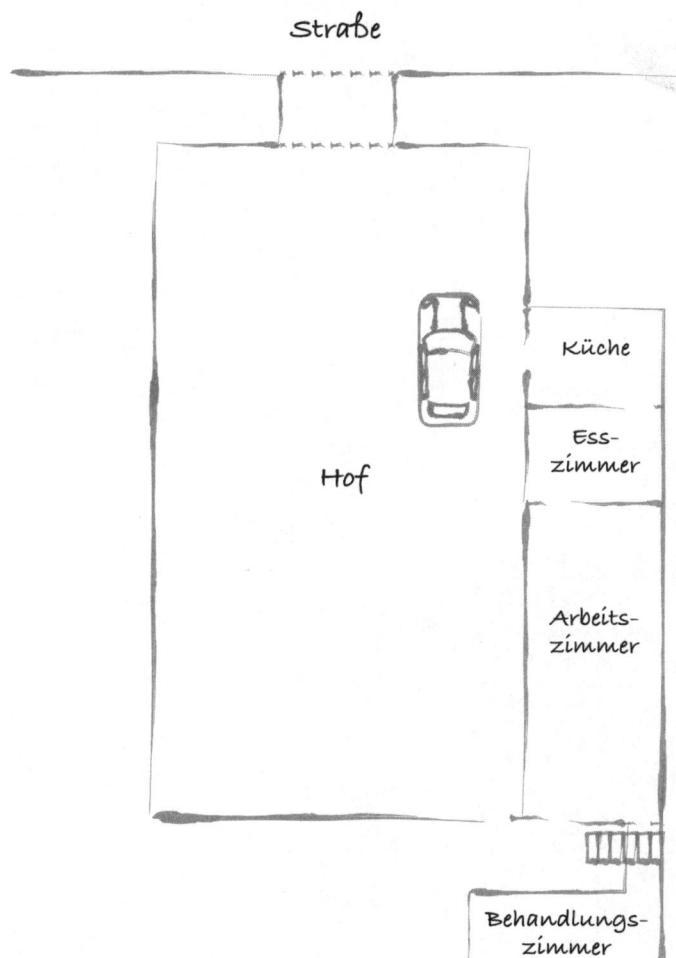

Straße

Küche

Ess-
zimmer

Arbeits-
zimmer

Hof

Behandlungs-
zimmer

1

Lange Zeit war er weiterhin als Facharzt für Magen- und Darmleiden im Telefonbuch zu finden. Sein Telefon, ein Modell aus den späten sechziger Jahren, mit Wählscheibe und grauem Kunststoffgehäuse, stand auf dem Kaminsims des Arbeitszimmers, gegenüber dem vergoldeten Spiegel. Es klingelte häufig, vor allem zu den üblichen Sprechzeiten. Wenn ich abhob, hörte ich am anderen Ende der Leitung, wie mich jemand mit galliger oder durchfallkranker Stimme, die mir aber von jenseits des Grabes zu kommen schien, fragte, ob ich ihm dringend einen Termin gewähren könne. Verzweifelte Anrufe, die mich erstarren ließen. Mehrmals war ich versucht, den ungelegenen Anrufern einen Termin zu geben, um ihnen dann – besser als eine Behandlung – ein paar beruhigende Worte zu widmen, wie er es so gut zu tun gewusst hätte. Ohne sein Bild, das ich im Spiegel zu entdecken glaubte, ohne die Anwesenheit seiner Möbel, ohne seine Abhandlungen, die dichten Reihen der Sachbücher auf den Regalen, ohne dieses Dekorum, das ich als kleiner Junge mit seiner heilbringenden Aufgabe verband, mit seinen gelehrten Forschungen, seinem großen Werk, hätte ich sie sicherlich empfangen, der größeren Glaubwürdigkeit wegen in einem weißen Kittel, einer Verkleidung, die anzulegen er unnütz fand. »Der Doktor praktiziert nicht mehr«, antwortete Jean-Élie immer nur unerschütterlich, wobei er stets das Präsens verwendete. Er wartete zwei Jahrzehnte, bevor er den Vertrag bei France Télécom änderte und die Nummer auf seinen Namen übertrug.

2

In dieser verschlafenen Wohnung löscht mein Onkel jegliche Spur seiner Anwesenheit. Er übernachtet auf dem Sofa, auf dem sein Vater nach dem Mittagessen kurz Siesta hielt. Ist er aufgestanden, so vergräbt er Laken, Kopfkissenbezug und karierte Decke im Schrank aus Kirschbaumholz, der alles schluckt. Er arbeitet an einem knautschsamtbedeckten Directoire-Tisch, beleuchtet von einer pilzförmigen Opalglaslampe, die die Dunkelheit des Raumes eher unterstreicht, als sie zu vertreiben. Kaum hat er Bücher und Notizhefte zugeklappt, stapelt er sie in Regalen oder Schubladen. Keine in einer Ecke vergessene Unterwäsche, kein in den Papierkorb geworfener Papierkram oder über eine Stuhllehne gelegter Pullover. Er lässt nichts herumliegen: keinerlei persönlichen Gegenstände, keinen an ihn adressierten Brief. Wie ein blinder Passagier im eigenen Haus lässt er im Laufe des Tages die kleinsten Zeichen seines unauffälligen Lebens verschwinden. Wenn ich ihn im Winter besuche, sitzt er auf dem gusseisernen Heizkörper, dem letzten der drei Fenster zugewandt, oder aber auf dem Boden, vor einem kleinen einbeinigen Tisch aus hellem Holz und mit achteckiger Platte, ans Bett gelehnt, die schwarzen Stiefeletten dicht an einem

Heizlüfter, zusammengekauert, als wolle er so wenig Raum einnehmen wie möglich, wo seine Anwesenheit doch das ganze Haus füllt.

Er kann auch die Abende gebeugt in seinem nach Katalog gekauften Schaukelstuhl verbringen, im Allgemeinen ein Exemplar von mittelmäßiger Qualität, weshalb er ihn regelmäßig wechseln muss, während im Fernseher immer Mezzo läuft, der Sender für klassische Musik und Jazz, jedoch ohne Ton. Er verfolgt gern den stummen Lauf der Finger über der Klaviatur, die ruckartigen und ebenso vergeblichen Bewegungen der Bogen, die mechanischen Gesten des Dirigenten, gleich denen eines Miniaturroboters mit aufgezogener Feder, die hoffnungslosen Bemühungen stimmlos gewordener Diven, Tenöre, die, ebenfalls der Stimme beraubt, mit hängenden Armen und aufgerissenem Mund um Hilfe zu rufen scheinen, all die Brustkörbe, die sich im selben Rhythmus füllen und leeren und aus denen nichts hervordringt, wie geplatzte Dudelsäcke, Musiker, die sich über weiße Partituren beugen, die leer sind, sofern sie nicht eine Litanei von Pausen, Halb- und Viertelpausen angeben. Mundtot gemacht, auf eine Folge unbeweglicher Einstellungen reduziert, ist die Oper nur noch eine starre, groteske Pantomime, eine schwerfällige Maschinerie, die hohl dreht. Die dumpfen Bilder, die nur noch von graphischem Interesse sind, diese Millionen sich selbst überlassener Pixel verstärken die lastende Stille des Arbeitszimmers. Jean-Élie, das ist die Omertà.

3

Ist er allein, so bleibt der Lüster aus. Er macht ihn nur bei großen Gelegenheiten an, wenn er Besuch empfängt. Den Rest der Zeit zieht er das Halbdunkel der Schirmlampen vor, die für einen Raum, der ihm nun als Schlaf- und Wohnzimmer dient, besser geeignet sind. Das grelle, in die Mitte des Raumes geworfene Licht hat den Nachteil, dass es die nicht mehr neue Farbe, die aufgeplatzten Wände, die Brüche im alten Fischgrätparkett hervorhebt, vor allem das Loch in der Nähe der Esszimmertür, über das ein Eckstuhl gestellt wurde, um zu vermeiden, dass man hineinfällt. Die Messingarme, die zahlreichen durchgebrannten Birnen, die halb heruntergebrannten Kerzen des Leuchters zeugen vom einstigen Prunk wie vom seitdem erfolgten Niedergang. Er gehört zu einer anderen Epoche, entspricht einem anderen Maßstab. Zu groß, zu weit herabhängend. Seine im Vergleich zur Deckenhöhe überdimensionierte Größe muss für eine Population von Liliputanern berechnet worden sein. Regelmäßig stößt man sich an seinem Gehänge den Kopf. Die Kristallgehänge, die mit verrosteten Eisendrähten am Leuchter gehalten werden, schlagen mit dem Geräusch von Kuhglocken aneinander und fallen schließlich Stück für Stück wie überreife Früchte zu Boden.

Es ist verrückt, was Beleuchtung bewirkt, auch wenn sie schwach ist: Man braucht nur den Schalter zu betätigen und schon lebt das Arbeitszimmer wieder auf. Ein langgestreckter Raum, bespannt mit flaschengrüner Tapete. Ganz wie die anderen Teile der Rue-de-Grenelle hat auch dieser die alte Bezeichnung bewahrt. Wir nennen ihn weiter das »Arbeitszimmer« – obwohl er zum Wohnzimmer umgestaltet wurde und inzwischen das Möbelstück fehlt, von dem er seine Bezeichnung erhielt: Das Arbeitszimmer ist seines Arbeitstisches beraubt. Ein schöner lackierter Louis-XIII-Tisch mit gedrehten, in Kugeln endenden Beinen. Praktisch das Einzige, was mein Vater an sich genommen hat. Auf diesen massiven Eichenbrettern hat er die meisten seiner Essays, Stücke und Gedichte geschrieben. Ein Objekt mag reisen, es bleibt doch an ein und denselben Ort gebunden. Aus seiner ursprünglichen Umgebung herausgenommen, bemerke ich ihn kaum. Er ist mir fremd geworden. Dagegen erinnere ich mich ganz genau an den Platz, den er »unten« einnahm, mitten im Raum. Er wurde von den beiden Sekretären eingerahmt und berührte fast die Läden der Fenstertür. Zu ihm gehörte eine Schreibgarnitur aus schwarzem Leder, in der sich Briefpapier und Rezeptvordrucke befanden. Ich mache immer noch einen Bogen, um ihm auszuweichen, aus Angst, an seine vier harten Ecken zu stoßen, wie das Phantomgliedmaß eines Versehrten, jener Körperteil, den man nicht mehr hat, dessen Abwesenheit einen aber nicht loslässt und schmerzhaft werden kann. Er umreißt einen Raum mit unsichtbaren Grenzen, hinterlässt eine Leere, aber eine gefüllte Leere, gefüllt mit flüchtigen Bildern, die ein schmaler, niedriger, langgezogener Tisch, ähnlich einer Bank, dessen helle Kiefernholzplatte sehr rasch mit Gläserspuren bedeckt war, vergeblich zu vertreiben sucht.

4

Der Lehnsessel wiederum ist immer noch da. Er taucht in einem zehnminütigen Kurzfilm auf, den meine Großmutter und der Dichter Raphaël Cluzel 1984 gedreht haben. Von hinten und in Großaufnahme gefilmt, nahm der massige senfgelbe Sessel auf niedrigen Beinen mit gepolsterten Lehnen sogar die erste Stelle, die Titelrolle ein. Ein Mann – gespielt von einem professionellen Schauspieler – und seine Frau – verkörpert von meiner Mutter, die hier ihren zweiten und letzten Auftritt auf der Leinwand hatte – standen zu beiden Seiten des Sessels und besprachen das Schicksal eines unbestimmten Wesens, das auf dem Kissen ruhte und vermutlich schlief. Das Paar stand kurz davor, in die Ferien aufzubrechen, und diskutierte mit einer Befangenheit, in die sich Mitgefühl mischte, über die Möglichkeiten, sich dieser Last zu entledigen, die genauso gut ein bewegungsunfähiger Greis wie ein Haustier sein konnte. In der Rolle des schmollenden Teenagers war auch flüchtig Ariane zu sehen, meine jüngere Schwester.

Der Film spielte mit dem Gegensatz zwischen der Empörung, die das Aussetzen von Hunden zu Beginn der Sommerferien an den französischen Autobahnen damals auslöste, und der allgemeinen Gleichgültigkeit gegenüber alten Menschen, die während derselben Sommerwochen ihrer Einsamkeit überlassen und das restliche Jahr über vernachlässigt wurden. Für uns hatte die Geschichte eine besondere, zugleich sarkastische wie schmerzhafte Bedeutung. Der Sessel war *sein* Sessel gewesen. Sein Sessel, in dem er gerne seine Pfeife geraucht hatte, in dem er am Abend seine medizinischen Aufsätze durchblätterte, in dem er mir Geschichten erzählte, in dem er bei der Lektüre einer Passage von Charles Dickens, Fjodor Dostojewski oder Victor Hugo Tränen der Rührung vergoss. Der Sessel, in dem er nicht mehr saß.

Ob sie sich beim Dreh vorstellte, wie er hinter der ovalen gepolsterten Rückenlehne saß? Ob sie ihn mit der Kamera, die höher war als sie, suchte? Hoffte sie, seine Spur auf dem Filmmaterial zu finden, so wie jene Ufologen, die auf der Suche nach dem kleinsten optischen Phänomen den Himmel abfotografieren? Wollte sie ihn in einer Dunkelkammer einsperren? Für die Erfordernisse des Films hatte man die Wohnung in ein Studio verwandelt. Ein Schneidetisch, den ihr der Produzent geliehen hatte, war in dem Raum aufgetaucht, der damals Behandlungszimmer genannt wurde, ein Raum ohne Fenster, in dem es nach Seife und Äther roch und der über einen schmalen Gang mit dem Arbeitszimmer verbunden war. Diese stählerne Maschine wog eine Tonne. Sie stand an der Wand neben einem einfachen Röntgenapparat, einer Liege zum Abhorchen und einem Apothekenschrank. Fast konnte man ihn mit seinen Scheiben, Spulenmagazinen, Bildzählern und dem kleinen Kontrollsichtfenster für ein weiteres medizinisches Gerät halten. Schon damals überholt, blieb er jahrelang ungenutzt dort stehen, bis der Raum zu einem Bad mit WC und Sitzbadewanne umgebaut wurde.

5

Ich stand mit nacktem Oberkörper da, während er seine Instrumente auf einem Metallschränkchen auf Rollen ausbreitete. Wenn er mich impfen wollte, zitterte seine Hand. Er hatte Angst, mir wehzutun, war sich unsicher, unter welchem Winkel er angreifen sollte, bewegte die Spritze, musste mehrmals ansetzen und verlängerte unwillentlich den Injektionsschmerz. Ich erinnere mich, wie unangenehm es ihm war, mir mit seinem Lederhämmerchen aufs Schienbein oder die Kniescheibe zu schlagen, erinnere mich an seine besorgte Stimme, wenn er mich aufforderte, zu husten oder den Atem anzuhalten, daran, wie seine Finger zwischen meinen Schulterblättern zögerten und ihren Weg suchten, wieder zurückkamen, auf meiner fröstelnden Haut herumirrten. Er musste sich überwinden, einem einen Hieb zu versetzen, eine Nadel einzustechen oder mit dem Stethoskop eine Anomalie aufzuspüren. Er war kein schlechter Arzt. Im Gegenteil, er zeigte sich äußerst gewissenhaft. Sogar zu gewissenhaft. Seine Untersuchungen fanden kein Ende. Aus Angst, eine falsche Diagnose zu stellen, horchte er einen mit unendlicher Genauigkeit, Sorgfalt, Langsamkeit ab, aber auch mit Zurückhaltung, widerwillig, als würde er jedes Mal das Schlimmste voraussehen. Er fürchtete ebenso, das Übel zu übersehen, wie es zu finden. Er mochte seinen Beruf nicht.

Er war unfähig, eine offene Wunde zu behandeln. Er konnte kein Blut sehen. Er konnte keine Fleischerei betreten oder blutiges Fleisch essen, ohne ohnmächtig zu werden.

Eines Abends wurde er bei einem Essen in feiner Gesellschaft beim Anblick eines vor Hämoglobin triefenden Steaks blass. Er versuchte, es unter dem Tisch verschwinden zu lassen, wurde aber von der Hausherrin überrascht, die anfing zu lachen. Ganz beschämt musste er mit spitzen Fingern das Fleisch aus seiner Serviette holen und wieder auf den Teller legen, mit einer angeekelten Miene, als hätte er eine tote Ratte gefunden. Ebenso ging es ihm mit Innereien: Bries, Hirn, Kutteln oder Füße und Ohren ... Der fleischliche Teil seines Berufs, diese Konfrontation mit leidenden Körpern, all die zu untersuchenden Stimmritzen, abzutastenden Lymphknoten, abzuhörenden Magengeräusche, der zu tastende Puls, die zu bekämpfenden Bazillen ekelten ihn. Das brodelnde Leben machte ihm Angst. Mehr noch, er ertrug den Tod nicht. Einen Patienten zu verlieren, machte ihn tief unglücklich. Er bevorzugte die Theorie. Bücher. Forschung. Das aseptische Weiß der Labors. Ohne Illusion. Er kannte die Grenzen der Wissenschaft. In der Überzeugung, dass sein erklärter Feind den Mechanismen des Körpers ebenso viel nahm wie den Kräften des Geistes, erforschte er gern die von den Kollegen ignorierten Bereiche wie das Unbewusste, den Wahn, die psychosomatischen Störungen. Er hätte einen sehr guten Psychoanalytiker abgegeben.

Nie legte er seinen Äskulapstab hinter die Windschutzscheibe des Autos. Und er hielt es auch nicht für zweckdienlich, zur Straße hin eine funkelnde Messingplakette mit seinen zahlreichen Titeln anzubringen. Wahrscheinlich, um in diesem Viertel alteingesessener Franzosen nicht die Anwesenheit eines Namens auf »ski« hervorzuheben, und vielleicht auch, um nicht mehr Patienten anzuziehen. Er lief den Honoraren nicht hinterher und begrenzte seine Sprechstunden auf drei oder vier Stunden am Nachmittag. Seine Patienten waren im Wesentlichen Frauen reiferen Alters, die ihm seit Jahren treu waren und ihm eine gleichsam verliebte Anhänglichkeit entgegenbrachten. Sie verehrten ihn. Er zumindest komplimentierte sie nicht nach fünf Minuten hinaus. Er empfing sie lange, wie alte Freundinnen. Dieser Mann, der mit seinen Angehörigen kein Wort sprach, unterhielt sich mit Herzlichkeit. Er nahm ihre Kümmernisse, ihre Migränen, ihre Schlaflosigkeit, ihre chronischen Schmerzen ernst. Er nannte sie seine »kleinen Gemütskranken«, Personen mit gutartigen Krankheiten, die von hauptsächlich emotionalen oder affektiven Faktoren ausgelöst wurden. Kaum wiesen sie aber anstelle ihrer gewöhnlichen Wehwehchen ein beunruhigendes Symptom auf, kaum wurden sie wirklich krank, was mit der Zeit nicht ausblieb, erklärte er auf der Stelle, dafür sei er nicht zuständig, führte die Notwendigkeit an, andere Fachgebiete als seines in Anspruch zu nehmen, und beeilte sich, sie an einen Kollegen zu überweisen.

6

Seine brillanten Auszeichnungen und Medaillen überzogen den Kamin des Arbeitszimmers wie Orden die Brust eines russischen Generals. Runde und rechteckige, glatte und geriffelte – sie machten Eindruck durch ihre Dichte, ihre Dicke. Sie zeigten das Gesicht einer behelmten Minerva, eines nachdenklichen Pasteur, einer heilenden Hygieia. Vor allem das Gesicht der Marianne. Das Gesicht eines der Wissenschaft und dem Wetteifer ergebenen Frankreich. Derart zur Schau gestellt zeichneten diese Metallplaketten eine vom Erfolg gekrönte Schullaufbahn nach, einen fehlerlosen Universitätsparcours, eine beispielhafte Karriere. Erster Preis in Silber, Anerkennungspreis in Bronze. Eine verdienstvolle, in Medaillen bezahlte Jugend. Medaillen der Republik, die in klammen Zeiten gelegentlich beim städtischen Leihamt verpfändet wurden. Wie die Goldmedaille von der Zulassungsprüfung als Assistenzarzt, die wertvollste von allen. Der einzige Gegenstand, den ich von ihm geerbt habe. Hundert Gramm reines Gold, verliehen 1928 und mehrere Male versetzt, vor dem Krieg und dann während des Krieges. Jede Medaille hat zwei Seiten. All diese geldförmigen Belohnungen, die auf der grauen Marmorplatte aufgereiht waren, gegenüber dem Spiegel, neben dem Telefon, bildeten eine Art Altar, geweiht der öffentlichen Bildung, Jules Ferry und seinem Wirken.

7

Von seiner Kindheit weiß ich nur dies. Die erbauliche, oft erzählte Geschichte einer gelungenen Integration, eines raschen gesellschaftlichen Aufstiegs durch die Gnade der republikanischen Schule. Das aus Russland gekommene Paar, das in Les Batignolles in Armut dahinvegetierte. Die Wohnungswechsel im Rhythmus der Zahltage. Der winzige Verschlag, das elende Erdgeschoss und endlich die Dreizimmerwohnung zum Hof hinaus, dann zur Straße. Der Vater Karosserieschlosser, der spätabends oder frühmorgens nach Hause kommt, verbraucht, zerrüttet sowohl von der Arbeit wie von den langen Phasen der Arbeitslosigkeit. Die Mutter, die noch unter dem Schock ihres abrupten sozialen Abstiegs steht, enttäuscht, hilflos, und die vor einer Gegenwart, die sie traurig und gewöhnlich findet, in die Vergangenheit oder die Zukunft flüchtet. Der einzige Sohn, der zu ihrem Avatar geworden ist in einer Welt, deren Codes sie so wenig kennt wie deren Sprache. Ein braver Junge, dem sie stolz zuhört, wie er mit seinem Vorstadtakzent »Unsere Vorfahren, die Gallier« aufsagt, und in den sie ihren übergroßen Ehrgeiz, ihr ungestilltes Bedürfnis nach Vergeltung legen wird. Ein guter kleiner Franzose in kurzen Hosen, der seinen Lehrern auffällt, immer der Erste und schon allein, der Murmeln und andere Spiele liegen lässt, um schnell nach Hause zu gehen und seine Aufgaben zu machen. Die wiederholten Stipendien der Stadt Paris. Und, am Schuljahresende, die Ehrenurkunden, die Preise, die schönen Bücher, die Medaillen, die vor den Augen der bewundernden Eltern verliehen werden, die im Stimmengewirr nichts verstehen außer seinem Namen, ihrem Namen, der feierlich im Schulhof verkündet wird.

Aber war es ihr Name? Wenn ich diese ganz einfache Frage in meiner Umgebung stelle, erhalte ich betretene und widersprüchliche Antworten. Ich bin unfähig, vollständige Angaben zur Person zu machen. Fast sind es Namenlose, deren Leben sich auf eine Handvoll Anekdoten beschränkt. Und bei Niania auf einen exotischen Diminutiv. Auf eine Funktion. Sie behauptete, sie sei eine Macagon. Ein Name mit russischem Klang, zumindest in ihren Ohren, der sie mit Stolz erfüllte, als enthalte er ein Adelsprädikat. Ich transkribiere ihn phonetisch, denn er taucht auf keinem einzigen offiziellen Dokument auf. Ich müsste ihn in Anführungszeichen setzen, so zweifelhaft ist mir seine Echtheit immer erschienen. Ihre französischen Freunde, ihre Bekannten, später ihre Arbeitskollegen nannten sie Hélène. Die französisierte Form von Helena. Und ihr Mann? Der Großvater? Der Stentor von Odessa? Sein früher Tod, noch bevor die Familie in die Rue-de-Grenelle zog und schließlich mit den Mauern dort verschmolz, macht sein Leben noch schemenhafter. Er schwebt über dieser Geschichte wie ein Schatten im Hintergrund. Bevor ich mit meinen Recherchen begann, kannte ich nicht einmal seinen Vornamen. Mein Vater hatte ihn vergessen. Christian antwortete nach kurzem Zögern: »David«. David Boltanski.

8

Sie haben nur einen einzigen Stützpunkt: ihren Sohn. Administrativ oder gesellschaftlich kommen sie mit ihm auf die Welt. Zuvor sind sie im Hinblick auf das französische Recht nichts oder nicht viel. Zwei Ausländer in mehr oder weniger geregelten Verhältnissen. In Paris sind die Standesamtsregister von 1860 bis 1902 digitalisiert. Man kann sie im Internet einsehen. Ein Fenster oben links auf dem Bildschirm ermöglicht es, in den gewünschten Teil des Textes zu zoomen. Der Familienname steht am Rand, mit Feder geschrieben, mit Grund- und Aufstrichen, geschwungenen Großbuchstaben, verschlungenen »s«, wie man sie in der Volksschule lernte.

Im Jahr achtzehnhundertsechsundneunzig, am fünften März, um halb vier Uhr abends. Geburtsurkunde von Étienne Alexandre Boltanski, männlichen Geschlechts, geboren am 3. dieses Monats um zwei Uhr morgens, Avenue de Saint-Ouen 105, Sohn von David Boltanski, 41 Jahre, Sattler, und Enta Fainstein, fünfundzwanzig Jahre, ohne Beruf, verheiratet, wohnhaft Rue de Tocqueville 101. Aufgenommen durch uns, Léon Henri Thiébaut, stellvertretender Bürgermeister, Standesbeamter des 17. Arrondissements von Paris, Ritter der Ehrenlegion, nach Vorzeigen des Kindes und Erklärung des Vaters. In Anwesenheit von Jacques Lebedinsky, 24 Jahre, Student der Medizin, wohnhaft Rue Lalande 5, und Martin Redon, 33 Jahre, Tagelöhner, wohnhaft Rue de Tocqueville 101, Zeugen, die nach Lektüre mit dem Anmeldenden und uns unterschrieben haben.

Trotz aller bürokratischen Dürre habe ich den Eindruck, ich sähe ein Foto. Drei verschüchterte Männer vor einem Beamten, der mit seinem Gehrock mit roten Streifen und dem Jargon eines Schalterbeamten Eindruck macht. Der mit dem Baby im Arm ist tatsächlich David. Ich hatte ihn mir nicht so alt vorgestellt. Einundvierzig. Ein spätes Alter, um alles zu verlassen, sein Land, die Angehörigen, seine Gewohnheiten, und ein neues Leben zu beginnen. Ihm zur Seite zwei eilig gefundene Zeugen. Martin Redon, ein Nachbar, da er unter derselben Adresse wohnt, Rue de Tocqueville 101. Wer aber ist Jacques Lebedinsky? Sicher ein Landsmann. Freund, Cousin oder einfach ein Bekannter. Aufgrund seines Studiums kann man annehmen, dass er Französisch beherrscht und ihm bei seinen Schritten bei den Behörden helfen kann. Und schließlich eine Abwesende: die noch im Kindbett liegende Mutter, deren Mädchenname nicht Hélène Macagon lautet, sondern Enta Fainstein. Zumindest auf diesem Blatt.

Was stimmt von all dem? Ein standesamtlicher Eintrag kann gefälscht werden, vor allem im zaristischen Russland, um dem Militärdienst zu entgehen, Grenzen zu überqueren, den zugewiesenen Aufenthaltsort zu verlassen, um in Moskau oder Sankt Petersburg zu wohnen. Ich verfüge über eine einzige weitere Quelle: verstaubte, manchmal noch nicht aufgeschnittene Foliobände, die sorgfältig im Bücherschrank des Arbeitszimmers aufbewahrt wurden und deren Verfasserin Annie Lauran ist. Sicher, es handelt sich um Romane. Es hat natürlich keinen Sinn, sie als etwas anderes zu nehmen denn als literarische Werke und sie wie Verhandlungsprotokolle oder amtliche Feststellungen zu lesen, die Autorin als Person zu beurteilen, ihre Romanfiguren mit deren Umgang im Alltagsleben zu verwechseln, ihre Werke in eine einzige wortwörtliche Interpretation zu zwängen, zu behaupten, sie entsprängen alle ganz klar der Wirklichkeit und nicht ihrer Phantasie. Et cetera. Nur, wie sollte man keine Parallele zwischen Étienne Boltanski und »Louis Gatowsky« ziehen, dem Helden aus *Gâteau du samedi*, ein von seiner Mutter, jener »stets schwarzgekleideten« Frau, die »an einem Winterabend« mit »einem Samowar unter dem Arm« in Paris eingetroffen ist, umhegter »künftiger Physiker«? Oder mit

»Michel Barsky«, der in *Celle que j'étais hier* als »seriöser«, »feinfühliger«, »unschuldiger« junger Mann »mit sonnengebräuntem Gesicht und lockigem schwarzen Haar« beschrieben wird, der ebenfalls mit seiner Mutter zusammenlebt? Oder mit dem Kind in *Réanimensonge*, »so schnell geboren, das Kind mit den langgezogenen Augen, nicht wie die hiesigen«, »Sohn von Hélène, der unwissenden Enta mit den langen braunen Zöpfen [...], die aus Odessa gekommen war, um die Freiheit zu finden«?

Die Lektüre der Bücher meiner Großmutter, die von ihrer Schwiegerfamilie angeregt sind, offenbart, dass die dem Rathaus des 17. Arrondissements gegebenen Informationen von Irrtümern wimmeln, seien sie absichtlich erfolgt oder nicht. Der Vater heißt wohl nicht David, sondern Ilya oder Iljuscha. Élie auf Russisch. So wie sein Enkel, den er nie kennenlernen wird. Die Mutter heißt tatsächlich Enta, Entele, Fainstein, oder zumindest lautet so der Name, der in ihrem Pass steht, und nicht Hélène Macagon, wie sie behauptet. Auch über ihr Alter sagt sie nicht die Wahrheit. Wir wissen es schon: Sie ist sehr viel jünger, vielleicht sogar noch minderjährig. Für einen Mann, der ihr Vater sein könnte, hat sie alles verlassen, ihre Stadt, ihr Land, ihre Familie, ihren Komfort. Das Paar wohnt in der Avenue de Saint-Ouen, schreibt Annie Lauran, zwischen der Porte de Saint-Ouen und dem inneren Ring in einer »stinkenden Erdgeschosswohnung«, in der sich heute links eine Grillmetzgerei, rechts ein Frisiersalon befinden. Oder handelt es sich eher um das Zwischengeschoss, das durch drei winzige Fenster erhellt wird? In einer dieser schmalen Öffnungen, die eher an Schießscharten erinnern, erahnt man eine Gipsbüste der Marianne, das Gesicht zur Scheibe gewandt, als habe die Republik beschlossen, der lauten, von Kastanienbäumen gesäumten Allee, die zum Flohmarkt führt, den Rücken zu kehren. Wer wohnt jetzt in der Rue de Tocqueville 101, einem Wohngebäude in Haussmann'schem Stil, nobler als das vorherige, neben einem chinesischen Partyservice und zwei Schritte von der Porte d'Asnières entfernt?

Mein Großvater sagte immer, der Nachname, den er uns vererbt habe, enthalte einen Fehler. Seiner Aussage nach war er von den französischen Einwanderungsbehörden falsch geschrieben worden und hätte, entsprechend den Regeln der Transkription kyrillischer Buchstaben in lateinische, mit einem »y« und nicht mit einem »i« enden müssen. Boltanski ist wahrscheinlich von einem Ortsnamen abgeleitet: Balta, eine Stadt hundertachtzig Kilometer nordwestlich von Odessa, die bis zum Zweiten Weltkrieg mehrheitlich von Juden bewohnt wurde und nacheinander osmanisch, polnisch, russisch, sowjetisch, rumänisch und schließlich ukrainisch war. In jenem Osteuropa, wo die Schreibungen sich im Lauf der Eroberungen und Neuaufteilungen unaufhörlich änderten, wären auch etliche andere Schreibweisen möglich gewesen: Boltanskij, Baltanski, Baltansky, Baltyanski, Baltyansky, Baltyyanski, Baltyyanskij, Boltyanski, Boltyansky, Boltyanskij... Die Beharrlichkeit, mit der Großpapa auf diesen – verglichen mit der dicken Geheimnisschicht, die seine Familiengeschichte umgibt – unbedeutenden Irrtum zurückkam, lässt mich glauben, dass für ihn in dieser Endung sehr viel mehr als nur ein einziger Buchstabe steckte. Etwas, das mit Identität zu tun hat.

9

In der Schule war Étienne stolz, Russe zu sein. Russe wie Nikolaus II., der in einer Kutsche neben dem Präsidenten Félix Faure durch Paris fuhr, den die satirische Presse Felixkoff nannte. Er war russisch wie die zaristische Flotte, die in der Bucht von Toulon Flagge zeigte, oder wie die Bälle, die man in Sankt Petersburg zu Ehren republikanischer Würdenträger gab. Russe wie der gekrönte Bär auf den Karikaturen, der Albtraum von Kaiser Wilhelm. Russisch wie das spitzengekleidete kleine Mädchen, das die Exquis-Guillout-Keksdosen oder die »bonbonof ruskof« schmückte, Süßigkeiten, die auf den Boulevards verkauft wurden. Wie die Anleihe, die man sich aus den Händen riss, Dokumente in ausgewaschenen Farben, die auf Rubel ausgestellt waren und bald nur noch Papierfetzen sein würden. Für seine erstaunten Schulkameraden gehörte er zu jenem mächtigen Reich, das es Frankreich erlaubte, aus seiner Isolation herauszukommen, das Deutschland in Angst und Schrecken versetzte und einen neuen Krieg unmöglich machte. Sein Kopf war voll mit Bilderbogen, Postkarten, Briefmarken, die die Französisch-Russische Allianz feierten, geprägt von bärtigen Durchlauchten mit fransigen Epauletten und doppelköpfigen Adlern auf goldenem Grund. Er lebte in einer Phantasiewelt, die aus galoppierenden Kosaken bestand, aus Kurieren des Zaren, aus Michael Strogoff, der sich den Tartarenhorden stellt.

Bis zu jenem warmen, sonnigen Frühlingsabend. Seiner zweiten Geburt. Er war neun Jahre alt. Ganz gegen ihre Gewohnheit hatte seine Mutter ihn bei Schulschluss abgeholt. Sie nannte ihn ihren kleinen König und strich ihm übers Haar, während sie die Avenue de Villiers entlanggingen. Woher kenne ich all die Details? Die Szene wird in *Le Gâteau du samedi* und *Réanimensonge* genauestens beschrieben. Außerdem ist sie mir einige Male als witzige Geschichte erzählt worden. Étienne lachte, er löste sich von ihrer Hand, um zu rennen und die Blätter abzureißen, die zwischen den Gitterstäben hervorragten. Als er seiner Mutter den dichten Strauß hinhielt, blieb sie stehen, nahm ihn in die Arme und drückte ihn fest an ihre bestickte weiße Bluse. Um sie herum pulsierte das Paris der Belle Époque. Pferde trabten vorbei, Peitschen schnalzten. Hüte spazierten umher. Sie deutete ein gezwungenes Lächeln an. Ihre Stimme war seltsam. Beim ersten Mal verstand er die Frage nicht. »Du hast nichts gegen Juden, oder?«, wiederholte sie. Sie tat ihm ein bisschen weh, sie erstickte ihn fast. Um sich aus ihrer Umarmung zu befreien und weil er ein braves Kind war, lieb zu allen, antwortete er mit seiner Schülerstimme, bemüht, die richtige Antwort zu geben: »Nein«. Er sah, wie sich das Gesicht seiner Mutter mit einem Schlag entspannte. Sie gab ihm einen Kuss auf die Stirn und sagte: »Ah! Da bin ich aber froh, denn dein Papa und ich sind Juden. Du bist Jude, mein kleiner Liebling!«

Andere Bilder überwältigten ihn. Karikaturen, die er auf dem Titelblatt derselben Zeitungen erblickt hatte, die den russischen großen Bruder feierten. Zeichnungen von abscheulichen Männergestalten mit wulstigen Lippen und krummer Nase, die unzählige lustige Geschichten oder als lustig geltende Geschichten in Almanachen oder Kalendern illustrierten. Plakate, dazu bestimmt, Angst zu machen, die vor Wahlen in den Straßen hingen und einen unsichtbaren Feind anprangerten. Er erinnerte sich der Spitznamen, die abbekam, wer schummelte, Beleidigungen, die Schulkameraden in der Pause riefen, mit einer Natürlichkeit, als seien sie ganz normal. Vielleicht hatte er sie sogar selbst gerufen. Abscheu überkam ihn. Sie wunderte sich, wie blass er war, beschloss, ihm einen Kuchen für den Nachmittagsimbiss zu kaufen. Vielleicht wollte sie auch das Ereignis begehen. Er hatte keinen Hunger. Sie musste ihn zur Patisserie an der Place Pereire schleppen und schimpfte ihn aus, als er sein Kirschtörtchen im Laden auf den Fliesenboden fallen ließ.

10

Er hatte einen Zwilling, einen Geistesverwandten, aber im entgegengesetzten Sinn. Dieselbe Herkunft, dasselbe Alter (auf einen Monat genau), dieselbe Ausbildung und zwei Persönlichkeiten, zwei Schicksale so gegensätzlich wie Wasser und Feuer. Théodore Fraenkel war sein Schatten, sein Gegenteil, sein lieber kleiner Teufel. Derjenige, der er hätte sein können. In Odessa kannten sich ihre Väter. Sie waren mehr oder weniger Nachbarn. Théodores Vater wanderte als Erster nach Paris aus. War David oder Eliahu – wie auch immer sein Vorname lautet – seinem Beispiel gefolgt? Ihre beiden Kinder trafen sich auf denselben Schulbänken wieder, im Lycée Chaptal, einem modernen Gymnasium, anders gesagt ohne

Latein oder Griechisch, am Boulevard des Batignolles. Der eine wie der andere wollte Schriftsteller werden. Étienne las Alphonse Daudet, Jules Renard, Pierre Loti. Akademische Autoren, passend für das Ornat der Académie Française, sehr französisch, würdig, am Ende des Schuljahres als Auszeichnung verteilt zu werden. Bücher für Schulpreise. Vermutlich die, die er bekommen hatte. Sein Kamerad zeigte weniger genehme Vorlieben: Mallarmé, Huysmans, Baudelaire. Vor allem Alfred Jarry. Er machte auf Ubu. Er stieß seltsame Wörter aus, verstümmelte andere, erfand Epenthesen, schrieb Pastiches und Akrosticha, benutzte Anagramme. Er führte andere an der Nase herum, inszenierte unglaubliche Täuschungen, die ihm haufenweise Ärger einbrachten. Fedja, wie Étienne ihn nannte, konnte genial, witzig, grausam sein. Er war sein bester Freund und zugleich sein schlimmster Verfolger, der sich unaufhörlich über seinen Ernst und seine Hilflosigkeit lustig machte. Bald zog Théodore ihm einen anderen Mitschüler vor: einen jungen Propheten mit hoher Stirn und langsamen Gesten. Folgt man André Bretons Biographen, soll ihm der Schüler Fraenkel wegen seiner Art, Verse zu deklamieren, aufgefallen sein. Angeblich war er von seinem desillusionierten Lachen, seinem Schulterzucken, seinem unbarmherzigen Geist, seiner kalten Ironie hingerissen. Die beiden Gymnasiasten teilten dieselbe Leidenschaft für Dichtung, für das Ungewöhnliche, den schwarzen Humor, die Provokation, den Anarchismus, den Illegalismus. Sie bewunderten den Anarchisten Jules Bonnot und seine Gruppe motorisierter Räuber, über deren kleinste Missetaten ausführlich in *Le Petit Journal* berichtet wurde. Nach dem Unterricht spazierten sie durch das Musée Gustave Moreau und phantasierten von seinen fernen und verschwommenen Nymphen. Bis zum unvermeidlichen Bruch trennten sie sich nicht mehr.

Ohne je Dadaist oder Surrealist gewesen zu sein, gehörte Étienne zu dem, was man als den ursprünglichen Kern der Breton'schen Avantgarde ansehen könnte: dem *Club des sophistes*. Eine Pennälersache, die aber bereits die Merkmale der kommenden Gruppen trug: geschlossene Versammlungen, ausgesuchte Schüler und ein geistiges Vorbild. André Breton war natürlich der führende Kopf, Théodore Fraenkel der bewaffnete Arm. Ich weiß nicht, welche Rolle mein Großvater dabei spielte. Es fällt mir sehr schwer, ihn mir in einem Kreis vorzustellen, der die Beredsamkeit preist, und noch schwerer, ihn mit absinthgetränkten, derb-komischen Abenden in Verbindung zu bringen. Ich glaube nicht, dass er etwas zu ihrer Lyrikzeitschrift beigetragen hat, die von René Hilsum geleitet wurde, dem späteren Verleger des Verlags *Au sans pareil*. 1913 schrieben sie sich alle drei für das Propädeutikum ein und begannen im Jahr darauf das Studium an der Medizinischen Fakultät. Eine Verlegenheitslösung, denn keiner von ihnen war wirklich dazu berufen, und in perfektem Miteinander, als seien sie unzertrennlich. Auch hier weiß ich nicht, wer die anderen mitgezogen hat. In dem Trio fällt Étienne, der Schweigsame, aus dem Rahmen. Es sei denn, er wäre damals ein ganz anderer gewesen? Ein leidenschaftlicher, erfinderischer, selbstsicherer und, warum nicht, kühner Mensch?

11

Wann und wie wurde er gebrochen? Zum ersten Mal gleichzeitig mit Millionen anderen Männern: die Füße im Schlamm, vor einem weichen Erdwall, verziert mit diversem Material und Abfällen, darüber spanische Reiter und zu Büschen gewundener Eisendraht, in einem schmalen Graben, der heftigen Erschütterungen ausgesetzt ist und den Geruch nach Pisse, Scheiße, Schweiß und Schlachtfleisch ausdünstet. Den zwei Jahren, die er in den Schützengräben verbrachte, hätte man ein ganzes Buch widmen können, hätte er denn Erinnerungen weitergegeben, ein Tagebuch geführt oder Briefe aufbewahrt, und wären es auch von der Zensur zusammengestrichene. Aber er hat nichts hinterlassen. Zu Lebzeiten war er nicht gesprächiger. Wenn wir ihm Fragen zu seinem Krieg stellten, verwies er uns systematisch auf die Lektüre von *Das Feuer*. Als hätte Henri Barbusse, der 1916 aus gesundheitlichen Gründen ausgemustert wurde, in dem Moment, als er selbst mobilisiert wurde, alles erzählt: die benommenen schlammigen Leiber, zusammengekrümmt, den Kopf zwischen den Knien, die im Lehm klebenden Stiefel, die intensive Kälte, das Warten, das Zischen der Torpedos, das Pfeifen der Schrapnells, das Donnern der schweren Granaten, das langsame Keuchen der 75er Granaten, all die Hörkünste, die herauszufinden erlauben, ob man leben oder sterben wird, die panische Angst in dem Moment, wenn man über die Brustwehr steigt, die gewaltige Mondlandschaft zwischen den beiden feindlichen Linien, voller Wasser, durchzogen von Wagenspuren, gespickt mit Balken, Bohlen und Lianen aus Eisen, die Leichen, die sich in den Löchern stapeln, wo sie aufspringen, sobald man auf sie tritt, oder die an Stacheldrahtverhauen hängen und in Vogelscheuchen verwandelt sind, mit ausgebreiteten Armen, das unaufhörliche Brüllen der Verwundeten in der Nacht, der Freund, den man in dem reglosen Ungeheuer mit brennenden Augen wiederzuerkennen versucht, das wie ein Wrack in den Boden gerammt ist.

Aufgrund seines Studiums hätte er zurückgestellt werden können. »Wenn du nicht in den Kampf ziehst und mit einer Auszeichnung zurückkommst, bist du nicht mehr mein Sohn«, warnte ihn seine Mutter. Er kam seinen Verpflichtungen nach, wie man so sagt. Hat er sich vom patriotischen Rausch mitreißen lassen? Oder spürte er nach zwei Jahren des Gemetzels die Sinnlosigkeit eines Weltenbrandes, der Europa zerstören würde? Er richtete es so ein, dass er dem mütterlichen Befehl gehorchte, ohne sich opfern zu müssen. Anstatt sich freiwillig zu melden, antwortete er nicht auf die Einberufung, da er wusste, dass er dadurch zwangsweise eingezogen würde. Eines Morgens kamen die Gendarmen ihn holen. Die Armee machte ihn umgehend zum Arzt im Range eines Feldwebels und beorderte ihn zum 54. Infanterieregiment an die Spitze eines Krankenträgerzugs. Am 21. November 1916 wurde er an die Front geschickt.

Er leitete eine Rettungsstelle, ein mit Brettern und zwei Metern lockerer Erde bedecktes Loch, über dem eine Rotkreuzfahne wehte. Ein idealer Ort, um das massenweise, fabrikmäßige, brutale und anonyme Sterben zu beobachten, das der moderne Krieg hervorbrachte. In dieser Vernichtungskette war er nur ein machtloses Glied. Mangels Penicillin, das erst 1928 von Alexander Fleming erfunden werden sollte, beschränkte sich sein Tun auf das Anlegen einfacher Verbände oder Gipsbinden. Danach beeilte er sich, eine Karteikarte auszufüllen, die er dem Sterbenden an die Kleidung heftete. Name, Regiment, Art der Verwundung, Tetanus-Spritze ja oder nein. Er hielt sich an eine damals im Militärkrankenhaus Val-de-Grâce vermittelte Lehrmeinung, die sich auf die Erfahrung der vorausgegangenen Kriege stützte. Da die Kugeln vom Feuer gereinigt wurden, galten Kriegswunden als aseptisch. Um sie nicht zu beschmutzen, durfte man sie folglich nicht anrühren. Die Einheiten des medizinischen Dienstes an der Front sollten sich damit begnügen, die Blutung zu stillen, jeglichen Ausfluss zu stoppen, Brüche ruhigzustellen und den Patienten so weit weg wie möglich zu transportieren. Bis die militärische Universität ihren Fehler bemerkte, hatte sie von chirurgischen Eingriffen abgeraten. Der Frontsoldat, so versicherte sie, würde von allein gesunden. Sie bemerkte erst spät, dass drei Viertel aller Wunden von Granatsplittern verursacht waren, die, vermischt mit Schlamm, fauligem Wasser und dem dreckigen Stoff der Militärjacken, sofortige Infektionen verursachten. Am Ende einer mehrtägigen Reise in rüttelnden Krankenwagen, dann in überfüllten Zügen, gelangten die Schwerverletzten zumeist von Wundstarrkrampf oder Gasbrand befallen in die Krankenhäuser des Hinterlandes.

Das *Marsch- und Einsatztagebuch*, das in jeder Einheit geführt wurde und seit kurzem im Internet verfügbar ist, beschreibt nicht, was für Horrorwesen da in die Krankenabteilung strömen, mit erdverschmierten Gesichtern, heraushängenden Därmen, blutigen Stümpfen, halben Hintern, herausgerissenen Kehlköpfen, als hätte man ihnen die Kehle durchgeschnitten, trotz ihrer offenen Schädel, die die Windungen eines scharlachroten Gehirns entblößen, noch fähig, Laute hervorzubringen. Es führt auch nicht im Einzelnen die Arbeitsbedingungen in einem solchen Unterstand aus: die Verwundeten, die sich an den Kittel klammern und flehen, als Erste behandelt zu werden, der Geruch nach Erbrochenem, Äther und warmem Dreck, die Karbidlampe, die jedes Mal ausgeht, wenn ein dicker Brocken in der Nähe einschlägt, der wasser- und blutgetränkte Boden, die schlammigen Finger, die in der Dunkelheit herumtasten, um die Wunde zu finden und sie mit Jodtinktur zu bepinseln, die draußen aufgetürmten, aufgequollenen, fliegenübersäten Leichname, das dumpfe Hämmern im Halbsekundentakt, das einen zu Boden wirft und den Stollen in ein Grab zu verwandeln droht. Man erfährt nichts über die Pfiffe, die von den Offizieren gebrüllten »Vorwärts!«-Rufe, das verzweifelte hinter der Angriffswelle Herrennen, das Tack-Tack-Tack der Maschinengewehre, die Schreie, die Explosionen, die Körper, die so schwer sind, dass man sie unmöglich heben kann, die im Schlamm schwankende Trage, die Krankenträger, von denen einer nach dem anderen stirbt und von denen man nur roten Matsch findet, wie der beste Freund meines Großvaters, der Sohn eines jüdischen Händlers aus Roubaix, den alle den »Fillosof« nannten, nicht wegen seiner Fähigkeit, Begriffe zu entwickeln, sondern wegen seines philosophischen Gleichmuts, den er in allen Situationen an den Tag legte. Auch kein Wort über den schlimmsten Winter des Krieges. Ach, doch! Ein paar sparsame Untertreibungen, über die Tage verstreut. 26. November 1916: »Der sanitäre Zustand hat sich verschlechtert (zahlreiche Abtransporte wegen erfrorener Füße).« 10. Dezember 1916: »Schichtwechsel in der Nacht ohne Vorkommnisse, aber sehr mühsam wegen Regen und Schlamm.« 15. Januar 1917: »30 km Marsch, Kälte.« Selbst der Krieg wird mit der Strenge eines Wetterberichts beschrieben, als handele sich um ein durchziehendes Gewitter. Vom 10. bis zum 19. März desselben Jahres: »Feindliche Artillerietätigkeit, bisher gleich null, wird immer lebhafter ... Das Tauwetter macht Schützen- und Verbindungsgräben praktisch unpassierbar.«

Hingegen erlaubt es das *Einsatztagebuch*, Étiennes Bewegungen mit der Genauigkeit eines GPS Schritt für Schritt zu folgen, ihn bei jedem Ortswechsel zu begleiten, bei jenen nicht enden wollenden Pendelbewegungen, seinen Einquartierungen, seinem Einrücken in die vorderste Linie im Rhythmus der Offensiven, bei seinen Märschen, meistens nachts, die kräftezehrend und für diesen Mann, der nie läuft, unvorstellbar sind, und vor allem erlaubt es, seine Einsatzziele zu erfahren. Riesige Friedhöfe. Zunächst die Somme, Ende 1916. Eine Million Opfer. Das Fort von Bois-l'Abbé, der Sporn von Malassise, die Schlucht von Bouchavesnes, der Wald von Riez, die Mühle von Fargny. Fort, Schlucht, Wald, Mühle, sie sind bereits nur noch Punkte auf Generalstabskarten, nur noch ein Durcheinander von Trümmern und enthaupteten Rümpfen. Dann der Chemin des Dames, von Januar bis Mitte Mai 1917. Auf beiden Seiten insgesamt fünfhunderttausend Tote. Soupir, Moussy, Braisne, Bois d'Hauzy, Saint-Mard, die Ferme de la Montagne, Ostel, Château Ruiné, die Gargousse, der Sporn von Chevregny, die Höhlen von Coblentz. Hinter diesen Namen stehen eine zerklüftete

Hochebene, steil abfallende Hänge voller Höhlen und ganz oben eine Abfolge von Hindernissen, eine Linie, die auf den Namen Hindenburglinie getauft ist. Und ebenso viele Angriffe und Massengräber. Angriffe, deren Absurdität den Männern, die sie führen, mit derselben Heftigkeit in die Augen springt wie die Granaten. Zu kurze Schüsse, zu weit entfernte Ziele, zu plumpe Pläne, die entdeckt wurden, noch bevor man sie umsetzen konnte. Wurde er Zeuge der ersten Akte von Befehlsverweigerung? Zog er selbst in Erwägung, abtrünnig zu werden, dieses nutzlose Gemetzel zu fliehen?

Eine solch traumatische Erfahrung war nicht mitteilbar. In *Der Erzähler. Betrachtungen zum Werk Nikolai Lesskows* führt Walter Benjamin das Verschwinden des Erzählers auf den Ersten Weltkrieg zurück. Denn es ist der Tod, der das Leben in Erzählung verwandelt, erklärt er. Der Tod allein lässt ein Leben in einer Reihe von verschiedenartigen Bildern vorbeiziehen und ordnet sie zu etwas, das einem Schicksal ähnelt. Kein Epos, kein Heldenlied ohne beispielhaftes Dahinscheiden. Wird der Tod jedoch anonym gemacht und auf eine einfache mechanische Operation reduziert, kann er seine Rolle als Sanktion nicht mehr spielen und folglich nicht die Materie hervorbringen, aus der Geschichten gemacht sind. Die Soldaten des Ersten Weltkrieges, als Unbekannte gefeiert, weil man sie auf Menschenmaterial reduziert hat, das als überreich vorhanden und austauschbar angesehen wurde, kehrten stumm von den Schlachtfeldern zurück. Étienne wie die anderen. Die Kriegsstammrolle, die in den städtischen Archiven von Paris aufbewahrt wird, verzeichnet für ihn ein Kriegskreuz mit Datum des 1. August 1917. Diese Medaille lag nie auf dem Kamin im Arbeitszimmer.

12

Sie ruhte im Inneren des Louis-Philippe-Sekretärs aus massivem Nussbaumholz vor dem mittleren Fenster. Ordentlich vergraben hinter der herunterklappbaren Schreibplatte, in einem Fach ganz hinten. Vielleicht sogar bis zum heutigen Tag in einem der Verstecke dieses Überraschungsmöbels vergessen, wo junge Mädchen früherer Jahrhunderte ihre Liebesbriefe aufzubewahren pflegten. Meiner Erinnerung nach brauchte man nur auf einen Knopf zu drücken oder eine Feder zu betätigen – ich weiß es nicht mehr genau –, um eine von einem Pilaster verdeckte Klappe zu öffnen. In diese Schublädchen räumte mein Großvater kleine Gegenstände, die keinen großen Handels- oder ästhetischen Wert, aber großes affektives Gewicht hatten, die durch ihr Zusammentreffen Bedeutung bekamen und sein inneres Universum oder eher seine Zerfahrenheit erkennen ließen. So wie die mit der Renaissance und den großen Entdeckungen aufgetauchten Kuriositätenkabinette von Fürsten oder Gelehrten eine Darstellung der Welt boten. Sie waren Vorfahren der Museen und bargen ein unglaubliches Durcheinander, das vom Turban des Obereunuchen von Konstantinopel über ägyptische Mumien, mexikanische Arzneibücher oder Bezoarsteine, jene Steine, die man im Verdauungsapparat mancher Tiere findet und denen man alle möglichen Zauberkräfte zuschrieb, bis zum Kopf eines Zyklopen reichte. Sowie Medaillen, antike Münzen, Geld, Pergamente, die in Fächern ruhten, die durch geschickt verborgene innere Mechanismen bewegt werden konnten. Die innere Bühne meines Großvaters verwies allein auf eine einzige Absonderlichkeit: den Krieg.

Neben dem gleichnamigen Kreuz enthielt der Sekretär, bunt gemischt, seinen Judenstern, genau den, der das Hausmädchen aus Arglosigkeit oder Grausamkeit hatte sagen lassen: »Auf der Straße habe ich einen Herrn mit genau so einer Kokarde wie die von Monsieur gesehen, aber Monsieur steht sie viel besser«, falsche Papiere, die ihm ein Freund ausgestellt hatte, ein Chirurg, der durch die Gunst der Ereignisse zu einem geschickten Fälscher geworden war, und eine zusammengefaltete Zeitung, die er eines Nachmittags, als sein letzter Patient gegangen war, aus der Schublade hervorkramte und vor mir auseinanderfaltete. Sicher hielt er mich für alt genug, um die Bedeutung des in Großbuchstaben gedruckten Wortes zu erfassen, das in fetten schwarzen Lettern dastand und das in jeder Zeile wiederkehrte, dem die Beiworte »verlauste«, »Spekulant«, »Parasit«, »negroid«, »unerwünscht«, »Eindringling« oder »Betrüger« vorausgingen oder folgten. Im Unterschied zu heutigen Wochenblättern hatte *Au Pilori* [dt.: *An den Pranger*] nicht die Aufgabe zu informieren. Wie sein Name andeutete, denunzierte es. Es bestimmte eine präzise Bevölkerungsgruppe für den Pranger und mehr noch für die Henker. Die Ausgabe trug das Datum des 16. August 1940. Unter der Schlagzeile »Säubern wir Frankreich!« zeigte eine Karikatur einen Mann mit krummer Nase, Zigarre im Mund und Taschenuhr vor dem dicken Bauch, der mit sattem Blick ein mit französischen Leichen übersätes Schlachtfeld bewunderte. Es folgten nach Berufen geordnete Listen von Einzelpersonen, die immer mit demselben Wort in Großbuchstaben begannen. Zwei Monate nach der Niederlage begann *Au Pilori* seinen Denunzianten-feldzug mit den Berufen, die als die heikelsten angesehen wurden, weil sie mit dem Körper oder dem Geist zu tun hatten. Auf Seite 2 führte die Zeitung eine Bestandsaufnahme der jüdischen Ärzte oder Professoren durch, die Chefärzte in den Einrichtungen der öffentlichen Wohlfahrtspflege von Paris waren. Für das Hôpital Saint-Antoine wurden acht Namen genannt. Darunter seiner.

13

Hatte jemand ihm die Zeitung gegeben oder war er zum Kiosk am Boulevard Raspail gestürzt, um sie zu kaufen? Ich stelle mir vor, wie er sie mit Blicken absucht, mit dem Finger ebenso fiebrig über das Papier gleitet wie damals, als er die in der Halle der medizinischen Fakultät am Boulevard Saint-Germain ausgehängten Prüfungsergebnisse überflog. Nach der ersten Bestürzung versucht er sicher, sich zu beruhigen. Auch diese Liste da ist ihm vertraut. Wie oft hat er gesehen, dass sein Name auf der Tafel mit den Bereitschaftsdiensten ausgewischt und durch ein mit Kreide hingekritzeltes »Drecksjude« ersetzt worden war? Die Jahr für Jahr in seiner Personalakte schriftlich vermerkten Beurteilungen – »ausgezeichneter Student, würdig, zum Assistenzarzt ernannt zu werden«, »in jeglicher Hinsicht sehr guter Assistenzarzt«, »sehr zuverlässiger, gewissenhafter Assistenzarzt« – ändern daran nichts. Von Beginn seines Studiums an wird er noch einer anderen Prüfung unterzogen, gegen die er nicht ankämpfen kann. Als er bei der schriftlichen Prüfung für das höhere Lehramt der Medizin Zweitbester wurde, brachte sein Chef ihn davon ab, sich zur mündlichen Prüfung zu melden: »Unnötig«, sagte er ihm. »Sie werden nicht genommen. Wir haben letztes Jahr schon einen Juden berufen.« Die *Caisse des dépôts et consignations* wies seine Bewerbung auf eine Stelle als Arbeitsmediziner ab, ohne sie auch nur zu prüfen. »Es ist uns sehr unangenehm«, antwortete ihm der Direktor. »Wir wären glücklich gewesen, Sie einzustellen, aber man sagte uns, Sie seien israelitischen Glaubens.«

Die Gewöhnung verführt dazu, die Bedrohung zu unterschätzen. Er versucht, an den x-ten Fieberanstieg einer chronischen Krankheit zu glauben, die er nur zu gut kennt. Das sogenannte Pflegemilieu, sein makellos weißes, vereidigtes Milieu pflegt einen virulenten Antisemitismus. In der Zwischenkriegszeit hat er versucht, diesen Hass, der zu wachsen nicht aufhörte, zu ignorieren. Die Witze der Medizinstudenten über sein »zwielichtiges« Aussehen, die Schlägereien im Umfeld der Fakultät mit den Rufen »dreckige Ausländer!«, die Aufrufe bei Gewerkschaftsversammlungen, ihn und seinesgleichen aus der öffentlichen Wohlfahrtspflege zu jagen, die Bemerkungen bedeutender Kollegen über diese Leute, die »Patienten ausnehmen« und »guten Franzosen« die Arbeit wegnehmen, oder der Artikel von jenem »Dr. Bosc«, erschienen im *Journal de l'association des externes de Paris*, der die »Hunnenhorden« und die »unmöglichen levantinischen Sprösslinge« geißelt, die »die französische Medizin erobern« und der – schon jetzt – Listen von Studenten mit unaussprechlichen Namen aufstellt.

14

Sein Status als Weltkriegsveteran erlaubt es ihm, den ersten Gesetzen der Vichy-Regierung zu entgehen, die es Juden verbieten, einer öffentlichen Einrichtung anzugehören und folglich auch eine Krankenhaustätigkeit auszuüben, und ihre Zahl auf zwei Prozent des medizinischen Personals zu begrenzen. Eine Zeitlang praktiziert er weiter im Hôpital Saint-Antoine. Er hat nur noch eine Galgenfrist, seine Dienstkleidung ist ihm schon genommen worden, und bald ist er ganz auf seinen Stern auf dem weißen Kittel reduziert. »Es ist völlig normal, dass Sie ein Kennzeichen tragen«, erklärt ihm einer seiner Assistenzärzte in schulmeisterlichem Ton. »Trugen Sie nicht schon im Mittelalter den Gelben Fleck?« Zu Hause hält er weiter für einen immer kleiner werdenden Patientenkreis Sprechstunde. Er kann keine Termine mehr machen. Sein Telefon wurde konfisziert, genau wie sein Wagen und der Rundfunkempfänger. Er verlässt so selten wie möglich das Haus. Seit August 1941 zielen die Razzien nicht mehr nur auf Ausländer, sondern auch auf Franzosen. Er weiß, dass er verhaftet und an jenen Ort im Norden von Paris geschickt werden kann, von dem alle reden, jenes hufeisenförmige Gebäude, das seit kurzem von Wachtürmen umgeben ist und den Namen Drancy trägt. »Was tun Sie da, Herr Doktor?«, fragt ihn eine Patientin, die sich suchend nach ihm umgeblickt hat. Gerade saß er noch und war dabei, ihr Rezept auszufüllen, als er mit einem Mal aus ihrem Blickfeld verschwunden war. Die Frau beugt sich vor und sieht, wie er auf dem Boden kauert. Als er die Klingel hörte, hatte ihn die Angst gepackt und er war unter den Louis-XIII-Tisch abgetaucht.

Bei der Sitzung am 3. Dezember 1942 beschließt das Aufsichtsgremium der öffentlichen Wohlfahrtspflege von Paris, dem ein »M. Brodin« vorsitzt, die Beurlaubung von drei Angehörigen der Ärzteschaft der Krankenhäuser, die »aus unterschiedlichen Gründen vor geraumer Zeit aufgehört haben, ihren Dienst zu versehen«. Die von diesen Maßnahmen betroffenen Ärzte sind »die Herren Doktoren Boltanski, Arzt, Stationsarzt im Hôpital Saint-Antoine, René Bloch, Chirurg, Chefarzt im Hospice Saint-Vincent-de-Paul, und Maduro, Krankenhaus-HNO-Arzt«.

15

Die Unterschrift in violetter Tinte des Abteilungsleiters der Polizeipräfektur ist abgekupfert. Genau wie das Siegel des État Français, vermutlich ein Linolschnitt. Das Ausweisformular ist echt. Nichts ist einfacher als das. Alle Buchhandlungen verkaufen welche. Der Ausweisinhaber kauft es und lässt es im Kommissariat ausfüllen. Oben rechts trägt es eine vierstellige Nummer, die dem Ausstellungsdatum entspricht, sowie eine Steuermarke über 13 Franc, die mit einem ebenfalls gefälschten Stempel versehen ist. Die erkennungsdienstlichen Angaben entsprechen ganz genau der Wirklichkeit. Größe 1,60 m. Braunes Haar, braune Augen. Gerade

Nase. Matter Teint. Ovales Gesicht. Man hat einen Namen ausgesucht, der so wenig Verdacht wie möglich weckt: Giraud klingt sehr französisch. Er ist gewöhnlich, ohne abgedroschen zu sein. Der Vorname dagegen mag überraschen: Jeanine. Genau wie das Schwarz-Weiß-Foto daneben: Großpapa trägt eine gewellte Perücke, die ihm über die Schultern reicht, eine Perlenkette und etwas, das ein Seidenkleid sein könnte. In diesem Aufzug hat er, nur etwas maskuliner, unbestimmte Ähnlichkeit mit Miss Marple. »Die können immer noch nützlich sein!«, wiederholte er und lächelte bauernschlau, wenn man seine falschen Papiere aus der Schublade zog. Ob er sie je benutzt hat? Ich kann mir nicht vorstellen, wie er irgendjemanden in einer so grotesken Verkleidung hätte täuschen können.

SALON

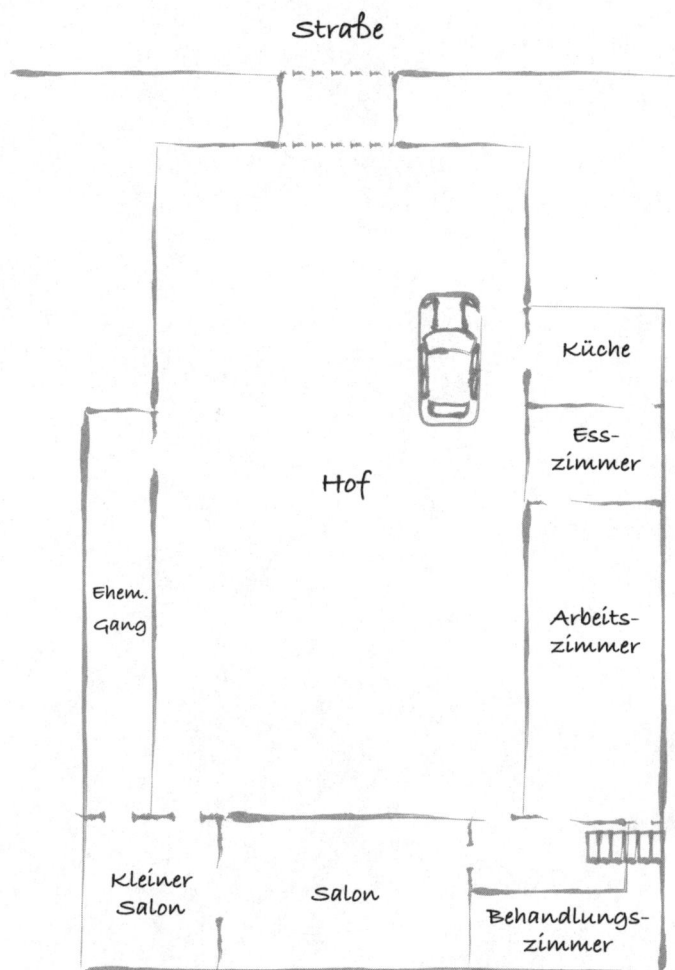

Straße

Hof

Küche

Ess-
zimmer

Arbeits-
zimmer

Ehem.
Gang

Kleiner
Salon

Salon

Behandlungs-
zimmer

1

Sie sind zu zweit. Der Kleinere spitzt vor der Tür die Ohren, während er den Blick über das gläserne Vordach schweifen lässt. Der Andere geht im gepflasterten Hof auf und ab. Als sie sich anschicken, einen Schlosser zu holen, öffnet sie ihnen endlich. »Gutgekleidete Franzosen mit sehr sanften Gesichtern«, wird sie Jahre später schreiben. Der Erste achtet darauf, sich die Schuhe auf der abgewetzten Fußmatte abzutreten und den Hut abzunehmen, bevor er eintritt. Der Zweite behält seinen breitkrempigen grauen Filzhut auf. Sie erklärt ihnen, ihr Mann wohne nicht mehr hier. Sie wisse nicht, wo er hingegangen sei. Übrigens seien sie geschieden. Sie befiehlt ihrem Sohn, Jean-Élie, das Familienstammbuch zu holen, das das beweist. Die Polizisten wollen das Haus durchsuchen. Sie folgen ihr mit ihren schweren, auf dem Parkett widerhallenden Schritten durch einen langen Flur. Der Salon und der kleine Salon sind damals über einen im rechten Flügel des Gebäudes angelegten Gang mit dem Hof verbunden, den man nach dem Krieg wieder an die Nachbarn zurückgibt. Sie geht langsam, stützt sich dabei auf Möbel und Fensterbänke. Die beiden Männer in schwarzen Mänteln, die hinter ihr zurückbleiben, scheinen ungeduldig zu werden. Sie haben strenge Anweisungen. Das Rundschreiben vom 13. Juli 1942 befiehlt ihnen ausdrücklich, »so rasch wie möglich vorzugehen, ohne unnötige Worte und ohne Kommentare«. Gehören sie der Abteilung für Ermittlung und Kontrolle an oder sind sie vom Kommissar in der Rue Perronet geschickt worden? Sie stellen fest, dass der Raum, der Wochen zuvor als Wartezimmer diente, zum Abstellraum gemacht wurde. Beinahe hätten sie sich an Glasbehältern mit Lebensmitteln gestoßen, die zwischen zwei staubigen Sesseln gestapelt sind. Gewohnt, Schwarzhandel aufzuspüren, werfen sie wahrscheinlich einen argwöhnischen Blick in die große Metallwanne, die vor der gläsernen Rotunde steht und in der glubschige weiße Eier in brackigem Wasser ziehen. Nach einem unendlich lang scheinenden Aufenthalt gehen sie unverrichteter Dinge wieder.

2

Die Weihnachtsfeste vergehen ohne den Vater, vor einem Weihnachtsbaum, der zum Spott mit dessen Judenstern geschmückt ist. Luc erinnert sich bereits nicht mehr so richtig an den Mann, der ihn zu den Tuilerien brachte und ihm durch das Gitter einer Grünanlage, die er nicht betreten durfte, beim Spielen zusah. Seine Mutter verspricht ihm, der Vater werde mit Bergen von Geschenken zurückkommen, aber niemand steigt durch den Schornstein herab. Die Stille im Haus wird nur durch das plötzliche Heulen der Sirenen unterbrochen, durch ferne Explosionen wie Gewittergrollen, und, zu festen Zeiten, durch das regelmäßige Dröhnen der Stiefel auf dem Asphalt. Der Krieg schrumpft zu einem von den Torflügeln gefilterten Geräuschhintergrund. Das Kind, das mit ihm geboren wurde, lauscht auf die geringsten Geräusche. Es verlässt kaum das Haus. Abgekapselt in einer langen Flucht dunkler, leerer Räume, hält es die Nase an die Scheibe gedrückt und versucht zu erraten, was wohl auf der anderen Seite des Hofes geschieht. Stundenlang betrachtet es diesen abgeschlossenen steinernen Raum. Es lässt sich vom dumpfen Lärm der Straße wiegen und verhunzt mit fröhlicher Stimme das Lied von *Lili Marleen*, das die vorbeiziehenden Soldaten angestimmt haben. Bisweilen erspäht es durch den Torbogen ihre gestreckten Beine, die Hunde, die sie an der Leine führen, und applaudiert ihnen, wie im Theater, unter dem missbilligenden Blick seines Bruders.

3

Es war eine verwüstete Stadtlandschaft, mit der Schere abgeschnittene Pappmauern, mit Tür- und Fensterhälften, als wären die kleinen Häuser von einer gewaltigen Sense enthauptet worden. Zwei Reihen Befestigungsmauern, die von Schießscharten durchbrochen und stellenweise mit einem Wehrgang versehen waren, umgaben sie. Weißliche Holzpaste, die schmutzigen Schnee vorstellte, bedeckte schuttübersäte Gassen. Mit geschwärzten Streichhölzern gespickte Dachfragmente konnten als Wachtürme dienen. Eisenbahnschienen führten zu einer Zitadelle à la Vauban, die hoch oben auf einem Hügel lag. In der Mitte floss ein bläulicher

Fluss, der, ein bisschen wie die Seine in Paris, eine Biegung machte und in seinem engsten Winkel eine winzige Insel umschloss. Die Verteidiger waren im Allgemeinen Styropor-Nazis, mausgrau, nicht größer als kleine Spielfiguren. Die Angreifer, in derselben Größe, aber aus grünem Plastik gegossen, gehörten zu verschiedenen verbündeten Armeen. Diese Figürchen im Maßstab 1/72 wurden unter dem Markennamen Airfix in Schachteln zu vierzig Stück verkauft. Sorgfältig bewahrte ich die mit Kriegsszenen geschmückten Verpackungen auf. Eine davon zeigte amerikanische Marines, die auf einer Pazifikinsel an Land gehen, eine andere ebenfalls amerikanische Fallschirmjäger, die über einem dürren Feld landen, manche schon kniend, andere noch in der Luft hängend. Meine Lieblingsabbildung zeigte britische Einheiten, gestreifte Wollmützen auf dem Kopf, die aus ihren Kanus springen, um einen Kreidefelsen zu erstürmen.

Die zerbombte Stadt nahm fast ein Viertel der Fläche des Salons ein. Sie war auf Gemälden erbaut, die mein Onkel als Jugendlicher gemacht hatte. Wie ein Van Gogh, der aus Sparsamkeit seine Leinwände übermalt, verwendete er Jugendwerke, die im Keller lagerten, als Untergrund für unsere Schlachten. Es handelte sich um sechs große Sperrholzplatten, die – bevor sie unter einer Anhäufung aus Leim, Karton und verschiedenen Überresten verschwanden – selbst städtische Szenerien zeigten, die in aller Regel in Flammen standen. Nach dem Beispiel antiker Städte, die viele Male dem Erdboden gleichgemacht und dann wiederaufgebaut wurden, standen unsere Überreste so auf anderen Ruinen. Christian zerstörte oder besser verbarg, makulierte seine alten Gemälde, nicht als Experiment wie ein Duchamp, der die vierte Dimension erkundet, die Dimension der vergehenden Zeit, sondern indem er eine figurative, noch unsichere Phase seiner Kunst verwarf und Gefallen fand am Fragilen, Vergänglichen, an der Flüchtigkeit der menschlichen Aktivität, von der ungefähr zur selben Zeit seine Rekonstruktionsversuche von Kindheitserinnerungen in Knetmasse Zeugnis ablegen.

Für Kampfhandlungen und Vorrücken befolgten wir genaue Regeln. Bei jeder Runde bewegten sich Infanteristen einen Meter voran, motorisierte Einheiten zwei Meter. Wir schossen mit Zehn-Centime- oder Fünf-Franc-Münzen, je nach Art der eingesetzten Waffen. Bei den Kämpfen standen sich Hunderte von Männern gegenüber, Dutzende von Panzern und Kanonen, Jagdfliegern, Bombern. Die Modelle rochen nach Benzin und starkem Kleber. Da sie ordentlich was abbekommen hatten, waren sie halb zerstört. So verbrachten wir ganze Nachmittage, am schulfreien Mittwoch, am Wochenende, an Feiertagen. Manche unserer Partien zogen sich über mehrere Tage hin. Sie erstreckten sich über den ganzen Raum und dehnten sich manchmal bis in den kleinen Salon aus. Die ausgeblichenen Perserteppiche wurden zu Meeren oder zu von Kürassieren und Landungsbooten befahrenen Flüssen, Stabilbaukastenelemente von Sarkis und ein farbiger Holzstab von André Cadere – einer der ersten aus der Serie mit rechteckigem Querschnitt, die runden hätten es nicht getan – dienten als Schwimmbrücken; über Bücherstapel geworfene Leinenstoffe bildeten unüberwindliche Gebirge; die Louis-XV-Kommoden, der Betstuhl, das Directoire-Sofa, der marmorne Kaminsims, die Tischbeine stellten natürliche Hindernisse dar, Verstecke, in denen in großer Zahl versammelte Einheiten geduldig den Gegner erwarteten.

An diesem Ort altmodischer, fast lächerlich gewordener Feierlichkeit mit seinen alten Möbeln und seinem Glasschmuck hatten wir das Universum neu erschaffen. Ein gewiss gewaltgeprägter, aber vollständig beherrschter Mikrokosmos, dessen Oberbefehlshaber wir waren. Unsere Schlachtfelder befriedigten sowohl unsere Flucht- als auch unsere Abschottungsgelüste, unsere Neigung, uns zurückzuziehen, genau wie die, zu reisen. Im Allgemeinen ging ich als Sieger hervor. Ich denke, dass Christian mich aus Nettigkeit gewinnen ließ. Vielleicht wünschte er auch die Niederlage seines eigenen Lagers? Ich wählte systematisch die Alliierten und er sah sich bei den Achsenmächten. Er beteuert, bei diesem Spiel mit Soldatenfiguren viel über seine Arbeit gelernt zu haben. Über die Ironie des Winzigen, über die Fähigkeit kleiner Objekte, sich als Denkmäler aufzuspielen, über das Falsche, das es ermöglicht, zu einer tieferen Wahrheit zu gelangen, über die Beziehungen zwischen Kindheit und Tod. Er mochte es, seine Schöpfungen zu vernichten, so wie die aus Karton und Würfelzucker erbauten Städte, die wir, wenn alles beendet war, in Brand steckten. Die kleinen weißen Pflastersteine, die dem Feuer ausgesetzt waren, schmolzen, warfen Blasen und verbreiteten den Geruch nach verbranntem Karamell. Die naiven Häuser, die einen lächerlichen Eindruck machten, solange sie standen – mit ihren dreieckig geschnittenen Giebeln und den mit schwarzen Strichen gezeichneten Fenstern –, nahmen beim Verbrennen ein dramatisches Aussehen an, das uns ein leicht nerohaftes Vergnügen bereitete. Bis zum Ende meiner Pubertät war

Christian mein hauptsächlicher, wenn nicht mein einziger Spielkamerad, zusammen mit Anne, meiner Tante, die kaum älter ist als ich. Im Lauf der neunten Klasse beschloss ich, meine gesamte Modellbausammlung einem Jungen namens Roland zu schenken, dem Neffen einer Freundin meines Vaters, und ein paar Monate später trat ich selbst als kleiner Soldat der Bewegung der Kommunistischen Jugend bei.

4

Das Gebäude, ursprünglich für eine einzige Adelsfamilie entworfen, war schlecht geeignet, in Wohnungen aufgeteilt zu werden, die mehrere Funktionen erfüllten. Jedes Mal, wenn die Klingel des kleinen Salons ertönte, musste ich meine Truppen im Stich lassen. Das metallische Drrrr! und das sich anschließende kurze Geräusch des Schlosses gaben das Signal zur Flucht. Eine Zeitlang wurde die Fenstertür aus der Ferne mittels eines elektrischen Knopfs geöffnet, von einem Mann in weißer Livree, einem Doppelgänger von Nestor, dem Diener auf Schloss Mühlenhof in *Tim und Struppi*, der nie seinen halbrunden Tisch verließ, genauso wenig, wie er seine gestelzte Haltung ablegte. Anfang der siebziger Jahre wurde die Patientenschar immer kleiner und Monsieur Roger – so lautete sein Name – verschwand. Die Patienten jagten mir Angst ein, als seien sie Träger von Pest oder Cholera. Sobald sie das Haus betraten, zog ich mich ins obere Stockwerk zurück. Nie hatte ich Kontakt zu ihnen. Ich erinnere

mich an sie nur als Umrisse, die an den Scheiben der Ro-
tunde entlanggingen, und an ihre erloschenen, resignierten
Stimmen durch die Wand des Arbeitszimmers. Während der
Sprechstunden war der Zugang zum gesamten unteren
Stockwerk verboten. Damit die Stille, die der ärztlichen Tä-
tigkeit geziemt, gewahrt wurde, schloss die Verbotszone die
Küche und das Esszimmer ein, die sowieso nicht erreichbar
waren, es sei denn über den Garten. Man durfte so wenig
Lärm machen wie möglich und musste versteckt bleiben, bis
die letzten Eindringlinge wieder gegangen waren.

5

Wie üblich bildete der Salon einen Zwitterraum, an der
Grenze vom Privaten zum Gesellschaftlichen gelegen, vom
Inneren zum Äußeren, von der Arbeit zum Vergnügen, vom
Leiden zum Jubel. Es war ein beruflicher Raum, ein Prunk-
saal, ein Ort der Repräsentation, des Prestiges, in seiner Fau-
bourg-Saint-Germain-Ausstattung erstarrt, deren abgenutzte Farbe und aufgeplatzte Wände den künstlichen Charakter noch unterstrichen. Da ich ständig am Boden kauerte, die
Augen auf meine Miniaturwelt gerichtet, habe ich vergessen, was genau sich über meinem Kopf befand. Ich habe nur
ein unscharfes Bild im Kopf von Gemälden, Wandleuchtern,
Kaminspiegeln mit vergoldeten Rahmen und Tapeten mit
Bordüren. Vor allem erinnere ich mich an den verblichenen
blauen Teppich, der, auf den stark beschädigten Dielenboden

geworfen, die Illusion einer planen Fläche aufrechterhielt. Es war eine Bühne und man spielte dort eine Posse. Eine Farce, deren treibende Kraft darin besteht, in einem immer wilderen Wirbelwind Figuren auf der Bühne aufmarschieren zu lassen – Ehemann, Liebhaber, ehebrecherische Frau –, die sich unter keinen Umständen begegnen dürfen, wenn es keinen Skandal geben soll. In dem Stück war weder Geschrei noch Türenschlagen zu hören. Aber es wurde vor ungleichem, ja gegensätzlichem Publikum gespielt, dessen unvermeidliches Aufeinandertreffen eine seltsame, fast burleske Wirkung hervorrief. Nur unsere Soldaten hielten dort eine kontinuierliche Präsenz aufrecht. Ich habe mich lange gefragt, ob unsere zerstörten Städte inmitten all dieses müden Prunks die Besucher, die herkamen, um zu erfahren, ob sie krank oder gesund waren, nicht störten.

6

Die Einladungen gingen nicht vom Doktor aus, sondern von seiner Frau. Er mied den Umgang mit Menschen, sie pflegte ihn. Seinetwegen, sagte sie, in seinem Interesse, zu seinem Vergnügen, dabei strahlte sie allein inmitten ihrer Gäste, inmitten ihrer Getreuen, die sie als die ihres Mannes ausgab. Sie war die Königin oder besser die Regentin der Abendgesellschaften, die sie in seinem Namen organisierte und bei denen er widerstrebend anwesend war. Sie empfing ihresgleichen, die ebenfalls wie betäubt aus der dunklen Nacht hervorgekommen waren, die sich aus Respekt ihm zuwandten, aber nur mit ihr sprachen. Er hörte ihnen zu, trug sein ewiges, von Ironie geprägtes Lächeln auf den Lippen. Auch wenn er lieber allein gewesen wäre, so hatte er doch große Hochachtung vor ihnen. Sie wären seine Freunde gewesen, hätte er denn welche gehabt. Unter ihnen waren manche seiner Assistenzärzte, Allgemeinmediziner, Psychologen. Einige arbeiteten wie er am *Institut national d'étude du travail et d'orientation professionelle*, dem Inetop, einem sozialen Laboratorium, lange Zeit ein Bollwerk des Kommunismus. Aber was sie verband, war nicht ihre – häufig neue – berufliche Laufbahn, die wie alles andere von den herrschenden Verhältnissen herrührte. Alle hatten ihr Leben geändert, den Namen gewechselt, den Beruf, manchmal die Familie. Sie strebten nach nichts als Sicherheit. Sie konnten auf nichts mehr vertrauen. Ein gastfreundliches Haus, offen wie ein Hotel, mit der Möglichkeit, jederzeit zu kommen und auch wieder zu gehen, kam diesen Menschen im Übergangszustand sehr gelegen, die bereit waren, sich davonzumachen, ohne zu wissen wohin, als hätten sie einen Koffer in Reichweite. In diesem Wartezimmer waren sie im Grunde an ihrem Platz.

Eugène Bencz hatte eine kleine Einkaufszentrale. Er kaufte Verlegern Bücher zu niedrigem Preis ab, um sie dann unter anderem an Bibliotheken weiterzuverkaufen. Sein Laden befand sich an der Ecke Rue Guynemer und Rue de Fleurus gegenüber dem Eingang zum Jardin du Luxembourg. Meine Großmutter, die, von dem Fiat abgesehen, keinen Ort für sich hatte, an den sie sich zurückziehen konnte, ging an manchen Vormittagen bei ihm arbeiten. Er fühlte sich von seinem Beruf als Händler gedemütigt und betrachtete sich als Intellektuellen. Vor dem Krieg hatte er einen Doktor in Philosophie an der Universität Toulouse gemacht und bei den Éditions de la Renaissance eine Anthologie der ungarischen Lyrik des 19. Jahrhunderts veröffentlicht. Ab und zu lud er meine Familie ins *Czardas* ein, ein Restaurant in der Rue Lafayette.

Adolphe Nuchi verkaufte auf verschiedenen Märkten Kunststoffhandtaschen, die er in seiner Fabrik herstellte. Er war einer der Ersten gewesen, die Nähmaschinen für Kunstleder importierten. Ein merkwürdiger Chef, der seine Arbeiter vor jeder Wahl dazu ermutigte, die Kommunisten zu wählen. Er betätigte sich auch als Bildhauer und leitete eine Lyrikzeitschrift, *Osmose*, zusammen mit einer Persönlichkeit von Saint-Germain-des-Prés, Bernard Citroën, dem Mann mit dem grünen Cape, dem Reisegefährten meiner Großeltern. Adolphe begeisterte sich für Literatur, schrieb Prosatexte und brachte Großmutter Autoren wie Henry Miller oder Georges Bataille nahe. Sie hatte ihn über seine Ehefrau Alice kennengelernt oder besser über deren Mutter, bei der sie ihre Schuhe kaufte. Eine alte Dame, die kaum Französisch konnte. Sie besaß einen Stand im *Village suisse*, einem Viertel, das zur Weltausstellung 1900 geschaffen worden war, zwischen der Avenue de la Motte-Picquet und der Avenue de Suffren, und das nach dem Abbau des Riesenrades 1937 zu einem Bazar für Lumpensammler wurde.

Die Ärztin Zina Morhange übte ihren Beruf seit Auschwitz nicht mehr aus. Sie führte ein Bekleidungsgeschäft in Marseille, das sie nach dem Selbstmord ihres zweiten Mannes, Joe Saltiel, geerbt hatte. Sobald es ihr möglich war, gab sie diese Tätigkeit, die sie verabscheute, auf und kam nach Paris zurück. Ihr Schwager, der Dichter Pierre Morhange, gehörte ebenfalls zu den Stammgästen. Seine Besuche gehörten zu den seltenen Gelegenheiten, zu denen er aus dem Haus ging. Seit der Shoah und seit durch die Ärzteverschwörung Stalins Antisemitismus offenbar geworden war, verließ er seine Wohnung in der Rue Saint-Augustin nur sehr selten. Erst Surrealist, später Kommunist hatte er mit beiden Gruppen gebrochen. Mehrfach ausgeschlossen, hatte er sich jetzt völlig eingeschlossen. Er kam mit Motia, seiner Frau, einer aus Odessa gebürtigen postimpressionistischen Malerin, und Joseph Constantinovsky, deren Bruder, der unter dem Pseudonym Joseph Constant als Tierbildhauer arbeitete und unter dem Pseudonym Michel Matveev als Romancier à la Isaac Babel. Eine dreifache Identität, sicher dazu bestimmt, die Spuren zu verwischen.

Sie lud die Gäste zu »kleinen unbedeutenden Diners«, wie der Ausdruck der Herzogin von Guermantes lautete, nur dass »unbedeutend« in ihrem Fall ans Nichts heranreichte. Sie servierte ihnen mit Leberpastete gefüllte Brötchen, immer in ungenügender Anzahl, und schlechten Whisky, der in die leere Flasche einer angesehenen Marke, wahrscheinlich ein Geschenk, umgefüllt wurde. Das Fehlen von Nahrung gehörte für sie zu einer bohemienhaften Gesinnung. Außerdem rächte sie sich auf diese Weise an ihren Freunden, Mitgliedern oder Sympathisanten der Kommunistischen Partei, die sie als großbürgerlich beschimpften und sich über ihren 17.-Jahrhundert-Salon mokierten. So wie jener in Berlin geborene Atomphysiker, der in Mexiko aufgewachsen war und dessen Mutter damals Vorsitzende der Schriftstellervereinigung eines Ostblocklandes war. Die von Anfang an klein gehaltenen Portionen wurden von Jahr zu Jahr kleiner.

Angesichts dieser Magersuchtexzesse brachten manche schließlich etwas zu essen mit. Pierre Estenne, der Fälscher und Chirurg, den meine Großeltern weiter bei seinem Vorkriegsnamen nannten, kam mit Sauerkraut und *leberwurst* aus seiner elsässischen Heimat. Alfred Szabados nahm die Küche in Beschlag und kochte stundenlang mit ernstem Gesicht, als gäbe er sich einem geheimen Kult hin, ein außerordentlich kräftigendes Gulasch.

Nie redeten sie über das, was sie im Grunde miteinander verband. Schweigen über das Davor voller Gespenster. Ausgelöscht das Während. Ihren Teil des Unsagbaren sagen? Von der Irrenanstalt erzählen, die ihnen als Zufluchtsort gedient hatte? Von der vergasten Ehefrau und den beiden Kindern? Von der Verhaftung in der Dorfschule? Den Experimenten der SS-Ärzte im Krankenrevier von Birkenau? Dem an die Wand gestellten und erschossenen Vater? Wie hätten sie das gekonnt? Sie sprachen auch nicht viel über das Danach. Abgesehen von gewaltigen Ereignissen. Über den Geliebten, einen Mathematiker, der mit seiner Mutter wegen einer schadhaften Kohleheizung erstickte. Über den Handelsattaché, den nach seiner Rückkehr aus dem Lager eine Bronchitis dahinraffte. Den ehemaligen Deportierten, der nach einem bösen Sturz in einem Schwimmbad depressiv geworden war und sich umbrachte. Scheinbar zufällige Tode, die aus diesem Grund erzählbar wurden, während natürlich nichts daran dem Zufall geschuldet war. Genauso wenig wie ihre chaotischen Doppel- oder Dreifachleben, die Folgen von Ehebrüchen, Scheidungen und verheimlichten Kindern.

Die Vergangenheit trat nur in anekdotischer und flüchtiger Weise oder aber auf Umwegen zutage.

Fred und Fritzi Brauner stritten ständig über den richtigen Gebrauch des Deutschen. Er war in Wien aufgewachsen. Sie war dort geboren. Sie waren halb Kinderpsychiater, halb Erzieher, kamen mit einem großen Projektor und zeigten uns die Filme, die sie über ihre Autisten- und Down-Syndrom-Gruppen drehten. Die Arbeit in ihrem Zentrum in Saint-Mandé war die direkte Fortführung dessen, was sie mit den 426 überlebenden Kindern von Buchenwald getan hatten, die sie nach der Befreiung in einem ehemaligen Sanatorium in Écouis im Departement Eure aufnahmen, und mit den Kindern, denen sie acht Jahre zuvor in Spanien während ihres Engagements bei den Internationalen Brigaden geholfen hatten. Von diesem früheren Teil ihres Lebens erzählten sie jedoch nichts. Fred spielte häufig mit Anne, meiner Schwester Ariane oder mir, als seien wir Mäuse in seinem Labor. Er machte sich einen Spaß daraus, uns anzustacheln, uns aufzubringen, und sobald wir anfingen, überall herumzuspringen und herumzubrüllen, rief er mit seiner melodischen Stimme den Erwachsenen zu: »Man sollte vielleicht versuchen, sie zu beruhigen!«

Großmutter empfing die Gäste im Stehen, auf den intarsienverzierten Spieltisch gestützt, sehr aufrecht, so, dass sie den Eindruck vermittelte, sie sei gesund. War die Begrüßung vorbei, nahm sie in ihrer Mitte Platz und verließ ihren Sessel den ganzen Abend nicht mehr, die unbeweglichen Beine wie die eines Hampelmanns nebeneinander auf die Kordsamtkante gelegt oder besser geräumt. Unerschütterlich lächelte sie, während sie die Augen im Rauch einer Kool Menthol zusammenkniff, einer Zigarette mit süßlichem Geschmack, die sie immer mit spitzen Fingern hielt, als wäre der Filter glühend heiß. Ihre zentrale Stellung im Raum wurde von ihrer Unbeweglichkeit noch verstärkt. Sie war der Fixpunkt, um den herum diese farbige und verschrobene Welt sich drehte. Alle kamen zu ihr. Wenn sie über dem elfenbeingefassten Backgammonspiel stand, so bückten sie sich, um ihre knochige Hand zu schütteln, die sie lässig hob. Sobald sie saß, rückten sie ihre Stühle in ihre Nähe, bemühten sich, ihre Aufmerksamkeit auf sich zu ziehen, boten ihr eines ihrer winzigen Sandwiches an, das sie mit einem kurzen Verziehen des Mundwinkels ablehnte. Sie aß nichts und begnügte sich damit, langsam und genussvoll einen braunen oder gelben Likör zu schlürfen, so etwas wie Baileys oder Advocaat. Sie unterhielt zu jedem ihrer Gäste enge Beziehungen. Sie hatte ihr Vertrauen. Sie kannte ihre Geheimnisse. Und sie die ihren.

7

Mit seinem großen ausgemergelten Körper, dem scharf geschnittenen Raubvogelgesicht und vor allem seinen ausholenden Gesten eines Staranwalts berührte ihr Bruder fast den Kristalllüster. Er trug ein weißes Hemd und einen dunklen, schäbig gewordenen Anzug, sicher sein einzig ordentlicher, vielleicht derselbe wie anlässlich seiner Unterredung ein Vierteljahrhundert zuvor mit dem Präsidenten der Republik René Coty auf dem Höhepunkt seiner kurzen politischen Karriere. Seine beschäftigte Miene war die eines Menschen, der ein wichtiges Arbeitstreffen nach dem anderen hat, als stünde er immer noch der Territorialversammlung der Austral-Inseln vor. Begleitet wurde er von Baby, seiner Gattin. So nannte er alle Frauen, mit denen er, häufig gleichzeitig, gelebt hatte, aus Unbekümmertheit und um Verwechslungen zu vermeiden. Sie war sehr viel jünger als er und befand sich zum ersten Mal außerhalb des polynesischen Archipels. Sie war klein, hatte langes, schwarzes, sehr glattes Haar, einen gedrungenen Körper, war alterslos und hatte trotz der vielen Jahre, die sie bei ihm verbracht hatte, Mühe mit dem Französischen. Sie blieb fast stumm, hörte ihm zu, bewegte das Kinn, hob den Blick, um ihre Zustimmung auszudrücken. Ihren richtigen Namen kenne ich nicht.

Er erzählte seiner Schwester komplizierte Geschichten von Intrigen und Machenschaften, von Ungerechtigkeiten, die er Jahre zuvor erlitten hatte, dort in Papeete, der Hauptstadt, oder in Tubuai, seiner verlorenen Insel, der letzten vor dem südlichen Eis. Er drückte Akten mit abgestoßenen Ecken an sich, die seine Aussagen in mehreren Exemplaren beweisen sollten. »Noël Ilari, Exartilleriehauptmann der Reserve. Freiwilliger bei Verdun, in Polen, an der Loire, zweimal verwundet, sechsmalige Erwähnung. Ehemaliger Leiter der Behörde für Sport und Jugend in Tonkin …« Seine Titel unten auf den Briefen, die er auf der Schreibmaschine schrieb und an alle möglichen Behörden schickte, erstreckten sich über zehn Zeilen. In seinen Eingaben prangerte er die Atomversuche an, die Übeltaten lokaler Politiker, das zwangsläufig geheime Tun der Freimaurerei, die »Maffia«, die er mit zwei f schrieb, um ihren schädlichen Charakter hervorzuheben. Mit der Entfernung hatte die Zeit sich zusammengezogen wie durch einen Perspektiveffekt. Er sprang durch die Epochen, ohne sich um die Chronologie zu scheren, erzählte von Ereignissen, die ein halbes Jahrhundert zurücklagen, mit einer Begeisterung, einer Frische, als seien sie am Vortag geschehen. Ich weiß nicht mehr, wie er dazu kam, von seiner Ankunft in Vichy im Sommer 1940 zu erzählen, von seinen Besuchen im *Hôtel du Parc*, Pétains Wohnung und Büro, von seinen gesellschaftlichen Diners im *Chantecler* und seinem Beitrag zum »nationalen Aufschwung«. Er redete davon ohne Vorsicht, ohne die Andeutungen der Männer seiner Generation, die vom gaullistischen Mythos eines Widerstand leistenden Frankreichs geprägt waren, als hätte er aufgrund seines Abstands all die Jahre über Winterschlaf gehalten, so wie jene vergessenen japanischen Soldaten, die nichts von der Kapitulation ihres Landes erfahren hatten und sich weiterhin mit ihren Waffen im Dschungel verkrochen.

Er hat keinerlei Verbrechen begangen, das vor das Standgericht gehörte. In der ersten Regierung Laval wurde er Berater von Jean Borotra, dem ehemaligen Tennisspieler, Kommissar für Erziehung und Sport, eine damals besonders geschätzte Tätigkeit, die Stärke und Disziplin hochhielt. Seine Rolle beschränkte sich darauf, Stadien einzuweihen und Pressespiegel zusammenzustellen. Ein Posten, den er dank einer »vorzüglichen Freundin« erhalten hatte, die, so gab er zu verstehen, dem Minister eine ebenso großzügige Freundschaft gewährte. Unbestreitbar hatte er das Profil für den Job: Als Ultranationalist, bei den Patres aufgezogener Katholik, ehemaliges Mitglied der rechtsextremen *Croix de*

Feu und der *Jeunesses patriotes* bewunderte er starke Männer. Den Marschall Pétain und stärker noch Kaiser Napoleon, als dessen Abkömmling er sich erklärte – im Namen einer entfernten Verwandtschaft, die er seiner Großmutter Camilla Ilari mit Napoleon Bonaparte zuschrieb (in Wahrheit war sie nur dessen Amme). Um Napoleons Erben, Prinz Louis, zu ermutigen, seine Rechte geltend zu machen, überschwemmte er ihn eine Zeitlang mit falschen Unterstützerbriefen, die angeblich aus dem Volk stammten und die er im Namen von Kohlenhändlern, Hutmacherinnen oder Auslieferern der Markthallen unterschrieb. Über die ideologische Übereinstimmung hinaus war er Borotra gegenüber vor allem deshalb so eilfertig, weil er so schnell wie möglich sein Eiland im Pazifik wiedererlangen wollte, wo er eine Eingeborene und ein Kind zurückgelassen hatte. Er wollte nach Hause zurückkehren, vorzugsweise mit einem Amt ausgestattet, um seinen Sohn wiederzusehen, und vor allem seine Rechnungen zu begleichen mit dem Gendarmen, dem Chinesen, dem Gouverneur, dem Logenvorsitzenden von Papeete und seinen tausend anderen realen oder eingebildeten Feinden.

1934 hatte er alles verlassen, seine Anstellung als Versicherungsberater, seine schöne Wohnung in der Nähe der Place de l'Étoile, die »kleinen Tanzpartys« im 16. Arrondissement, seine vom Bischof gesegnete Ehe und seine vornehme Ehefrau und war an Bord eines Achtzig-Tonnen-Schoners gegangen, ein heruntergekommenes Schiff, das Tubuai beinahe verpasst hätte und zum Pol gefahren wäre. Die Gründe für seine überstürzte Abreise zum anderen Ende der Welt bleiben rätselhaft. Eine Eskapade zu viel? Eine existentielle

Krise? Phantasien à la Gauguin, bei denen sich die Suche nach dem Paradies mit der Verlockung durch sehr junge Frauen vermischten? In Polynesien hatte er die Frauen von Tahiti und die Sklaven entdeckt. In einer Mischung aus Paranoia, Donquichotterie und Klarsicht hatte er sich seit seiner Ankunft in dem Archipel an einer lokalen Verwaltung gestoßen, die in seiner Vorstellung mit der ewigen »*Maffia*« verbunden war, die ihn über die Meere hinweg verfolgte, sowie an einem Kolonialsystem, das sich auf Zwangsarbeit und Darlehen zu Wucherzinsen stützte. Daher seine zahlreichen Enttäuschungen, sowohl kaufmännischer Art – er versuchte vergeblich, Kaffee zu verkaufen –, als auch bald politisch. Seine endlosen Konflikte, seine Duelle mit dem Dienstrevolver, seine Prozesse, die er bei der geringsten Kränkung anstrengte, seine endlosen Reden unter Kokospalmen, seine Paraden zu Pferde in glänzenden Stiefeln, Leinenspenzer und weißen Handschuhen brachten ganz Ozeanien noch zum Lachen, als er im Oktober 1940 mit seinen Revancheträumen und einem dienstlichen Auftrag der Vichy-Regierung nach Tahiti zurückkehrte. Er kam zu spät. Die Gaullisten hatten gerade die Macht übernommen. Sie hinderten ihn, an Land zu gehen. Als Mann, der es gewohnt war, aufrecht durch den Geschosshagel zu schreiten, wollte er einen Handstreich versuchen. Seine Vorgesetzten befahlen ihm, sich nach Saigon zu begeben, um dort die paramilitärischen *Chantiers de Jeunesse* zu leiten. Erst am Ende des Krieges kehrte er in seine Lagune zurück.

Dort besuchte ihn Großmutter Mitte der siebziger Jahre und machte daraus einen ihrer besten Romane, *L'Île de la Sainte-Enfance*, dessen Wehmut und atembeklemmende

Atmosphäre an Marguerite Duras erinnern. Ihr Bruder hatte sich zu der Zeit auf seinem Gut verbarrikadiert, das er in Erinnerung an Napoleon pompös »Eremitage von Sankt Helena« nannte, hinter einem großen Holzschild, auf das er das Wort »Tabu« geschrieben hatte. »Verboten«. Seit seiner Wahlschlappe wollte er niemanden mehr sehen und wetterte gegen seine ehemaligen Mitbürger: »Sie haben von mir profitiert. Was immer geschieht, ich werde nie einer der Ihren sein.« Er hatte für ihre Unabhängigkeit gekämpft, war ins Gefängnis gegangen, hatte alles für sie geopfert, erklärte er ihr immer wieder verbittert. Er betrachtete sich erneut als Gefangenen auf diesem Flecken Erde, von dem er nun endlich wusste, dass es nicht seiner war. Er schlug sich dort mehr schlecht als recht durch mit einer mageren Volksschullehrerpension, umgeben von ein paar Familienmöbeln, die sie trotz des ganz anderen Umfelds wiedererkannte. Sie sagte, er habe in den Tropen ihre Kindheitswohnung in Rennes wiedererschaffen, vollständig fassadenhaft und wie ein Trug, bourgeois und erbärmlich zugleich. Als sie sah, wie er mangels Personal in der Küche aß oder sich versteckte, weil er fürchtete, die Nachbarn könnten ihn sehen, sah sie ihren Vater wieder vor sich, ihrer beider Vater, jenen anderen Besiegten mit geschwächter Gesundheit, der ganze Tage in seinem grünen Sessel versunken blieb. Dieselbe abgewetzte Wolljacke, dieselben lächerlichen Bemühungen, die Armut zu verbergen. Das Einzige, was er pflegte, war sein Nachruhm. In Ermangelung irgendeines anderen nennenswerten Bauwerks fotografierten die seltenen Touristen von der Landstraße aus, die an der Lagune entlangführt, sein Denkmal, das einzige der Insel. Ein Mausoleum, das er am Ende eines letzten juristischen Kampfs mit der Verwaltung inmitten seiner Ländereien hatte errichten lassen. Das Mémorial von Sankt Helena. Sein korsischer Name war aus Bruchstücken schwarzer Muscheln zusammengeklebt. Es fehlte nur ein Datum. Die Grabinschrift war bereits eingraviert: »Gestorben in Treue zu seinem Gott, seiner Familie, seinen Ideen, seiner undankbaren Heimat, nach langen Jahren seelischen Leidens in Isolation und der Einsamkeit dieses Ortes.« Es war sein letzter Protestbrief.

8

Sie bewegte sich auf einer Bruchlinie, einer Erdbebenzone, auf etwas, was einstürzen würde, am Schnittpunkt zweier divergierender Welten, der Welt, die sie sich gewählt hatte, und der, von der sie zurückgewiesen worden war. All ihre Freunde waren Überlebende. Juden mit unbestimmten Identitäten, Kommunisten, die bald abtrünnig werden würden, in ihrem Reservat Saint-Germain-de-Prés verschanzte Homosexuelle. Parias, trotz ihrer bürgerlichen Lebensform. Zugleich brillante wie gebrochene Menschen, Schiffbrüchige ohne Fixpunkte, von jeglicher Bindung gelöst, von einem brennenden Gefühl des Provisorischen erfüllt. Ihr Sinn für die Relativität, für die Labilität der gesellschaftlichen Ordnung machte sie auch freier, offener, nachsichtiger, trotz der vielen Toten in ihrem Leben.

Ihre Familie war in einem unentwirrbaren Knäuel von

Konventionen, Sitten, von Rollen, derer man sich würdig zeigen muss, und falschem Schein gefangen. Die Mutter mit Adelsprädikat, die auf der Straße nur die feinen Leute grüßte und vor den anderen den Kopf abwandte; der Vater, ein mittelloser Anwalt, vom Vatikan mit dem Gregoriusorden ausgezeichnet und morphiumsüchtig, der bei Entzugserscheinungen seine Frau, der das Gerede der Leute doch solche Sorgen machte, losschickte, dass sie wütend und verzweifelt durch Rennes lief, um immer ablehnendere Apotheker anzuflehen; der Bruder, der von den Marquis Ilari, von Napoleon I., den Königen von Tubuai und ich weiß nicht wem noch alles abstammte, und dessen Schicksal seinen Träumen von Größe nie entsprach; ein Dienstmädchen, weil man nun einmal eines brauchte, das man in einem Waisenhaus für billiges Geld fand und das, unzufrieden mit seinem Lohn, nie lange blieb; die eine Schwester im Karmeliterkloster, die andere verrückt geworden, nachdem sie sich in einen Priester verliebt hatte, und die dritte, ihre »kleine Heilige« Thérèse von Lisieux, fast eine Nachbarin, die dem Wildfang, der sie war, als Vorbild vorgehalten wurde. Sie gehörten – das dürfte klar geworden sein – einem ganz anderen Milieu an. Einem rechten, chauvinistischen, traditionalistischen, antirepublikanischen, von der Gesellschaftsdoktrin der Kirche zutiefst geprägten und von einem alten christlichen Antijudaismus durchdrungenen Milieu. Manche hatten sich mit den Besatzern kompromittiert. Ihre Umgebung klammerte sich an die Gegenwart. Ihre Verwandten waren der Vergangenheit zugewandt.

9

Sie war die Siebte. Madeleine, Suzanne, Marie-Thérèse, Anne, Noël, Adrienne. Eine Geburt pro Jahr. Und schließlich sie, Marie-Élise, die kleine Letztgeborene. Das Kind zu viel, das der Beichtvater gewollt hatte, der der erschöpften Mutter nach jeder Schwangerschaft befahl, erneut ihre ehelichen Pflichten zu erfüllen. Eine unerträgliche Last. Noch ein Mädchen mehr. Eine weitere Mitgift oder ein Kloster musste gefunden werden. Und vor allem war ein x-tes hungriges Maul zu stopfen – in einer Familie, die (so will es die Legende, die einer Heiligengeschichte würdig ist) darauf angewiesen war, die Reste der Hostien zu essen, gewalzte Teigstücke aus Weizenmehl, die nach Pappe schmeckten wie Puzzleteile und die man fast umsonst beim Bäcker bekam. In dieser Familie, die am Neujahrstag keinen Fuß vor die Tür setzte, um dem Hausmeister kein Neujahrsgeld geben zu müssen, war für sie kein Platz mehr.

Ihr Vater Adrien weinte bei ihrer Taufe. Wusste er bereits, dass er keinen Übergangsritus feierte, sondern eine Übergabe? Er hatte sehr viel mehr als einfach nur eine Patin für sie gefunden: einen Vormund, eine begüterte Freundin, die bereit war, sie aufzuziehen und als Erbin einzusetzen. Er wartete, bis sie alt genug war, zur Schule zu gehen, und – wenn sie es auch nicht verstand – mitzubekommen, was mit ihr geschah, bevor er sie ihrer Wohltäterin anvertraute. Sie wurde den Ihren entrissen, ihrem Zimmer, das sie mit ihren Schwestern teilte, ihrer Stadt mit den Granitmauern, allem, was ihr vertraut war, sogar ihrem vor dem Altar gegebenen Namen. Ihre Adoptivmutter taufte sie um, wie man es mit einem Haustier gemacht hätte. Aus Marie-Élise wurde Myriam. In der Bretagne waren biblische Vornamen in Mode. Von jetzt an war sie deren Tochter, deren Gesellschafterin. Myriam stand zu Diensten. Über dem Taufbecken hatte man sie an eine alleinstehende Dame verkauft, die ein zurückgezogenes Leben führte und ihr mit spitzen, kaum angedeuteten Küssen Moralpredigten hielt.

Ihrer Kinderlogik nach musste sie einen Fehler begangen haben. Sie war zu bescheiden, um sich vorstellen zu können, sie wäre böse, und glaubte, sie sei wegen ihres ungefälligen Gesichts zurückgewiesen worden. Ihre Eltern hatten ihr gesagt, sie ähnele der Großmutter Flora, der fernen korsischen *mammone*, mit ihrem schwarzen Haarschopf und ihren riesigen Augen, einem seltsamen Aussehen – so sah man nicht aus, wenn man von hier stammte, aus dem großen feuchten Westen. Zwei Wochen im Jahr kam sie auf Besuch zu ihnen zurück. Ein kurzes, vertraglich vereinbartes Besuchsrecht. Sie erlebte ihren Vater nur sitzend, wie er, eine Schirmmütze auf dem Kopf, die Tage damit verbrachte, die glühenden Kohlen zu schüren, als wäre ihm immer kalt in seiner verdreckten, zum Fluss Vilaine hin gelegenen Wohnung mit ausgeflickten Vorhängen und Tischdecken, wo aber keine Profilleiste fehlte. Er war praktisch nicht mehr als Anwalt tätig, abgesehen von ein oder zwei Klienten, die ihm ein Anwaltskollege geschickt hatte. »Meine liebe Lise, du bist zur Unzeit gekommen«, wiederholten ihre Schwestern. »Er ist nur noch der Schatten seiner selbst.« Sie erzählten ihr von seiner Glanzzeit, ein Bericht, der in ihren Ohren wie ein

Märchen klang. Der jüngste Kammerpräsident Frankreichs, Verteidiger der Kirche, der nach seinen Prozessen gegen bestimmte Gesetzesvorschriften zur Trennung von Kirche und Staat vom Papst belohnt wurde. Aber schon damals war er arm und gab großen Rechtsfällen (selbst verlorenen) den Vorzug vor großen Honoraren. Diese Züge teilte er mit seinem Sohn Noël, er besaß eine Neigung zu einsamen und hoffnungslosen Kämpfen, einen Hang, sich unverstanden, ungeliebt zu fühlen, eine Verlockung durch das Tragische, einen Hang zur Größe, Eigenschaften, die ihren Grund vielleicht in einer Familiensaga fanden, durch die sich, wie es sich in diesem Teil Frankreichs ganz unten rechts auf der Karte gehört, Heldentaten, Blutrache und Ehrenverbrechen zogen.

Waren die Spritzen, nach denen er rief, Ursache oder Folge seines Niedergangs? Er war Kandidat bei den Parlamentswahlen für den ersten Wahlkreis von Saint-Nazaire und erholte sich nie von seiner Niederlage gegen einen Kandidaten aus dem Umfeld von Aristide Briand. Eine umso größere Enttäuschung als die Auszählungen ihn am Abend des ersten Wahlgangs als Sieger sahen. Im Lauf der Nacht wurde klar, dass er in die Stichwahl musste, er brüllte Betrug und eine Woche später wurde er geschlagen. Sein Scheitern verdankte er auch einer unsicheren Positionierung auf dem politischen Schachbrett der Zeit. »Sozial, weil katholisch«, verkündeten seine Flugblätter. Zu sozial für die Rechte. Zu klerikal für die Linke. Er verlor auf beiden Seiten. Danach verlor er jeden Halt. Er begann, über Ischiasschmerzen zu klagen. Heftige Anfälle, die Opiate in immer höheren Dosen erforderten. Seine Abhängigkeit sprach sich am Ende sicher herum. Die ganze gute Gesellschaft von Rennes wird über diesen zerstörten Mann getratscht haben, der fast nicht mehr ausging. Bei jedem Besuch sah seine Tochter ihn stärker leiden, vor Wut zittern und schließlich flehen, man möge seinen Leidensweg beenden. Im Treppenhaus lauschte sie auf die Schritte ihrer Mutter, die losgelaufen war, um Ampullen zu besorgen, und häufig mit leeren Händen zurückkam, rot vor Scham, nachdem sie vom Apotheker zurechtgewiesen worden war. Wenn es ihr gelang, ihn dazu zu überreden, nahm das Kind mit Entsetzen an dem Ritual teil. Ein nie gesäubertes Etui, eine alte, abgenutzte silberne Spritze, eine riesige Nadel, ein Arm voller geheimnisvoller Tätowierungen, ein schweißnasses Gesicht, das sich mit einem Mal entspannt, und die Tür zum Arbeitszimmer, die sich endlich wieder schließt, danach dann das »Psst! Er schläft«, das die ältere Schwester murmelt, den Finger auf den Lippen.

10

Von ihrem Vater bewahrte sie eine Uhr aus schwarzem Marmor auf, die gut sichtbar auf dem Kaminsims im Salon stand und die sie mit einem Grabstein verglich, einer Stele zur Erinnerung an die abgezählten Stunden bei ihm oder eher an seinem Bett. Zu meiner Zeit funktionierte das Uhrwerk nicht mehr. Niemand hatte daran gedacht, die Uhr zu reparieren oder einfach aufzuziehen, als lege sie Zeugnis ab von der Nichtbeachtung der vergehenden Zeit, eine in der Rue-de-Grenelle recht verbreitete Haltung, oder aber von einem in

Schlaf versetzten Leben. Als der Gegenstand trotz seines defekten Uhrwerks gegen Ende der siebziger Jahre gestohlen wurde, bekundete meine Großmutter keinerlei besonderen Kummer. Sie interessierte sich wenig für materielle Dinge und unterhielt komplizierte Beziehungen zu den Ilaris. Ihr gegenseitiges Unverständnis war das Ergebnis einer Verwechslung. Sie war ihnen böse. Sie hatten ihr so gefehlt. Die anderen wiederum beneideten sie. Als sie klein war, um ihre Kleider. Als sie erwachsen war, um all das, was sie selbst nicht hatten: Geld, Freiheit, Unabhängigkeit. Sie warf ihnen vor, sie der Einsamkeit überlassen zu haben. Sie hatten sie ausgesetzt, hatten sie aus Gründen der Konvention einer anderen Person ausgeliefert. Sie verstanden ihre Wut nicht. Sie waren der Ansicht, sie hätten mehr gelitten als sie. Die ihrer Klasse eigenen Vorurteile, ihre mit Tugenden verbrämte Scheinheiligkeit empörten sie. Sie prangerte die familiäre Ordnung, die sie verkörperten, umso leichter an, als sie aus ihr vertrieben worden war. Sie war eine Rebellin. Sie sahen in ihr eine Erbin.

11

Je älter sie wurde, desto seltener besuchte sie ihre Güter. Sie brach morgens auf und versuchte, abends wieder zurück zu sein, trotz der fünf bis sechs Stunden Autofahrt. Endlose Nationalstraßen, Landstraßen, gesäumt von Bäumen und verstopft mit Lastern. Im Allgemeinen regnete es. Man wurde vom regelmäßigen Hin und Her der Scheibenwischer gewiegt. Am Ende der Reise fuhr man durch trostlose Dörfer mit wassertriefenden Schieferdächern. Jean-Élie saß am Steuer. Sie auf dem Beifahrersitz, wo sie schlief und erst beim Anblick des grauen Kirchturms von Désertines erwachte. Sie verabscheute die feuchte, triste, kalte und schlammige Mayenne, jene Gegend, in der sie einen Teil ihrer Kindheit verbracht hatte. Alles war recht, um nicht im »Schloss« zu schlafen, wie die Dorfbewohner das Gebäude nannten und dabei das »o« langzogen, es war ein weitläufiges, efeuumranktes Anwesen, das seit dem Tod ihrer Patin unangetastet blieb, über keine Heizung oder sanitären Einrichtungen verfügte und nach feuchtem Holz und verschimmelten Wandteppichen roch. Zwei große dunkle Tannen zu beiden Seiten tauchten das Haus in ewiges Halbdunkel. Im hinteren Teil des Gartens erstreckte sich ein Friedhof. Sie musste eine steinerne Freitreppe erklimmen. Kaum angekommen, verwandelte sie sich in eine Schlossherrin früherer Zeiten. Ohne ihren Mantel abzulegen, nahm sie im großen Saal im Erdgeschoss auf einem der samtbezogenen roten Sessel Platz. In einem Kupferkessel auf dem großen Tisch standen frisch geschnittene Dahlien. In der Küche wurde das Essen kalt, immer dasselbe: eine Milch- und Zwiebelsuppe, gefolgt von Schweinebraten mit Kartoffeln. War das Mittagessen beendet, berief sie, immer noch im Pelzmantel, ihre Leute ein, Pächter, Aufseher, Notare marschierten einer hinter dem anderen in dem trotz eines Kaminfeuers eisigen Raum auf. Sie hielten ihre Mützen in der Hand und kamen mit ihren Abrechnungen und Klagen. Sie hatte es eilig, nach Paris zurückzufahren, und hörte ihnen mit kaum verhohlener Ungeduld zu.

Einmal im Monat empfing sie die Versammlungen der Zelle in ihrem Louis-der-Soundsovielzehnte-Salon. Die Empfänger der *Humanité dimanche* waren alle anwesend. Der Abend ähnelte mehr einer mondänen Zeremonie als einem Sowjet, der die Eroberung des Winterpalastes vorbereitet. Der Dichter sprach von seinen Gesundheitsproblemen und seiner verstorbenen Muse. Der sowjetische Bankier sprach nie über Geld und noch weniger über die unergründlichen Wege der internationalen Finanzwelt. »Wir haben eine Schlacht verloren, aber nicht den Krieg«, wiederholte die Verlegerin nach jeder Niederlage. Eine Genossin sprach von der Sowjetunion wie von einer alten Freundin. »Sie weiß nichts davon. Sie ist nicht informiert«, beharrte sie. »Man sagt ihr nicht, was geschieht.« Es wurde vor allem über den nächsten Standdienst gesprochen, über Maiglöckchensträuße, auszutragende Zeitungen, Marken oder Vignetten, die verkauft werden sollten – über Aufgaben, die jeder loszuwerden versuchte, während man sehr höflich blieb und vordergründig Begeisterung bekundete. Was tat sie unter diesen Leuten? In allem zeigte sie ein doppeltes Gesicht. Zugleich Landbesitzerin und Mitglied der Kommunistischen Partei, ausgeschlossen und gewählt, adoptiert und dotiert, Großmutter und böser Wolf, behindert und Weltenbummlerin, unbeweglich und allmächtig.

TREPPE

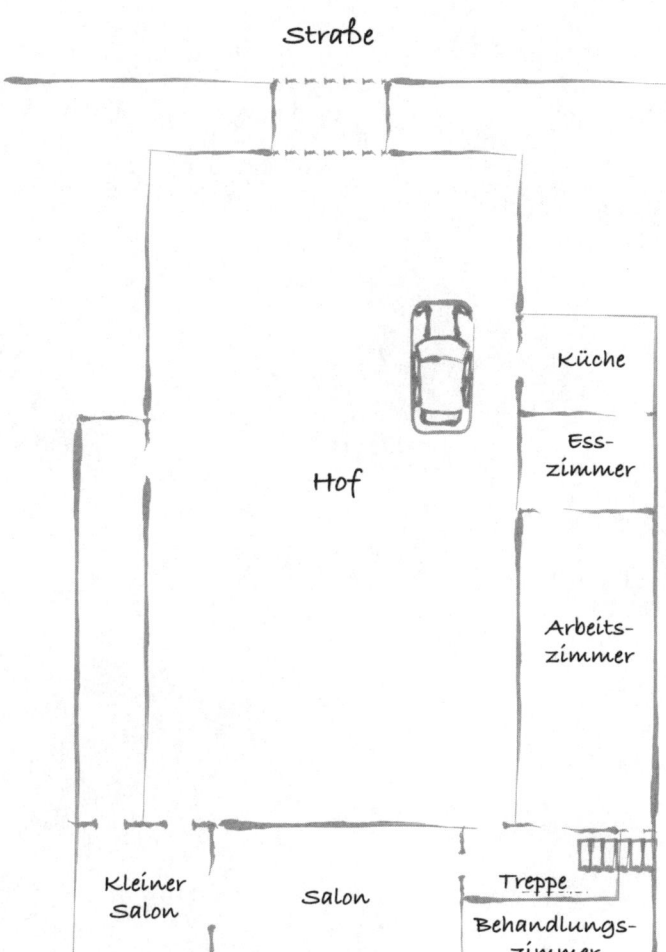

Straße

Hof

Küche

Ess-
zimmer

Arbeits-
zimmer

Kleiner
Salon

Salon

Treppe

Behandlungs-
zimmer

1

Einer unveränderlichen Choreographie folgend, kreuzte sie zwischen den Hindernissen. Immer von Anne und Jean-Élie flankiert, im Schraubstock ihrer Arme, in der Zange ihrer Körper. Der repetitive Charakter ihrer Gesten, ihre Langsamkeit, der Ernst, mit dem mein Onkel und meine Tante ihr beim Gehen halfen, verliehen jedem ihrer Wege etwas Feierliches, vergleichbar einer Prozession. Trotz ihres hinkenden Gangs war sie wie eine Königin, die zu fester Stunde in Begleitung ihres Hofstaats aus ihren Gemächern stolzierte. Ihrem Auftauchen ging Türenquietschen voraus, das Geräusch von zur Seite geschobenen Möbeln, ein Kleiderrascheln und das unregelmäßige Klackern ihrer Absätze auf dem Parkett. Sie musste eine unglaubliche Energie aufwenden, um von einer Etage in die andere zu gelangen. Auf der Treppe tastete sie sich vorwärts, umklammerte mit ihren Vogelklauen das Metallgeländer, das sich der Rundung der Mauer anschmiegte, mit der Stärke ihrer Arme, ihrer Fäuste, ersetzte sie die Reglosigkeit der anderen Glieder, hob das Becken an, um ein Bein hochzuheben, stellte es auf die Stufe, stützte sich darauf, als sei es ein Holzbein, schwenkte ihr zweites Bein, schleuderte es mit angespannter Miene vorwärts, während sie sich mit aller Kraft an ihre Kinder klammerte, und begann langsam, mit der ängstlichen Majestät Behinderter den Aufstieg.

Zwei bis vier Mal täglich, manchmal öfter, schlug sie dieselbe Schlacht. Drei Meter Höhenunterschied und zwei Absätze ohne natürlichen Halt mussten überwunden und in der Kurve gefährliche, spitz wie Klingen zulaufende Stufen genommen werden. Am Rande des Abgrunds nahm sie die konzentrierte Miene eines Leistungssportlers vor dem Wettkampf an. Sie neigte den Kopf, um die Entfernungen abzuschätzen, mühte sich, spannte die Muskeln an, zumindest die von der Polio verschont gebliebenen, für gesunde Menschen unbekannte, in Falten und Gelenken versteckte Muskeln. Ihr ganzes amputiertes Wesen war auf einen unsichtbaren Punkt vor ihr in der Ferne ausgerichtet. Plötzlich wurde sie aggressiv, als sei sie in den Krieg gezogen, stieß eine Art Ächzen aus, ein wütendes Brummen. Sie kämpfte gegen diesen Teil ihrer selbst, den sie nicht beherrschte, und auch gegen alles, was sie umgab, Rillen, Dielen, Bretter, Latten, Abgründe, Vertiefungen, Handgelenke, Ellbogen. War sie einmal in Bewegung, ordnete sie Objekte und Subjekte zwei unumstößlichen Lagern zu: den Verbündeten, auf die sie sich stützen konnte, und den Feinden, grob gesagt allem, was sie behinderte oder ihr fehlte. In dieser zweigeteilten Welt gehörte ich zur zweiten Kategorie. Während ihres Auf- oder Abstiegs musste ich aus ihrem Blickfeld verschwinden. Ich war zu klein, um ihr zu helfen. Womöglich könnte ich ihr im Weg stehen oder sie schubsen, vor allem aber Zeuge eines bösen Sturzes, eines Stolperns, einer demütigenden Verrenkung werden. Im Handumdrehen konnte sie auf dem Boden liegen, in einen Haufen Lumpen verwandelt. Ich hatte nicht einmal das Recht, in der Nähe zu sein. Hielt ich mich zu lange an der Treppe auf, sagte sie ihren Knappen ausreichend laut, damit ich es hörte: »Ich möchte, dass er geht!«

2

Ihre Patin führt sie den Damen der Stadt vor: gewienert, mit
Schleifen verziert wie ein Osterei, in einem der neuen Kleider, die sie ihr gerade gekauft hatte. Bei einem Fünf-Uhr-Tee
erklärte sie den Damen, sie habe sie sorgfältig ausgewählt
und bei klugen Menschen, die die Familie und ihre möglichen Mängel kannten, alle notwendigen Auskünfte einge-
holt. »Man erlebt so viele missliche Überraschungen bei
unbekannten Erbanlagen«, sagte sie ihnen. Ihre Gäste be-
glückwünschten sie zu ihrer Wahl und knabberten weiter
Kekse. Sie waren bezaubert vom dichten Haar des Mädchens
und seinen großen traurigen Augen und besaßen das Feinge-
fühl, nicht über die fast zwergenhafte Größe des Kindes zu
sprechen. Marie Nélet war stolz auf ihre Neuerwerbung, die
sie mit dem Auge eines Dompteurs betrachtete. Sie würde
sich ein paar Kunststücke für sie überlegen müssen. Ihres
dichten Haars wegen nannte sie sie ihre »kleine Negerin«
und hielt sie wegen ihrer bescheidenen Zurückhaltung für
ein unbeschriebenes Blatt, auf dem sie ihren Abdruck würde
hinterlassen können.

Sie sammelte Kinder wie andere Menschen Trophäen
sammeln. In ihrer Jugend fühlte sie sich vom Klosterleben
angezogen. Nachdem sie einen Richter geheiratet hatte, wäre
sie gern Mutter geworden. Dann wurde sie Witwe, ohne
Nachkommen, war vielleicht unfruchtbar, und betätigte sich
schließlich als Erzieherin. In Fougères leitete sie eine Wohl-
tätigkeitseinrichtung, die in der ehemaligen Spinnerei ihres

Vaters untergebracht war. Ein »großer offener Käfig«, wie sie sagte, in dem sie ihre Armen einbehielt, um sie auf diese Weise – ich zitiere sie erneut – den »Abscheulichkeiten der Straße« zu entziehen. Sie fand sie im mehrheitlich weiblichen Proletariat ländlicher Herkunft, das in den zahlreichen Schuhfabriken der Stadt beschäftigt war. Ihr Unterricht, den sie abends oder in den Ferien erteilte, beschränkte sich auf Religion und Nähen. Sie bereitete die jungen Frauen weniger darauf vor, das ihnen bestimmte Schicksal als Kommunikantinnen und Schuhmacherinnen auszufüllen, als es anzunehmen. Ihre wesentlichen pädagogischen Werkzeuge waren Gebete, Rosenkränze, Weihrauchwolken und Nadeln. Sie missionierte. Sie kam dem Aufruf ihres Papstes nach, der gerade die soziale Frage entdeckt hatte. Sie kämpfte ebenso sehr gegen das Arbeiterelend wie gegen diejenigen, die es in ihren Augen ausnützten – tatsächlich ihre direkten Konkurrenten, die sie »Betrüger am Ideal«, »Agitatoren«, nannte, »Fremde«, die die Massen aufstachelten und ihre Schützlinge vom unbefleckten Weg abbrachten, den sie ihnen vorgezeichnet hatte. Während des großen Streiks im Winter 1906 entdeckte sie konsterniert mehrere ihrer Schülerinnen, die sie ein paar Monate zuvor das »Vater unser« hatte aufsagen lassen, unter den Aufständischen.

Sie hatte sechs weitere Patentöchter, die an Feiertagen wie Prinzessinnen gekleidet zu ihr gebracht wurden, um ihr zu beweisen, dass ihr Geld sinnvoll verwendet wurde. Sie überhäufte sie mit großzügigen Geschenken und guten Lehren, aber ihr Vermögen bestimmte sie allein für Marie-Élise oder vielmehr Myriam. »Sie haben dich mir zu deinem Besten anvertraut«, wiederholte sie immer wieder. »Später wirst du das verstehen.« Meine Großmutter hat es nie richtig verstanden. Ihre Schwestern vor Gott, deren Eltern, das Hauspersonal und die Damen vom Fünf-Uhr-Tee stellten sich dieselbe Frage. Warum ausgerechnet sie? Sie betrachteten die schwächliche Erbin mit einer Mischung aus Mitleid und Neid und fragten sich, was ihre geistige Mutter nur an ihr finden mochte. »Später gehört all das Ihnen«, wurde ihr unaufhörlich in gierigem Ton vorgehalten. Jeder sah sie an, als stünde sie zugleich unten an der Leiter und ganz oben auf dem Treppchen. Man beurteilte sie nach der Elle eines Aufstiegs, der ihr gar nichts bedeutete. Sie hielt sich zurück, um nicht zu schreien. Nein, sie kam nicht aus der Gosse. Sie hatte eine Familie, einen Namen. Sie war kein Bastard, kein Aschenputtel oder mittelloses Kind, noch weniger eine Gewinnlerin. Sie hatte niemanden um etwas gebeten.

3

Die Rue-de-Grenelle unterscheidet sich nicht von den Wohnstätten der mediterranen Welt, in denen es ebenerdig nach draußen, manchmal auf einen Patio führende, für Besucher zugängliche Prachträume gibt und private Bereiche, Schlafzimmer, Bäder, das Gynäkeion, die insbesondere Frauen und Kindern vorbehalten und im hinteren oder im oberen Teil gelegen sind. Je weiter man im Gebäude vordringt oder je höher man kommt, desto stärker rührt man an das Intime, ein Wort, das vom Lateinischen *intimus* kommt, dem

Superlativ des Adjektivs *interior*, das Innere, das innen Liegende. Wörtlich bezeichnet intim das, was sich am tiefsten in einem Menschen befindet. Oder in einem Ort. Das erste Stockwerk war der Bereich meiner Großmutter. Um zu ihren Gemächern zu gelangen, ging sie »über die Rückseite«, wie man am Hof von Ludwig XIV. sagte, durch die der Familie vorbehaltenen Hinterzimmer. Nie nahm sie den anderen möglichen Weg, über eine kleine Plattform und ein paar Stufen, die ihr Schlafzimmer mit der Treppe verbanden, denn an diesem Ort gab es keinerlei Stützen. Man nannte ihn fälschlicherweise »den Treppenabsatz«, was eine Unterbrechung zwischen zwei Treppenteilen implizieren würde, es handelte sich jedoch eher um eine Art Podest.

Dieses *no man's land*, das wegen seiner Unpassierbarkeit auch mein Großvater nicht benutzte, hatte ich mir zu Eigen gemacht. Ich setzte mich auf die Stufen und dachte mir Geschichten mit meinen Spielzeugsoldaten aus, wobei ich als Spielfläche die Simse zu beiden Seiten der Stufen nutzte. Es war ein idealer Beobachtungsposten, der mir erlaubte, alles Geschehen zu überwachen, sowohl im Hof wie im Haus. Die einzige Wand, gegenüber dem Fenster, war von einem runden Blindfenster durchbrochen. Links davon hing ein Gemälde. Das Bild erinnerte an einen Magritte. Es zeigte einen sehr dicken, runden Kopf mit einer Melone, die wie ein Echo auf das Rundfenster wirkte. Ich glaube, es hieß *Junger Engländer*. Wenn man durch die Toreinfahrt hereinkam, sah man als Erstes diesen Wächter mit starrem und geheimnisvollem Blick. In meiner Vorstellung schützte er uns vor Dieben.

4

Neben ihren pädagogischen Aktivitäten schrieb Marie Nélet unter dem Pseudonym Myriam Thélen auch Romane. Es sind von Religion und Feminismus durchdrungene Texte, die nie wieder aufgelegt wurden, aber die meisten sind über das Internet noch erhältlich. Vor allem das 1905 bei Perrin erschienene *À l'aube*. Als ich es mit der Post erhielt, entdeckte ich eine handschriftliche Widmung in türkisfarbener Tinte von ihr: »Gewidmet dem Papa und der Mama der drei hübschen kleinen Apostel Philippe, Jean und Pierre, die darin das Land Jesu entdecken werden, in freundschaftlicher Verbundenheit.« Tatsächlich spielt ihr Werk, das sich eher an – vor allem junge – Seelen richtet, denn an Leser, in Judäa zur Zeit des König Herodes. Es entstand im Umfeld einer Erbauungs- und Monumentalliteratur, die am Ende des 19. Jahrhunderts im Gefolge des weltweiten Erfolgs der Romane *Ben-Hur* des Amerikaners Lewis Wallace und *Quo Vadis?* des Polen Henryk Sienkiewicz sehr beliebt war. Es erzählt, sehr grob zusammengefasst, die Geschichte einer von ihrem Vater, einem Schäfer in Hebron, unterdrückten Frau, die später zwangsweise mit einem untreuen Mann verheiratet wird und es in reiferem Alter schließlich schafft, durch Wissen, Arbeit und einen zwangsläufig wachsenden christlichen Glauben ihre Freiheit zu erlangen. Die einfache Folie, die etwas biedere Geschichte, der schwülstige Stil und die zahlreichen Zitate aus dem Alten und dem Neuen Testament machen die Lektüre des Buches heute schwierig. Ich verstehe jetzt besser, warum meine Großmutter es keiner Erwähnung wert fand.

Beim Überfliegen sehe ich sepiafarbene Bilder von Palmen, Kamelen, Bauern mit Keffiah, Geistlichen in Soutane vorüberziehen. In Désertines gab es Hunderte davon auf Glasplatten. Doppelansichten, die leicht versetzt waren, um einen Eindruck von Tiefe zu erzeugen. Ich betrachtete sie in einem dicken Kästchen aus Akazienholz, indem ich die Augen an zwei geschliffene Gläser drückte. Ein oben am Apparat angebrachter Spiegel fing das Licht ein. Vergoldete Knöpfe an den Seiten erlaubten es, die Schärfe einzustellen. Das mit einem Lack, der Patina alter Geigen überzogene Stereoskop lag vor einem kleinen Fenster, von wo aus man den Kirchturm des Dorfes sah. Die Fotos hatte die Patin bei ihrer Pilgerreise ins Heilige Land gemacht, einem obligatorischen Ritus für jeden katholischen Schriftsteller. Seit dieser in Begleitung eines jungen Assumptionisten absolvierten Reise um die Jahrhundertwende hegte sie eine Leidenschaft für einen biblischen und immer gleichen Orient. Daher die Entscheidung für den Namen Myriam, die hebräische Maria, die Mutter Jesu oder die Prophetin, Schwester von Moses und Aaron, als Schriftstellername, aber auch als neuer Vorname für ihr Patenkind. Sie zeichnete ihre beiden Hauptwerke mit demselben Pseudonym.

5

Mem, Resch, Jod, Mem. Ihren liebsten Dingen drückte sie gern ihren Namenszug auf. Die vier hebräischen Buchstaben sind auf jedes der Werke gedruckt, die sie ihr vererbt hat. Schöne Bücher, von einem Handwerker in Fougères in marmoriertes Halbleder gebunden und mit Goldschnitt versehen. In meiner Kindheit standen sie in dem gläsernen Bücherregal, das sich im Vestibül unten an der Treppe befindet. Später wurden sie ins Büro zurückgeführt. Oder besser dort vergessen. Es handelt sich vor allem um Romane oder Reiseberichte. *La Peur de vivre* von Henry Bordeaux. *Le Vergini delle Rocce* von Gabriele D'Annunzio. *Syrie, Palestine, Mont Athos* und *Les Morts qui parlent* von Eugène-Melchior de Vogüé. *Terre d'Espagne* von René Bazin. *La Conquête de Jérusalem* von Myriam Harry, das den ersten Prix Femina erhielt. Mehrheitlich monarchistische, katholische, soziale oder nationalistische Schriftsteller. Man findet dort auch *L'Âme juive* von Pater Stéphen Coubé, einem Prediger der Kirche La Madeleine, berühmt für seine Reden über das gottesmörderische Volk. Eine antisemitische Brandfackel, gewidmet, wie die anderen, »Myriam Thélen«.

6

Das Mädchen schämte sich für ihre Patin, für deren zu hohe Stimme, den zu breiten Hut, das Gehabe einer exzentrischen großen Dame, die sie im Bus anschrie: »Myriam! Hast du dir die Ohren gewaschen?« In ihrer Anwesenheit machte sie sich ganz klein. Sie bemühte sich zu verschwinden. Sie sollte brav sein, keinen Lärm machen. Ihre Wohltäterin liebte sie auf ihre Weise. Sie wusste einfach nicht, wie man sich um ein Kind kümmert. Trotz ihrer Mutterrolle hatte sie ihre Witwengewohnheiten beibehalten. Sie verlangte Ruhe, aß früh zu Abend und leichte Speisen. Sie gab wenig Gesellschaften und verachtete die Engstirnigkeit der Kleinstädter. Sie fuhr immer häufiger nach Paris, wo sie als Romanschriftstellerin eine gewisse Bekanntheit genoss. Sie war Mitglied in der *Société des gens de lettres*. Eines ihrer Bücher, *La Mésangère* – das Tagebuch ihrer Erziehungstätigkeit in Fougères –, hatte den Preis der Académie Française erhalten. Sie war ein Unikum, zerrissen zwischen feministischen Anwandlungen, literarischen Ambitionen und Bigotterie. Sie hatte einen wuchtigen Körper, ein rundes, mit geplatzten Äderchen durchzogenes Gesicht. Sie kleidete sich ohne Anmut. Alles an ihr wirkte alt. Das Mädchen nannte sie »Mémé«, »Oma«. Eine Bezeichnung, die, wenn man sie nur schnell genug ausspricht, mit »Maman« verwechselt werden kann. Wenn die Kleine aus einem Albtraum erwachte und nach ihrer biologischen Mutter rief, kam ihre Patin angerannt, die glaubte, das gelte ihr. Ihre Beziehung beruhte auf einem Missverständnis.

7

Nie sagte sie, sie habe eine Polio gehabt. Wer sie nach ihrer
Behinderung fragte, bekam von ihr die Antwort: »Ich bin von
einem Berggipfel gestürzt!«, als käme sie mit einer Verstau-
chung vom Wintersport zurück. Bis zum Schluss weigerte
sie sich, orthopädische Hilfsmittel zu verwenden, selbst un-
auffällige. Die Vorstellung, dass ein Paar Krücken die Aufmerksamkeit und, noch schlimmer, das Mitleid Fremder auf
sie lenken könnte, schien ihr unerträglich. Es kam auch nicht
in Frage, am Flughafen einen Rollstuhl zu verwenden. Auch
wenn dieser Service jedem gehbehinderten Passagier zur
Verfügung stand. Am Vorabend jeder neuen Herausforde-
rung bereitete sie sich vor. Als 1974 nördlich von Paris, inmitten von Weizen- und Zuckerrübenfeldern, der Flughafen
Roissy-Charles-de-Gaulle entstand, studierte sie genauestens den Zugang zu den Abflughallen, die sternförmig um
den »Camembert« angeordnet waren. Um beim Benutzen
der endlosen Rolltreppen im zentralen Innenhof nicht zu
stürzen, übte sie am Sonntagvormittag auf den Rollbän-
dern der Metrostation Montparnasse-Bienvenüe, den damals längsten der Pariser Metro. Sie trainierte wie eine
Sportlerin, indem sie die Strecke mehrmals in beide Richtungen absolvierte. Vor allem übte sie das Springen an den
Enden des Rollbandes. Am schwierigsten ist es, das Band zu
betreten oder zu verlassen. Sie wollte unbemerkt bleiben, ein
normales Leben führen. In der Rue-de-Grenelle hätte sie gewisse Umbauten durchführen lassen können, um sich leich-

ter zu bewegen, aber es war unvorstellbar für sie, ihr Haus in ein Krankenhaus zu verwandeln. Erst ganz am Ende ließ sie einen Lastenaufzug einrichten, an einer Stelle, die sie wahrscheinlich zerstören wollte. Vielleicht war das sogar der wahre Grund für das Unternehmen. Ich werde darauf zurückkommen.

Ihrer Meinung nach war sie wie alle anderen. Sie war eine Frau, die auf ihr Äußeres, auf ihre Kleidung Wert legte, die gern gefiel, ausging, reiste. Innerlich funktionierte alles. Ihr Geist galoppierte. Sie sprudelte vor Energie. Sie war ständig in Bewegung. Sie wehrte sich, nicht wie ein verletztes Tier, sondern wie ein Raubtier im Netz. Nur in den Augen der Gesunden war sie invalide. Sobald jemand ihren schwankenden Schritt bemerkte, war sie nur noch eine Behinderte, der man zu helfen versuchte, indem man ihr den Arm bot, die Tür aufhielt, mit mitleidigem Blick zurücktrat. All diesen Leuten gab sie Gelegenheit zu einem Akt der Großzügigkeit, auf den sie mit einem Schwall von Beschimpfungen antwortete, denn Abneigung war ihr immer noch lieber als Barmherzigkeit. Die Furcht, die sie anderen plötzlich einflößte, machte sie wenigstens ebenbürtig. Sie weigerte sich, in eine Schublade gesteckt zu werden. Sie hatte einfach nur Schwierigkeiten mit der Koordination. Wenn sie ihren Beinen befahl, sich zu bewegen, führten sie ihre Befehle nicht mehr aus oder aber reduziert und mit Verspätung. Diese Beeinträchtigung störte sie in ihrem Alltag, aber machte sie nicht zu jemandem, der anders wäre.

Wenn sie neue Schuhe brauchte, so erforderte das eine lange Expedition, die wie gewöhnlich im Familienkreis durchgeführt wurde.

Sie kaufte immer bei der Mutter von Alice Nuchi in ihrem Laden im *Village suisse*, der so schmal und vollgestopft war, dass er einer Abstellkammer ähnelte. Großmutter probierte Dutzende von Paaren, bevor sie das richtige fand, im Allgemeinen Pumps, die vorne spitz zuliefen und viereckige Absätze hatten. Sie verzog das Gesicht, während sie ihre winzigen Füße hinter mehreren Schichten Krepppapier im Spiegel betrachtete. In ihrem Bemühen, ihr Aussehen mit ihren physischen Einschränkungen in Einklang zu bringen, ließ sie fast sämtliche Schachteln des Ladens öffnen. Angesichts ihrer Behinderung hätte sie flache, stützende Halbstiefel nehmen sollen, aber sie wollte sich um ein paar Zentimeter größer machen, elegant sein und, noch wichtiger, wie die anderen Frauen aussehen. Waren die Schuhe gekauft, brachte sie sie zu einem Schuster, um sie abhobeln zu lassen. Der Handwerker wohnte weit entfernt, in der Banlieue. Sie hatte große Schwierigkeiten gehabt, ihn ausfindig zu machen. Um (möglicherweise) eine Missbildung ihrer Fußwölbung zu korrigieren, musste der Mann das Ende der Absätze leicht schräg zuschneiden. Sie sah ihn das Holzstück abschrägen. Sie machte probeweise ein paar Schritte und zog mit ihren schiefen Schuhen von dannen. Es war Flickschusterei. Alles war ihr recht, um Podologen und Spezialgeschäfte zu vermeiden.

8

In der Jugend hatte sie sich aufgelehnt. In *Les Parents trouvés* berichtet sie von dem Versuch, auszureißen, der eine große Auseinandersetzung nach sich zog. Sie verkündete, sie ertrage keine Predigten mehr, ertrage es nicht, Liebe als Leibrente zu erhalten und Zärtlichkeit auf Bestellung. Sie entschuldigte sich, keine gute Anlage gewesen zu sein, und drohte, sie würde ihr Konto auflösen. Vertrag gekündigt wegen unwirksamer Klauseln. Marie Nélet hörte ihr zu. Vielleicht zum ersten Mal. Als die Tirade beendet war, sagte sie: »Zieh dich an, mein Liebling, wir gehen ins Restaurant und reden in aller Ruhe.«

Sie hatte es nicht verstanden, Mutter zu sein, jetzt bemühte sie sich, zur Freundin zu werden. Sie reiste mit ihr nach Italien. Rom, der Vatikan, die Katakomben, das Grab des heiligen Paulus. Für sie waren Tourismus und Pilgerreise dasselbe. Das junge Mädchen verachtete die Devotionalien, schenkte den faschistischen Aufmärschen – Mussolini war gerade an die Macht gelangt – keine Aufmerksamkeit und entdeckte den Reiz, den sie auf Jungen ausübte. Sie war begeistert von ihrer Reise. Zwischen ihr und ihrer Anstandsdame entwickelte sich so etwas wie Verständnis. Sie verzieh der Moralpredigerin und lernte, die Frauenrechtlerin zu respektieren. Sie begann, in ihr eine emanzipatorische Kraft zu sehen, die sie, nachdem sie sie gekauft hatte, befreien würde. Ihre Schwestern lebten mittellos, unter dem Joch eines korsischen Vaters, der ihnen im Ersten Weltkrieg gedroht hatte, sie umzubringen, um ihre Ehre zu retten, sollten die »Teutonen« bis nach Rennes gelangen. Sie dagegen war frei. Bald wäre sie reich. Und überdies begriff sie, dass ihre Patin sie liebte: »Mein Glück war das große, vielleicht einzige Ziel ihres Lebens«, schrieb sie.

Sie begann, wahrscheinlich unter deren Einfluss, ein Medizinstudium. Ein paar Jahre zuvor hatte Myriam Thélen mit Dr. Marthe Bertheaune (noch ein Pseudonym) *L'Interne* veröffentlicht. Ein teilweise autobiographischer Bericht. Ihre Koautorin war eine der ersten Frauen in Frankreich gewesen, die ihre Prüfungen zur Zulassung als Assistenzärztin geschafft hatte. Anne Darcanne-Mouroux, wie ihr richtiger Name lautete, war eine Pionierin. Sie war Gynäkologin und leitete eine Ambulanz in Fougères. Sie wollte den Körper der Frau befreien, vor allem durch Leibeserziehung, und saß einem Frauensportverein vor. Sie lebte von ihrem Mann getrennt. Wer sich über dessen Abwesenheit wunderte, bekam von ihr immer dieselbe Antwort: »Er ist zur Jagd gegangen!«, sagte sie, ohne zu präzisieren, auf welche Art Wild. Myriam Thélen hatte sie mit der Literatur vertraut gemacht und war ihr nach Paris gefolgt. Sie waren unzertrennlich und verfassten gemeinsam einen weiteren Roman mit dem Titel *Le Docteur Odile*. Später schrieb sie allein mehrere sogenannte Lehrwerke in der Reihe »Junge Frauen und junge Mädchen« bei Fayard. Ihre Heldinnen, die vor schicksalhaften Entscheidungen standen, entschieden sich am Ende immer für die Pflicht und nicht für die Gefühle. Meine Großmutter konnte sie nicht leiden, trat aber in ihre Fußstapfen.

9

Es ist logisch, dass sie nach einer solchen Kindheit nicht ruhte, das zu erschaffen, was sie selbst nicht gehabt hatte: eine Familie, die wie ein kompakter Block war. Sie bewegte sich nur umgeben von den Ihren. »Meine Kinder sind meine Stöcke«, erklärte sie. Das war natürlich nicht nur ein Mittel, sich selbst festzuhalten, sondern auch uns. Ihre Kinder an sich gebunden oder besser an sich gefesselt zu halten. Sie überall und jederzeit in Reichweite zu haben. Jean-Élie rechts, Anne links. Und hinten eines ihrer anderen Kinder. »Über lange Zeit hinweg hatte ich immer den Arm angewinkelt, um ihr zu helfen«, erzählt Christian, der sich manchmal fragt, ob sie ihr Leiden nicht übertrieb, um uns alle besser unter ihrer Fuchtel zu haben. Auch ich musste ihr gelegentlich als Stütze dienen. Ich fühlte, wie ihre Klauen sich um meine Finger schlossen, ihr Skelett sich versteifte, ihr ganzes Gewicht auf mir lastete. Sie war die Einzige, die anderen fast unaufhörlich ihren Körper aufzwang. Wir waren ihre fehlenden Glieder, ihre Stehleiter oder aber ihre beweglichen Stützen, so wie die Stühle, die sie vor sich herschob. Wir waren Teil des Mobiliars. Vielleicht gab es keinen Unterschied zwischen uns und den unbelebten Objekten, die uns umgaben? Wir alle bildeten ihre Hausgemeinschaft.

10

Wie und wo hatte sie ihn kennengelernt? Im Hörsaal anlässlich eines seiner Vorträge über »Grimmdarm-Krebs« oder »die Behandlung von Abdominal-Adhäsionen«? Auf der Terrasse des *Café Bullier* neben dem Krankenhaus? In einem Flur des Krankenhauses Hôtel-Dieu? Gehörte sie zu dem Rudel von Praktikanten und Krankenpflegern, die ihm Schritt für Schritt zwischen Eisenbetten und Tragen folgten? Oder geschah es durch Vermittlung von Zina, ihrer Komplizin seit den ersten Tagen an der Universität? Er war der Klinikchef, ihn umstrahlte der Glanz seiner Goldmedaille als Assistenzarzt. Sie muss im zweiten oder dritten Studienjahr Medizin gewesen sein. Sie ähnelten sich. Beide blickten mit demselben verständnislosen Blick auf die Welt. Sie war hingerissen von seinem matten Teint, dem gewellten schwarzen Haar, dem kleinen Spitzbart und der Sanftheit und Menschlichkeit, die er seinen Kranken gegenüber bekundete. Anders als zahlreiche seiner Kollegen zeigte er sich dem Leiden gegenüber nie gleichgültig. Er verfiel dem Charme des zwanzigjährigen Mädchens ohne Bindungen und Vorurteile. Im Sinne des Gesetzes war sie noch minderjährig, aber sie stand unter keinerlei Vormundschaft mehr. Marie Nélet war gerade verstorben. Sie konnte »ja« sagen zu wem sie wollte, niemand würde sich dem widersetzen. Schon gar nicht ihre biologische Familie, die sie ausgesetzt und damit jegliches Recht über sie verloren hatte. Allein ihr Vater hätte ihre Entscheidung anfechten können, aber auch er war gestorben.

Dr. Anne Darcanne-Mouroux empfing die beiden und erteilte ihnen ihren Segen. Sie heirateten am 10. Juli 1929 in Désertines auf den Gütern, die sie gerade geerbt hatte. Die junge Frau trug noch Trauer um ihre Adoptivmutter. Daher fand die Zeremonie bei Nacht statt, fast heimlich, aus Respekt vor der Verstorbenen. Oder geschah es aus Sorge um Diskretion? Um Protest zu vermeiden? Verleumdungen neigen dazu, sich in der Dunkelheit aufzulösen. Abgesehen vom Familienoberhaupt waren die Ilaris alle erschienen, einschließlich der Cousins. Die Boltanskis beschränkten sich auf Étienne und seine Mutter.

Niania kam mit ihrem Akzent, ihrem falschen Namen und einem Offizier, der laut redete und ihr als ständiger Begleiter diente. Auf dem Dorfplatz war ausschließlich von ihr die Rede, von »ihren schlechten Manieren«, von »ihrem vulgären Liebhaber«. Schließlich kam es zum Skandal, als auf dem Bürgermeisteramt die Familienstammbücher vorgelegt wurden. In den Unterlagen hieß sie nicht Hélene Macagon, sondern Enta Fainstein. Sie behauptete, sie sei Russin. In den Augen der künftigen Schwiegerfamilie war sie eine Jüdin und nichts anderes. Man rief »falsche Identität« und beschuldigte sie des Betrugs. Sie erklärte, in ihrem Land würden die Männer, die Militärdienst leisten müssen, durch ein Lotteriesystem ausgewählt. Um die Aushebung zu vermeiden, habe einer ihrer Macagon-Vorfahren seinen Namen mit einem vom Los verschonten Jungen getauscht, einem gewissen Fainstein. Ihre wirre Geschichte in schlechtem Französisch überzeugte niemanden.

Vor dem Bürgermeister stand Myriam ihre älteste Schwester, Madeleine, zur Seite, Étienne hatte als Trauzeugen einen gewissen Dr. Georges Lebedinsky. Wie der mysteriöse Medizinstudent Lebedinsky, der achtunddreißig Jahre zuvor vor dem Standesbeamten in Paris seine Geburt bezeugt hatte. Letzterer hatte Jacques geheißen. Handelte es sich um denselben? Oder war es wieder ein Transkriptionsfehler? Im Internet findet sich ein Georges Lebedinsky, 1944 »gestorben für Frankreich« im Lager Buchenwald im Alter von 22 Jahren, Sohn eines Jacques Lebedinsky, der seinerseits vor dem Zweiten Weltkrieg gestorben ist.

Es muss nach 22 Uhr gewesen sein, als die Brautleute die Kirche verließen. Sie begaben sich in einer Kutsche zu dem großen Haus unter den Tannen, wo ein Umtrunk sie erwartete. Im mit Petroleumlampen erleuchteten großen Saal empfingen etwa fünfzehn Bauern im Sonntagsstaat den beschnittenen Knaben aus Les Batignolles mit dem Ruf: »Es lebe unser neuer Herr!«

11

Zweimal täglich stürzte Jean-Élie die Treppe hinunter in den Keller, um Kohle in den Heizungskessel zu schütten. Jedes Mal, wenn er das unbewegliche, dickleibige Ungeheuer weckte, das auf einem gusseisernen Fundament saß, begannen die Wände zu wackeln. Das Geräusch der Schaufel, der aneinanderstoßenden Kohlen und des Hebels, den mein Onkel mit kräftiger Hand betätigte, um die Asche vom Gitter fallen zu lassen, stieg durch die Kamine empor und hallte durch alle Stockwerke. Die Rue-de-Grenelle war ein Lebewesen. Ich verwende die Vergangenheitsform, denn inzwischen hat sie zur Starrheit einer Immobilie zurückgefunden. Zur Zeit meiner Großmutter bestand sie aus Organen. Die Küche diente als Schlund. Das Hirn arbeitete im Arbeitszimmer. Der Salon bildete die fleischliche Hülle. In dieser Raumanatomie stellte die Treppe die Beine dar. Wir befanden uns im Bauch des Walfischs. Der Philosoph Thomas Hobbes definiert den Leviathan als Antithese zur Wildheit, als absolute Autorität, die in der Lage ist, eine politische Ordnung zu errichten, Frieden und Sicherheit zu stiften, im Gegensatz zum gewalttätigen und rohen Naturzustand. Wir hatten Zuflucht in der Vorhölle gefunden, um dem äußeren Chaos zu entfliehen.

12

Alles begann mit einem bösen Fieber, mit schrecklichen Kopfschmerzen, mit Nackenstarre wie bei einem steifen Hals, und einem tief in den Knochen sitzenden Frösteln, als ob ihr Knochengerüst sich in einen Eisblock verwandele. Sie glaubte an eine Grippe, eine einfache Erkältung, trotz der Sommerhitze. Als sie am nächsten Tag ins Bad gehen wollte, brach sie zusammen, als wären ihre Füße gefesselt. Unaufhörlich klapperte sie mit den Zähnen. Sie deckte sich mit Gummiwärmflaschen zu, die unter ihrem schottischen Plaid gluckerten. In den Tagen darauf verschlechterte sich ihr Zustand. Übelkeit, Erbrechen, starke Erschöpfung und furchtbare Schmerzen in den Beinen, vor allem im rechten. Unmöglich, das Bett zu verlassen, sich auch nur zu rühren. Sie lag reglos in den feuchten Laken und schrie wie ein kleines Mädchen. Die Lähmung erfasste ihren linken Arm. Ein Arzt versetzte ihr Schläge mit dem Hämmerchen auf die schlaffen Knie und diagnostizierte akute Kinderlähmung. Sie wurde auf eine Station für ansteckende Kranke gebracht, isoliert, intubiert, mit einer Sonde ernährt. Nach einer Woche sank das Fieber abrupt. Sie musterte ihren zerschmetterten Körper auf der Matratze. Er hatte sich nicht verändert, aber er gehorchte ihr nicht mehr. Ihre Glieder waren wie von ihr losgelöst.

Sie entging dem Tod durch Ersticken und fand nach und nach den Gebrauch ihrer Arme wieder. Da es keine Medikamente gab, musste sie »ganz neue« Behandlungen mit Elektrizität über sich ergehen lassen, nicht endende Muskelstrecksitzungen, fünf bis sechs Mal am Tag die Anwendung warmer Kompressen um Beine und Arme, chirurgische Eingriffe, nach denen sie monatelang im Gips lag war. Sie wollte aus dem Krankenhaus fliehen, vor diesem Schauplatz des Leidens. Weg von den Sterbenden, mit denen das Personal keine Zeit mehr vertrödelt, deren Platz man am frühen Morgen leer vorfindet, mit glattem Laken ohne die geringste Falte und darum herum das gleichbleibende Ballett von Pflegern und Krankenschwestern. Weg von dem Chefarzt, dem sein Hofstaat folgt und der über dem Eisenbett ohne einen Blick für den Unheilbaren seinen Urteilsspruch fällt. Weg von den Menschen, die, kaum dass sie sich in liegender Position befinden, als aufgeschnittene Mäuse betrachtet werden, bereit zum Seziertwerden. Weg von dem allgemeinen Schweigen, das den Fragen der Patienten und ihrer Angehörigen entgegengesetzt wird. Das kannte sie bereits alles. Sie war nur von der Bühne ins Parkett gewechselt. Sie begann, das Schauspiel zu hassen. Bis an ihr Lebensende verabscheute sie die Medizin und deren Diener. Sie ging in den Widerstand gegen die Krankheit, gegen die Gesunden, gegen alle, die sie in ihrer neuen Verfassung einmauern wollten.

13

An den Tagen, an denen Großpapa keine Patienten empfing, im Allgemeinen samstags und sonntags, verwandelten Anne, Ariane und ich die Treppe in eine Rutschbahn. Wir sausten die Piste hinunter, die aus zwei hintereinandergelegten Kunststoffmatratzen bestand. Dicke Kopfkissen dienten uns als Schlitten. In die Kurve stopften wir Decken, um die Verbindung zwischen den Matratzen herzustellen. Meistens lenkte die raue Wolle unsere Fahrt um und wir landeten in der Biegung an der Wand. Jean-Élie hatte immer Angst, wir würden uns verletzen. Besonders fürchtete er, wir könnten uns den Kopf zwischen den Metallpfosten des Geländers einklemmen, eine angesichts der Größe unserer Schädel höchst unwahrscheinliche Hypothese, die ihn aber nicht losließ. Wir liebten es auch, uns die Steigung wieder hinaufzuziehen, immer noch auf unseren Nackenrollen, indem wir uns an den Geländerstäben festklammerten. Sobald wir losließen, rutschten wir wieder nach unten. Sofort machten wir uns erneut an die Erstürmung des Gipfels. Alle Kinder spielen gern Sisyphos. Vielleicht versuchten wir auch, Großmutter nachzuahmen, wie sie ihren Felsblock hinaufrollte?

14

Wie hatte sie die Krankheit bekommen? Das Virus dringt über den Mund ein, vermehrt sich in den Lymphknoten und befällt die Bewegungsnerven. Die Übertragung erfolgt ausschließlich von Mensch zu Mensch und in den allermeisten Fällen über verschmutztes Wasser oder durch mit Stuhl verunreinigte Nahrungsmittel. Da damals niemand den Übertragungsweg kannte, konnte man alles vermuten. Sie beschuldigte ihren Mann. Als sie darauf gekommen war, dass er vor ihrer Heirat Geliebte gehabt hatte, was angesichts ihres Altersunterschieds nicht verwunderlich war (er war zwölf Jahre älter als sie), hatte sie einen Tobsuchtsanfall bekommen und war kurz darauf krank geworden. Sie schob ihre Polio auf den psychischen Schock. Später beschuldigte sie das brackige Wasser des unteren Sees im Bois de Boulogne, das sie möglicherweise während eines Bootsausflugs aus Versehen geschluckt hatte. Bei jeder großen Epidemie empfahlen die Ärzte, nicht aus öffentlichen Brunnen zu trinken. Wahrscheinlicher ist, dass sie sich bei ihrer Arbeit im Krankenhaus infiziert hat. Ihr Medizinstudium schloss sie nie ab.

Innerhalb weniger Monate hatte sie dreißig Kilo zugenommen. Sie war unförmig geworden. Womöglich würde sie am Ende wie die großen Fettleibigen ans Bett gefesselt sein. Sie dachte an Selbstmord. Aber wie sollte sie das anstellen, ohne Komplizen? Étienne erklärte ihr, die Frau, die er liebe, sei in seinen Augen unversehrt, so etwas wie Normalität gebe es nicht und ein Mensch lasse sich nicht auf seine Glieder reduzieren. Sie nahm ab und musste mit Hilfe von unter die Achseln geklemmten Holzkrücken, die sie verabscheute und ihre »kleinen Sargträger« nannte, neu gehen lernen. Alles, was ihr vor den Füßen herumrannte, erschien jetzt gefährlich und feindlich. Um den Preis unzähliger Stürze und Verstauchungen lernte sie, Berge zu ersteigen, Abgründe zu überwinden und vor allem, den Leuten etwas vorzumachen, alle möglichen Strategien zu entwickeln, um ihre Behinderung zu verbergen. Wenn sie hinfiel, kam es vor, dass sie nicht in der Lage war, wieder aufzustehen, und stundenlang dalag, bis eine hilfreiche Hand kam. Sie konnte nicht mehr allein sein. Sie hatte ihre so teuer erworbene Unabhängigkeit verloren und fand zu ihrer kindlichen Angst vor dem Verlassenwerden zurück. Der Anblick von Leuten, die auf der Straße rannten, in einen Doppeldeckerbus sprangen, in einem Metroeingang verschwanden, war ihr unerträglich. Mit Blicken suchte sie die anderen, die nicht Gesunden. Im Paris nach dem Ersten Weltkrieg hatte sie keinerlei Schwierigkeit, solche zu finden. Sie zählte Kriegsversehrte wie zuvor hübsche junge Männer.

15

Anfang 1944 steigt Luc allein die Treppe hinauf. Als er den Absatz erreicht, sieht er durch den Türrahmen, wie sich Vorhänge bewegen und unter dem Stoff Füße auftauchen. Er rennt hinunter und schreit, er habe ein Gespenst gesehen. Seine Mutter erbleicht. Sie wartet ein paar Minuten, bevor sie ihn auffordert, wieder in den ersten Stock zu gehen. Ängstlich geht er Stufe für Stufe hinauf. Als er oben ist, entdeckt er seinen großen Bruder Jean-Élie im Schlafrock des Vaters, versteckt hinter dem weißen Store. »Du wolltest mir Angst machen!«, ruft das Kind ihm zu und lacht.

WOHNRÄUME

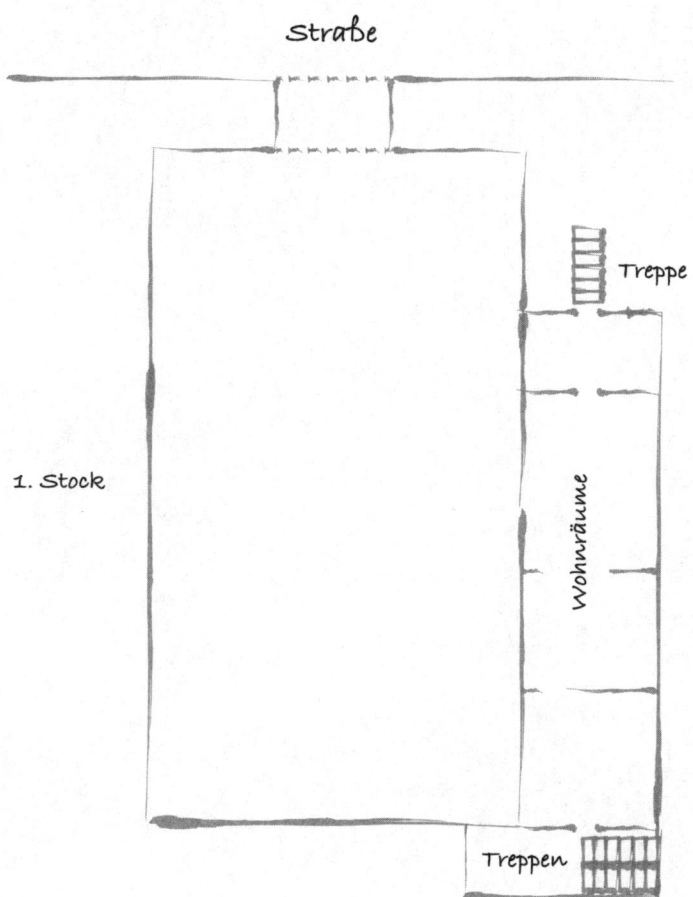

Straße

Treppe

1. Stock

Wohnräume

Treppen

1

Die rechte Tür im ersten Stock ist dauerhaft verschlossen. Dahinter bewohnt Anne, meine Tante, eine separate Zweizimmerwohnung mit Küche und Bad. Der Zugang erfolgt über das allgemeine Treppenhaus vom Hof aus. Sie ist viereinhalb Jahre älter als ich. Ich betrachte sie als meine Schwester. Früher hatte sie ein Zimmer, ein Kinderzimmer, das an das von Großmutter und Großpapa grenzte. Wenn sie auf mich aufpasste, blieben wir manchmal ganze Nachmittage abgekapselt in ihrer kleinen Welt im hinteren Teil des Hauses. Wir stellten uns vor, wir wären inmitten von Wasserfluten verloren. Um nicht zu ertrinken, kletterten wir auf ihr Hochbett. Von dort aus sprangen wir auf den marmornen Kaminsims, dann auf den wackligen Tisch. Eine über einen Stuhl gelegte Leiter ermöglichte es uns, zum Ausgangspunkt zurückzukehren. Das Spiel bestand darin, eine Runde durch den Raum zu drehen, ohne ein einziges Mal den Fuß auf den Boden zu setzen. Und wir spielten mit Wurfpfeilen. Wir schleuderten unsere Geschosse wild umher. Ein Gemälde von Christian über dem Kamin, das erste, das er gemalt hat, und das jetzt bei mir hängt, trägt noch die Narben. Wir konnten so ziemlich alles tun, was wir wollten, ohne uns Tadel einzuhandeln. Damals hieß sie nicht Anne, sondern Françoise. In der Schule des Viertels trug sie einen spanisch klingenden Nachnamen: Fondevila. Aber das wusste ich nicht.

Im Alter von sieben oder acht Jahren erfuhr ich, dass sie nicht meine biologische Tante war. Oma, meine andere Großmutter, verkündete es mir eines Vormittags schonungslos, in ihrem Ton einer ehemaligen Volksschullehrerin. »Françoise? Die ist adoptiert!« Da ich das abstritt, wurde ihre Stimme hart. Fast sarkastisch. Als hätte sie gerade einen Betrug aufgedeckt und würde sich über meine Leichtgläubigkeit lustig machen. »Wirklich? Das wusstest du nicht? Das hat dir niemand gesagt?« Ich glaubte, man habe mir etwas Schändliches verheimlicht. Schlimmer, man trenne mich von meiner Tante, meiner großen Schwester, man risse mir einen Teil meiner selbst heraus. Ich schluchzte los. Ich sehe mich noch, wie ich stundenlang auf dem Sofa ihres Salons in Poissy weine und sie mir – weiter unverändert mit der kriegerischen Stimme eines Volksschullehrers der Dritten Republik – sagt, ich solle mit dem »Zirkus« aufhören.

Danach, oder vielleicht sogar vor dieser Entdeckung, hatte ich den Eindruck, die Rue-de-Grenelle habe auch mich aufgenommen. »Wenn ihr ausgehen wollt, dann gebt mich zu den Bolts«, war anscheinend einer der ersten zusammenhängenden Sätze, den ich zu meinen Eltern gesagt habe. Ich habe mich lange mit Françoise identifiziert. Sie und ich kamen ungefähr zur gleichen Zeit zu »den Bolts«, ein Diminutiv, der den Familienkibbuz bezeichnet und knallt wie ein Stromschlag. Sie noch ganz klein, ich ein Baby.

Hat Myriam, das Waisenkind, eine Doppelgängerin finden wollen, indem sie ihrerseits Kinder aufnahm? Hat sie die Tat ihrer Patin nachahmen wollen? Einen neuen Stamm erschaffen, gegründet nicht auf das Blut, sondern auf freie Entscheidung? Oder wollte sie eine Leere ausfüllen? Ein paar

Monate zuvor hatte einer ihrer Söhne, Luc, mein Vater, die unverzeihliche Sünde begangen, auszuziehen und wegen Heirat und Niederkunft an anderem Ort zu leben. Von diesem Von-der-Fahne-Gehen, das sie als persönliches Scheitern erlebte, erholte sie sich nie, sie widmete ihm ein Buch mit dem vielsagenden Titel: *La machine a fait tilt.* Das fragliche Tilt war schließlich meine unvorhergesehene, wenn nicht verfrühte Geburt. Sie gab sich jedoch nicht geschlagen und fuhr mit dem Flippern fort. Nachdem sie ein Spiel verloren hatte, gewann sie sogar zwei Extrakugeln. Françoise und mich.

2

Françoise mochte ihren Vornamen nicht, der veraltet war und den überdies eine unbekannte Mutter ausgesucht hatte, von der sie ausgesetzt worden war, auch wenn es dafür Gründe gab, die Françoise erst später entdeckte. Als sie mit dem Fotografieren begann, beschloss sie, mit ihrer Arbeit eine neue Identität zu verbinden: Anne Franski. Ganz offenbar eine Mischung aus Boltanski und Anne Frank. Immer wieder diese Obsession des Krieges, des Todes und des Sich-Einschließens. Sie hat mir nie gesagt, warum sie sich diesen Namen ausgesucht hat. Neben der offensichtlichen Anspielung auf unsere Familiengeschichte sehe ich noch einen weiteren Grund. Ihr Leben hängt ebenfalls an einem geschlossenen Raum, an einer schützenden Umhüllung, einem Panzer.

Jede Woche, jeden zweiten Tag begibt sie sich allein zu ihrem »Anhängsel«, in ein medizinisches Zentrum, wo sie hinter Schläuchen und Metallplatten verschwindet. Das Brummen eines Motors begleitet ihre Wiedergeburt. In der Stunde darauf kann sie essen, was sie will. Die restliche Zeit über vergiftet sie sich selbst ganz allmählich. Sie wurde nur mit einer Niere geboren, die zu funktionieren aufgehört hat, als sie etwa zwanzig war.

Ihre verstörendsten Fotos hat sie während der langen Dialysesitzungen aufgenommen. Vier Stunden ohne Pause, in denen das Blut, durch eine Pumpe beschleunigt, Schwall auf Schwall aus einer geweiteten Vene kommt, aus einer blauen, bebenden Ader und in eine der zwei in den Arm gesteckten Nadeln fließt, in einem Durcheinander von Schläuchen, Ventilen, Klappen, Filtern verschwindet, einem Leitungssystem, das in seinem eigenen Rhythmus pocht, das Blut flüssiger macht, es reinigt, es von seinen Schlacken befreit und ihm die Mineralien zuführt, die es braucht. Anne erfasst leidende, mit Leintüchern bedeckte Körper, an Maschinen angeschlossen wie sie. Hybridwesen, halb Mensch, halb Maschine. Sie fotografiert nicht die Gesichter und enthüllt nur Einzelheiten. Haar, das unter einem Laken hervorlugt, geschwollene, ins Leere baumelnde Handgelenke. Glieder, die über Schläuche mit großen weißen Apparaten aus einer anderen Zeit verbunden sind, aus einem futuristischen Roman à la Jules Verne. Und sie filmt Menschen, die angesichts der Unermesslichkeit der Natur oder der Stadt verloren sind, immer mit unscharfen Umrissen, schwarze Schatten, die niemand bemerkt, die sich an Steinsäulen lehnen und von denen man wiederum nur gestreckte oder dargebotene Hände

sieht. Ihre Bilder zeigen alle das Intime und die Zerbrechlichkeit des Menschen.

3

Françoise Fondevilla, Anne Franski, Marie-Élise Ilari, Myriam Guérin, Annie Lauran, Marie Nélet, Myriam Thélen,
Étienne Boltanski, Jeanine Giraud … Diese Familie ist nichts
als eine lange Folge von Pseudonymen, Spitznamen, gekauften oder erfundenen Decknamen. Von nicht mehr ganz eigenen Namen, da sich dahinter andere verbergen, die alle dieselbe Frage stellen: »Wer sind wir?«

4

Hélène Macagon – oder vielleicht Enta oder Entele Fainstein – hat bis zu ihrem Tod Ende der fünfziger Jahre ebenfalls hier gelebt, ich weiß nicht, wann genau. Sie hätte es
nicht ertragen, weit von ihrem Jungen entfernt zu sein, von
ihrem »kleinen König«, der eine so strahlende Zukunft vor
sich hatte. Sie haben sich nie getrennt. Nur zwei Mal. In
Kriegszeiten.

In den ersten sechs Jahren seiner Ehe hatte Étienne seine
Frau in der winzigen Unterkunft untergebracht, die er mit

seiner Mutter in der Rue de Grenelle 84 teilte, direkt über der Nationalen Gartenbaugesellschaft. Nachdem er zum Chefarzt der Pariser Krankenhäuser ernannt worden war, erfuhr er, dass ein etwas weiter in der Straße gelegenes herrschaftliches Stadthaus zu mieten war. Zumindest dessen mittlerer Teil und die ersten beiden Stockwerke im linken Flügel. 1935 zog das Paar dort mit Jean-Élie ein, der gerade zur Welt gekommen war, und natürlich mit Niania. Sie bezog die Wohnung im ersten Stock, die ihr dank des separaten Eingangs eine gewisse Selbständigkeit ermöglichte, aber auch mit dem Rest des Hauses verbunden war. So war sie anwesend und zugleich abseits. Jeden Tag nahm sie gegen 17 Uhr die Tür auf derselben Etage, die damals noch offen war, und verbrachte den Abend mit Sohn und Schwiegertochter.

Den Tag über empfing sie in ihrem Schlafzimmer, das zu einem Behandlungsraum geworden war, junge Patienten, die unter einer Wirbelsäulendeformierung litten. Sie traktierte sie kreuz und quer mit den Händen, rief »Jetzt aufrrrichtän!«, und nach der Sitzung wies sie die Eltern an, die Verordnung selbst auszufüllen. Sie behauptete, das wäre Teil der Behandlung. Sie konnte schlecht Französisch, sie konnte es lesen, aber nicht schreiben. Sie hatte keinerlei Titel, nicht das kleinste Diplom. Ihre medizinische Berufung stammte aus der Zeit der Schützengräben. Hatte sie dem Land dienen wollen, das sie aufgenommen hatte, oder wollte sie zu ihrem Sohn an die Front? Wahrscheinlich beides. 1916 hatte sie sich wie er zu einer Sanitätseinheit der Armee verpflichtet. Sie verließ sie zwei Jahre später im Rang einer Sanitätsschwester und mit einer an ihren Filzumhang gehefteten Medaille. Ins Zivilleben zurückgekehrt, wurde sie Stationsmädchen im

Hôpital Laennec. Sie hatte die Aufgabe, in der Kinderchirurgie orthopädische Gymnastik durchzuführen, und hatte mit einem Arzt, Dr. Marcel Lance, eine Reihe von Bewegungen gegen Skoliose entwickelt. Eine Methode, die sie zu Hause praktizierte.

Sie sprach nicht viel über ihre Jugend, als sei dieses Kapitel ihres Lebens endgültig abgeschlossen. Ihre Vergangenheit holte sie zu manchen Zeiten des Jahres in Wellen ein. Im September rannte sie sich in ganz Paris die Hacken ab auf der Suche nach Maiskolben, eine Ware, die heute vakuumiert in jedem kleinen Supermarkt verkauft wird, damals aber nicht aufzutreiben war. Stand der Winter vor der Tür, lagerte sie tonnenweise Sauerkraut im Keller. Von ihrer eigenen Familie sprach sie nur wenig. Die schmerzhaften Einzelheiten radierte sie systematisch aus. Sie destillierte daraus von Zauber und Ruhm umstrahlte Anekdoten. Liebend gern hätte sie sich als eine von den Bolschewiken vertriebene Prinzessin dargestellt. Ihr Vater, so erzählte sie immer wieder, hatte nie in seinem Leben ein Paket getragen. Sie erzählte auch, vor der Revolution habe einer ihrer Cousins Ölquellen in der Umgebung von Baku besessen. Und dann gab es da den Schlitten, der wie ein Spielzeug war und von vier Pferden gezogen zum Klang der Glöckchen in vollem Tempo über den Schnee glitt. In diesem, wahrscheinlich zum Teil erfundenen russischen Roman fehlten nur noch ein Winterpalast, eine Datscha, ein Verwalter und Muschiks.

Sie behauptete, sie könne kein einziges Wort Jiddisch, was gelogen war. Étienne unterhielt sich manchmal mit ihr auf Russisch. Er beherrschte es in Grundzügen, eine Musik, die er als Kind gehört hatte, die er selbst nicht weiterzugeben versucht hatte. Ein paar Ausdrücke haben ihn überlebt. Die derbsten: *Nje morotsch mnje schopu!* – »Verarsch mich nicht!« –, *Sobaka!* – »Hund!« –, oder *K Tschortu!* – »Zum Teufel«.

Ich weiß nicht recht, wie Marie-Élise das Zusammenleben mit ihrer Schwiegermutter ertrug. Ich glaube, sie mochte sie. Sie schätzte ihre eigenwillige Seite, ihren eisernen Willen, ihre unglaubliche Energie. Gegen Ende empfing Niania weiter ihre Schüler, obwohl sie fast nicht mehr laufen konnte. Sie kannte ihr eigenes Alter nicht oder tat, als wisse sie es nicht. Wurde ihr die Frage gestellt, antwortete sie gewöhnlich: »Kinder, ich bin bestimmt nicht jung.«

5

Nach ihrem Tod, ich glaube Anfang der sechziger Jahre, beschlossen die Bolts, Odessa zu besuchen. Wie immer machten sie sich mit dem Auto auf die Reise. Eine lange und beschwerliche Fahrt. Nach 2600 Kilometern und einer Reihe von Motorproblemen verfügte Großpapa, er werde nicht weiterfahren. Er war nur noch eine Stunde vom Ziel entfernt. Er hielt an einer Kreuzung an, bog nach Osten ab und fuhr am Schwarzen Meer entlang bis nach Rostov am Don, wo der Renault 16 wegen schlechten Öls einen Kolbenfresser hatte. Großpapa kehrte noch mehrere Male in die Sowjetunion zurück. Er reiste überall hin. Nach Kiew, Minsk, Moskau, Leningrad. Sogar nach Irkutsk und Wladiwostok, mit der Transsibirischen Eisenbahn. In seine Heimatstadt niemals.

Ich habe mich lange Zeit gefragt, warum. Als ich klein war, sagte man mir, er habe seine Mutter nicht beim Lügen ertappen wollen, indem er ihre Berichte mit der Wirklichkeit verglich. Er habe ihre Jungprinzessinnenträume respektieren wollen, ihre wunderbaren Erinnerungen an das »Kleine Paris« in der Steppe. Meiner Ansicht nach gibt es einen anderen Grund. Er hatte Angst vor dem, was er womöglich in Odessa entdecken würde, und auch vor dem, was er dort nicht finden würde. Mehr als alles andere fürchtete er vielleicht das Fehlen von Spuren. Das Nichts. Ich selbst habe das erfahren.

6

Wenn ich erklären soll, woher mein Name kommt, so sage ich nicht »aus Russland«, noch weniger »aus der Ukraine«, sondern »aus Odessa«. Wenn man mich nach meiner Herkunft fragt, antworte ich: »Odessa«. In meiner Vorstellung genügt das. Ich brauche nichts hinzuzufügen. Alle, die Bescheid wissen, werden es verstehen. Als würde die Zugehörigkeit zu dieser Hafenstadt, die keine Erben mehr hat und im Wesentlichen von Gespenstern bevölkert ist, zugleich die Nationalität und die Religion ersetzen. Sogar den Beruf. Man wirkt dadurch sofort wie ein Künstler. Angesichts des Identitätskuddelmuddels, mit dem ich mich herumschlage, erlaubt diese Notlösung, unangenehmen Fragen aus dem Weg zu gehen. Odessa ist einfach und geschmackvoll. Seltsamerweise bekennen wir uns zu einer Ortschaft, in die wir nie einen Fuß zu setzen gewagt haben. Nach der Weigerung meines Großvaters, die Stadt zu betreten, wurde sie sogar zu einer verbotenen Zone. Zu einer Utopie. Einem imaginären Ort. Oder aber zu einem Fluchtpunkt, zu jenem Orientierungspunkt, auf den man den Blick richtet und den man nicht sieht.

7

Im Juli 2014 habe ich das Familientabu gebrochen. Unter welchem Vorwand? Eine Reportage über ein zwei Monate zuvor in Odessa verübtes Massaker. Der Ort des Verbrechens liegt neben dem Hauptbahnhof Vokzal, von dem aus meine Urgroßmutter geflohen ist. Mitten auf dem Kulikovo-Platz, einer weitläufigen, von Nadelbäumen umstandenen Fläche, erhebt sich das Gewerkschaftshaus. Wenn man es von weitem zwischen den Tannen sieht, kann man glauben, die Sowjetunion existiere noch. Ein Bund von Republiken, begründet, um ewig zu dauern, massiv, mächtig wie ein griechischer Tempel. Man muss sich den dorischen Säulen nähern, damit man den Ruß bemerkt, der sich um die Fensterumrahmungen zieht. Ein Metallzaun verhindert den Zugang, aber man ahnt, dass im Inneren alles verkohlt ist. Das Gebäude ist nur noch ein leeres Gerippe.

Gleich am Tag nach meiner Ankunft begab ich mich mit Sascha, meinem Dolmetscher, dorthin. An dem Abend befanden sich zweihundert prorussische Aktivisten auf dem großen Platz, der zum Sperrgebiet geworden war. Die meisten von ihnen Rentner. Alte Sowjetbürger, Babuschkas mit Schultertuch, die eines Abends in der UdSSR eingeschlafen und am nächsten Morgen in einem anderen Land erwacht waren. Und auch junge Leute, fast Kinder, die ein orangefarbenes, mit drei schwarzen Streifen versehenes Band am Handgelenk trugen. In religiöser Stille lauschten sie der Ansprache einer Frau, die auch schon ein gewisses Alter hatte und in enganliegender roter Kleidung steckte. Eine Anhängerin des ehemaligen geflohenen Präsidenten, die auf den Spitznamen »Miss Barricade« hörte. Sie hielt keine Rede, sie beschimpfte die Zuhörer. Sie sagte ihnen, sie sollten »den Arsch hochkriegen« und diese »Faschisten« von Ukrainern »kaltmachen«. Ihre Worte waren hart und brutal. Sie ermunterte die Zuhörer mehr oder weniger dazu, ihre Nachbarn umzubringen.

All diese Leute waren versammelt, um des Tages zu gedenken, der bis dahin einer der mörderischsten des Ukrainekriegs war. Ihre Genossen waren unter noch unklaren Umständen genau auf diesem Platz umgekommen. Ein friedlicher Marsch ukrainischer Nationalisten in der Innenstadt. Schüsse. Erste Leichen. Wahrscheinlich eine Provokation. Dann die Rache. Der Sturmangriff gegen die auf dem Kulikovo-Platz zusammengedrängten Prorussen. Das Gewerkschaftshaus wurde in ein befestigtes Lager verwandelt, umzingelt von einer wütenden Menschenmenge. Weitere Schüsse. Ein Brand, wahrscheinlich ausgelöst durch Molotowcocktails. Viele Belagerte steckten in der Falle, verbrannten oder erstickten. Andere stürzten sich lieber aus den Fenstern. Auf dem Kies liegende, zu Brei zerquetschte Leiber. Überlebende, die geschlagen, zum Teil gelyncht werden. Alles in allem achtundvierzig Tote und Hunderte Verwundete.

Die Demonstranten hatten kleine Kerzen entzündet, die auf dem Boden die Worte *Nje sabudjem* bildeten, was auf Russisch heißt: »Wir vergessen nicht.« In Wirklichkeit hatte Odessa schon vergessen.

Es war Sommer. Auf dem Primorsky Boulevard tanzten Paare um das Puschkin-Denkmal Tango, streiften es beinahe, als wollten sie den Dichter mit in ihren Reigen ziehen. Ein Stück weiter zeigte ein Open-Air-Kino einen Action-Film. Die von Kolonnaden eingerahmte und von einem Giebeldreieck überragte Leinwand erinnerte ein bisschen an die stalinistische Architektur des Gewerkschaftshauses. Entlang der Deribasovskaya waren die Caféterrassen proppenvoll. Keine Militärs oder Polizisten zu sehen. Nur Eis essende Familien vor pastellfarbenen, stuckverzierten Gebäuden. Im städtischen Park spielte ein Blasorchester, weiter östlich wüteten die Kämpfe. Während meines Aufenthalts erlebte ich nur eine einzige Gewalttat. Einen Taschendiebstahl in der Ekaterininskaya-Straße. Das Opfer, eine junge blonde, langgliedrige Frau, die aus einem Auto mit getönten Scheiben stieg, wehrte sich und umklammerte mit aller Kraft die Henkel ihrer Krokolederhandtasche. Der Angreifer ergriff mit leeren Händen vor gleichgültigen Gaffern die Flucht.

Boris Khersonski, ein Dichter mit weißem Bart, hatte sich mit mir in einer Gaststätte in der Zhukovskogo-Straße verabredet, wo er Stammgast war. Er begann damit, mir zu erzählen, dass in den neunziger Jahren ein örtlicher Mafioso das Lokal gekauft hatte, in dem wir uns befanden. Der ehemalige Besitzer hatte dafür ein paar Hrywnjas erhalten und war mit dem Leben davongekommen. Ein zu der Zeit völlig gängiges Verfahren. Ich wollte wissen, wie die Einwohner auf all diese Ereignisse reagiert hatten. »Sie haben einfach geschlafen«, sagte er. »In den darauffolgenden Tagen waren die Straßen fast leer.«

Wie die meisten meiner Gesprächspartner glaubte er an ein Komplott. An ein Manöver von Wladimir Putin und seinen Agenten. Bei der Schießerei und der Besetzung des Kulikovo-Platzes handele es sich um den ersten Akt der Wiedereroberung dieses strategischen Hafens am Schwarzen Meer durch Großrussland.

»Dieser Funke hätte eine allgemeine Feuersbrunst auslösen sollen«, erklärte er. »Die Verschwörer haben dabei jedoch einen Charakterzug der Odessiten nicht beachtet: ihre *belle indifférence*.«

Die letzten Worte, die *schöne Gleichgültigkeit*, sagte er auf Französisch, wobei er jede Silbe deutlich hervorhob. Boris Khersonski liebt seine Stadt, aber er glaubt nicht an ihre Leichtigkeit, ihre vorgebliche Offenheit. An all die Mythen, die ihr anhängen. »Die schlimmsten Pogrome Russlands wurden *hier* verübt.« Er zählte Daten auf: 1821, 1849, 1871, 1881, 1900, 1905, 1919. Ein Gemetzel fast alle zehn Jahre. Er fügte hinzu: »Odessa hat sich auch den Verbrechen Stalins gegenüber sehr nachsichtig gezeigt.« Seiner Ansicht nach weniger aus Angst denn aus einer Art Interesselosigkeit heraus.

Im Krieg wurde ein Teil seiner Familie von den Nazis und

ihren rumänischen Helfershelfern vernichtet. Die Juden, zumindest jene, die nicht geflohen waren, das heißt fast zweihunderttausend Menschen, verschwanden im Laufe des Herbst 1941 sehr schnell. Auf dem Platz, von dem aus die Deportierten in die Lager von Transnistrien gebracht wurden, hat man Birken gepflanzt. Eine für jeden Gerechten. »Es sind nur einundzwanzig!«, rief Boris Khersonski. »Einundzwanzig Bäume auf eine Million Einwohner! Und wie viele Denunzianten, Verräter, Profiteure, Plünderer gab es auf diese Handvoll Gerechte?«

8

Sicherlich sind Niania die Aufstände von 1881 im Gedächtnis geblieben, die auf die Ermordung von Zar Alexander II. folgten. Mehrere Tage andauernde Plünderungen und von wodkatrunkenen Gaunern begangene Morde mit Billigung der Geheimpolizei. Ihren Papieren zufolge war sie gerade zehn Jahre alt geworden. Ein fiktives Geburtsdatum. Wie alles andere. Sie hatte sich älter machen müssen, um das zaristische Russland allein verlassen zu können. Aber selbst wenn sie zwei oder drei Jahre jünger war, war sie alt genug zu begreifen, was geschah. War ihr Haus geplündert worden? War ihr Vater misshandelt worden? Hatte sie sich ins Vergessen geflüchtet oder hatte sie ihren Angehörigen davon erzählt? In einem ihrer Romane beschreibt meine Großmutter eine Enta, die »zusammengekrümmt im Wandschrank kauert, keucht und auf mögliche Schreie und Pogrome horcht«. Die Formulierung ist seltsam. Die Pogrome werden als Möglichkeit erwähnt, nicht als ein Ereignis, das stattgefunden hat. Wie ein Albtraum, der sie in ihr Exil verfolgt. Ich weiß nicht, ob sie den Zauberschleier über ihren Erinnerungen eines Tages zerrissen hat. Ihre Angst vor der Masse, vor jenem plötzlichen Ausbruch kollektiver Gewalt hat sie auf jeden Fall ihrem Sohn und darüber hinaus weitergegeben.

Mit dem Entschluss, ihre Familie zu verlassen und mit der Eisenbahn ganz Europa zu durchqueren, floh sie auch vor jener Bedrohung, die bei jedem Osterfest wiederkam, zur selben Zeit wie der Hagel und die ersten Knospen. Aus Paris sandte David ihr Liebes- und Hoffnungsbriefe. Paris sei eine erstaunliche Stadt, schrieb er, in der die Polizisten dich auf der Straße ansehen, ohne dich zu verhaften, ohne dich auch nur zu beschimpfen. Ich sehe sie vor mir, wie sie schnurgerade Avenuen mit blühenden Akazien entlanggeht, durch die sie ein Jahr zuvor mit ihrem Geliebten spaziert war, den Brief in der Tasche, und wie sie bei jedem Auftauchen einer Uniform den Kopf senkt. Sie musste dem *Urjadnik* bestimmt lange zusetzen, dem Polizeibeamten, um ihren falschen Pass samt Marken und kyrillischen Stempeln zu erhalten. Sicherlich steckte sie ihm mit unbeholfener Geste ein Bakschisch zu, das sie von ihren Ersparnissen genommen hatte. Ihre ins Vertrauen gezogenen jüngeren Schwestern, die noch nicht Katia und Rita hießen, sondern Kela und Rouklia, begleiteten sie zum Bahnhof. Bevor sie in den Waggon stieg, weinte sie in ihren Armen, dann verschwand sie mit ihrem schwarzen Strohhut und ihrem Samowar in einem Abteil.

9

Ich wandte mich zunächst an die Zentralsynagoge, die zufällig direkt neben meinem Hotel in der Evreyskaya-Straße stand, der »Judenstraße«. Vor den Eingangsstufen bot ein Kiosk mit byzantinischem Dach »Jerusalem-Falafel« feil. Als ich die Tür öffnete, kam mir ein Schwarm von Kindern mit ihren über der Hose flatternden Zizijot entgegen. Das Gebäude, das in kommunistischer Zeit nacheinander als Nachtlokal, Museum und schließlich Sporthalle diente, erlebte seit der Ankunft eines Rabbiners aus Israel Ende der neunziger Jahre einen Wiederaufschwung. An diesem Vormittag war Rabbi Shlomo Baksht nicht da. Seine Assistentin verwies mich an das Regionalarchiv, das sich seit 1921 in einem anderen Gotteshaus etwas weiter entfernt auf derselben Verkehrsachse befand: in der Brodsky-Synagoge, früher berühmt für ihre Chorsänger und Kantoren. Ob David dort irgendwann gesungen hat?

Heute ist es ein heruntergekommenes Gebäude in maurischem Stil mit schwarzem Verputz, der aussieht wie Asphalt. Um nicht zusammenzubrechen, wird es von schiefen Holzschienen gestützt. Die Fassade verschwindet beinahe hinter dem schützenden Korsett. Die Gebetshalle gibt es nicht mehr. Das ehemalige Schiff beherbergt einen Bienenkorb aus Büros, Dutzende von aneinandergedrückten und über fünf Stockwerke verteilten Waben. Die Konversion dieses Mittelpunkts jüdischen Lebens, der in den *Geschichten aus Odessa* von Isaac Babel erwähnt wird, in ein Zentrum für die

Aufbewahrung von Verwaltungsdokumenten, vor allem von Zivilstandsakten, bezeugt die zwiespältige Haltung der Stadt gegenüber ihrer Geschichte. Odessa verhält sich ein wenig wie ein Computer, der nicht aufhört, Daten anzusammeln und zugleich seine Speicherkarte zu löschen.

Ich fand mich in einer kleinen Zelle wieder, die von Neonlampen neben einem spitzbogigen Fenster erhellt wurde, und saß einem blonden Mann mit blauen Augen und müdem Gesichtsausdruck gegenüber, der an einem Bakelittelefon hing. Auf seinem Tisch stapelten sich alte, staubige Ordner, ein orthodoxes Kreuz, eine Unterschriftenmappe und ein Bleistiftspitzer mit Kurbel, der aus einer Zeit stammen musste, in der es ratsam war, keine Büroausstattung zu verschwenden. Der Angestellte fragte mich, was mein Urgroßvater gemacht habe. Ich antwortete zögernd: »Er war Opernsänger.«

»Ach, wirklich schade!«, rief er mit der Befriedigung des Beamten, der einen Fehler im Formular gefunden hat. »Akten, die diesen Beruf betreffen, wurden von der Sowjetunion nicht aufbewahrt.« Ich wagte nicht zu fragen, warum das kommunistische Regime Wert darauf legte, die Erinnerung an diese Berufsgruppe auszulöschen, erst recht in einer für ihre Musiker berühmten Stadt. »Und wo wohnte er?« Ich hatte keine Ahnung. In meiner Familie hieß es, er habe einer sehr religiösen Familie im Ghetto angehört. Nun gab es in Odessa aber kein Ghetto. Die Juden konnten sich überall niederlassen. Die Ärmsten, zu denen er sicher gehörte, lebten in der Moldavanka, einer weitläufigen Vorstadt, die sich nördlich des großen Pryvoz-Marktes erstreckt und für die *Geschichten aus Odessa* von Babel ebenfalls als Rahmen dient.

»Im Moldavanka-Viertel?« Er schien meine Unsicherheit zu bemerken. »Schön und gut, aber das ist groß«, fügte er mit ironischem Lächeln hinzu. Er wollte wissen, wann mein Vorfahr emigriert war. »Pech aber auch! Es fehlen drei Jahre. Er ist kurz vor der Volkszählung 1897 gegangen.« Ich hätte ihm beinahe gesagt, dass ich mir der Informationen, die ich hatte, nicht sicher war. Dass Davids Geburtsdatum, der »4. Mai 1854« mir zweifelhaft erschien: Einundvierzig schien mir recht alt, um sein Leben zu ändern. Möglicherweise hatte auch er hinsichtlich seines Alters gelogen, um dem Militärdienst zu entgehen, aber ich hatte Angst, seinen und damit auch meinen Fall zu verschlimmern, wenn ich diese Hypothese vor einem Behördenvertreter äußerte. Ich wollte ihn gerade zu Enta Fainstein/Hélène Macagon befragen, als mir klar wurde, dass er die Geduld verlor. Er nahm seine eckige Brille ab, fuhr sich mit dem Handrücken über die müden Augen und schloss: »Ich kann sowieso nichts machen: Der Lesesaal ist geschlossen.«

Daraufhin machte ich Bekanntschaft mit Yulia, einer Bibliothekarin der Universität von Odessa. Brünett, etwas trauriges Gesicht. Sie lud mich auf einen Tee in den Stadtgarten ein. Die Stühle auf den Terrassen waren gepolstert wie im Wiener Prater. In das Murmeln der Gäste mischte sich das Plätschern des Brunnens. Sie war mir vom Vater eines Freundes genannt worden, der einen seiner Vorfahren suchte. Sie bot mir ihre Hilfe an. Für eine bescheidene Summe hatte sie schon anderen geholfen. Sie interessierte sich für die jüdische Vergangenheit der Stadt und verdiente sich etwas dazu, indem sie sich die neue Begeisterung des Publikums für Genealogie zunutze machte.

Sie gab sich gelassen. Sicher war irgendwo in den Archiven eine Spur vorhanden. Im Laufe ihrer Recherchen war ihr nie ein Boltanski begegnet. »Der Name sagt mir nichts! Dagegen ist Boltyanski mit y sehr verbreitet. Genau wie Fainstein.« Sie versicherte mir, dass es oft Fehler bei der Transliteration vom Kyrillischen in lateinische Buchstaben gebe. Das »té« konnte gut ein »cha« oder ein »ié« sein. Versteckte sich das berüchtigte Ypsilon, das mein Großvater vermisste, möglicherweise nicht am Ende, sondern in der Mitte unseres Familiennamens?

Konnte David anderswo registriert sein? In Balta zum Beispiel, jener Ortschaft im Westen der Ukraine, von der er vielleicht seinen Namen hatte? »Das ist möglich«, fuhr Yulia fort. »In dem Fall müsste man sich an die Regionalarchive von Chmelnyzkyj wenden.« Sie schien bereit, alle möglichen Datenbanken zu konsultieren, um ihn zu finden, Berge von Papierkram umzuschichten, das administrative Innerste des zaristischen Russlands zu durchsuchen. Hingegen glaubte sie nicht allzu sehr an die Geschichte eines neuen Schaljapin. Ihrer Auffassung nach hätte David wegen seiner Religionszugehörigkeit nicht in das Opernensemble eintreten können. Sie zeigte ihr verdrossenes Gesicht vom Anfang: »Sind Sie sicher, dass er nicht eher in einem kleinen jüdischen Theater aufgetreten ist?«

10

Ich wusste nicht so recht, was ich eigentlich suchte. War es eine Adresse? Ein Haus? Waren es biographische Einzelheiten? Gräber? Tote oder Lebende? Ich lief vor mich hin ohne genaues Ziel. Am Eingang zum Moldavanka-Viertel tauchte mit quietschenden Achsen ein blauer Trolleybus auf. Auf einer verfallenen Mauer sah ich mit Schablone gezeichnete bärtige Gesichter, wahrscheinlich Heldengestalten, die aus der großen Ferne der Weltgeschichte zu kommen schienen. Ich lief lange, menschenleere Avenuen entlang. Die niedrigen Häuser zu beiden Seiten schienen verlassen. Balkone wurden von wildem Wein überwuchert. Gras und Sonnenblumengarben mitten auf dem Bürgersteig, als hätte die Vegetation nach einer Katastrophe die Oberhand gewonnen. Überall führten Toröffnungen in Sackgassen, in kleine, mit Haselnüssen bepflanzte Höfe, in von abblätternden Holzpalisaden umgebene Gärten. Stille. Man hörte nur das Geräusch winziger Blätter, die der Wind über den Asphalt schob, wie ein leichtes Zikadenzirpen. Kein einziges Auto, abgesehen von einem Lada Shiguli, den ein alter Mann auf der Straße schob, damit er ansprang. Fast keine Passanten. Ein Mann mit nacktem Oberkörper und einer Bierdose in jeder Hand. Zwei andere in Shorts und mit Alkoholfahne. Mir war unwohl, als ich ihnen begegnete. Ich sagte mir, zur Zeit meiner Urgroßeltern hätten diese Ausdünstungen die Anwesenheit eines Feindes signalisiert.

Auf dem Rückweg wurde ich von ohrenbetäubendem

Lärm angezogen. In einer Holzlattengarage tanzten halb-
nackte, über und über tätowierte Autowäscher zum Rhythmus eines hemmungslosen ukrainischen Rap um ein paar
ultramoderne Land Cruiser. Sie boxten um ihre stählernen
Maschinen herum in die Luft, zuckten mit ihren Spritzdüsen
hin und her, sprangen durch die weißlichen Pfützen. Im plad-
dernden Aufprall des Wasserstrahls auf den funkelnden Ka-
rosserien brach sich das Licht. Ein Milizionär in grünem
Kampfanzug, der auf der anderen Straßenseite vor einem offiziellen Gebäude postiert war, sah der Techno-Oper zu und
kaute dabei Sonnenblumenkerne.

Meine Suche war ein Fehlschlag. Ich stürzte mich auf jeden noch so kleinen Hinweis, der geeignet schien, die Frag-
mente der Erinnerung, über die ich verfügte, zu stützen. Auf
dem Pryvoz-Markt war ich begeistert von den Marktständen
mit Aalen, Makrelen und geräucherten Heringen. Wenn ich
abends in der Tavernatta saß, die zu meiner Kantine geworden war, stopfte ich Wareniki in mich hinein und verglich
sie mit denen von Großmutter. Ich versuchte, Geschichtsfet-
zen mit Bildern, Klängen, Gerüchen in Übereinstimmung zu
bringen.

Gleich am ersten Tag war ich zur Potemkin-Treppe ge-
laufen. Als ich oben an der Küstenstraße ankam, war ich
enttäuscht. Ich wusste nicht, dass man von oben, von der
Richelieu-Statue aus, nicht die einhundertzweiundneunzig
Stufen sieht, sondern nur die zehn Treppenabsätze, die ein
gleichmäßiges, zinnfarbenes Meer bilden. Das Gigantische
des Bauwerks ist nur von unten erkennbar, vom Fährhafen
aus, einer Ballung von Betonklötzen, die die Sicht aufs Meer
versperren. Ich entdeckte die Täuschung erst drei Tage später

bei einer Hafenbesichtigung. Da begriff ich, warum Eisenstein die Niederschlagung der Revolution von 1905 an genau diesen Ort verlegt hatte. Die Treppe verkörpert die Macht oder eher deren Illusion. Für die kleinen Leute, die sich am Fuße drängen, scheint sie fast unmöglich zu erklimmen. Umgekehrt glauben jene, die sich oben befinden, die Wohlhabenden, eine glatte Oberfläche zu sehen. Die Hierarchie ist für das Volk. Das Waagerechte, die Gleichheit für die Elite. Nachdem ich als Kind *Panzerkreuzer Potemkin* gesehen hatte, stellte ich mir lange Zeit vor, das Baby, das in seinem Kinderwagen die Stufen hinabstürzt, sei mein Großvater, eine völlig unsinnige Vorstellung, da er neunundzwanzig Jahre früher geboren wurde und noch dazu in Les Batignolles in Paris.

11

Die wichtigsten Protagonisten des Massakers vom Kulikovo-Platz waren unauffindbar. Sobald mir ein Name genannt wurde, fügte der jeweilige Gesprächspartner sofort hinzu, die betreffende Person sei auf der Flucht, habe sich irgendwo hingeflüchtet, meistens nach Moskau, oder gelte als vermisst. Wahrscheinlich tot, ermordet. Keine Spur von dem Täter, der die ersten Schüsse in der Innenstadt abgegeben hatte, einem lokalen Gangster mit Spitznamen der »Seemann«, oder vom stellvertretenden Polizeichef, einem gewissen Fuchedzhi, der im Verdacht stand, einer seiner Komplizen zu sein. Ebenso wenig war es möglich, die pro-ukrainischen Hooligans von Tschornomorez zu treffen, dem Fußballverein der Stadt, die gegen das Gewerkschaftshaus gestürmt waren. Odessa kann mit einem großen Waschkessel verglichen werden. Mit einem riesigen Tatort, an dem jeder sich bemüht, die Fährten zu verwischen und nach und nach auch die kleinste Spur auszulöschen.

Am Vorabend meiner Abreise erhielt ich die Kontaktdaten eines gewissen Alexandre. Am Telefon sagte er mir, ich solle ihn vor der Oper treffen. Dass er sich an einem solchen Ort mit mir verabredete, und sei es auch aus Bequemlichkeit, amüsierte mich. Vor mir tauchte ein großer, kräftiger Kerl von einem Meter neunzig auf, der es wohl gewohnt war, Schläge einzustecken, und mehr noch, welche auszuteilen. Er war Chef einer Konservenfabrik und ging nie ohne Helm und Baseballschläger aus dem Haus. Man weiß nie, sagte er. »Sobald ich per SMS einen Hinweis bekomme, gehe ich mit meiner Ausrüstung zum angegebenen Ort.«

Am 2. Mai 2014 hatte er an dem Angriff gegen die Pro-Russen teilgenommen. Er bezeichnete sie ausschließlich mit ihrem Spitznamen »Koloradskiy«, Kartoffelkäfer, wegen ihres orangefarbenen Bandes mit schwarzen Streifen, den Farben des Ordens des Heiligen Georg, das sie alle am Handgelenk tragen. Zu Beginn der Kämpfe schleuderte er mehrere Brandsätze gegen die unter den Säulen errichteten Barrikaden. »Das unter Stalin erbaute Gebäude ist solide«, betonte er. »Aber die Eichentür hat schließlich Feuer gefangen.« Er behauptete, er habe den Belagerten geholfen, den Flammen zu entgehen, und sie aufgefordert, in eine Plane zu springen. Er schwor, er habe Schwerverletzte zu den Rettungswagen transportiert. »Aber alle, die in Form waren, haben wir niedergezwungen und verprügelt. Das ist normal. Wir waren wütend.«

12

Es gibt noch eine letzte Erklärung für die Weigerung von Großpapa, Odessa kennenzulernen: Die Angst, just an dem Ort, an dem seine Eltern geboren wurden und aufwuchsen, seinen Platz nicht zu finden. Sich dort fremd zu fühlen. Zu entdecken, dass er anders war, nicht anders als die anderen, sondern als die Seinen. Das Ausmaß dessen zu ermessen, was sie ihm nicht weitergegeben haben. Alles, was sie in ihrem tiefsten Inneren verborgen oder erfolgreich vergessen hatten. Die gestapelten Zopfbrote in den Auslagen der Bäckereien. Der Knoblauchgeruch in den Höfen. Das Quietschen der Straßenbahn. Der Zeitungsverkäufer am Fischmarkt. Der Lärm, der am Freitagnachmittag langsam abnimmt. All diese kleinen Dinge, die ihren Alltag bildeten. Und auch das Gefühl des Schwindels angesichts der Erkenntnis, dass sie ihr Leben nur dem Exil und dem Zufall verdanken. Just dem Umstand, anderswo zu sein. Zu wissen, dass auf jene, die geblieben waren, die Ermordung wartete. In seinen *Geschichten von Ellis Island* schreibt Georges Perec, er hätte »Argentinier, Australier, Engländer oder Schwede sein können«, aber »in dem nahezu unbegrenzten Fächer dieser Möglichkeiten« war ihm »gerade eines verboten: nämlich im

Land [seiner] Vorfahren geboren zu werden, in Lubartow oder in Warschau und dort in der Kontinuität einer Tradition, einer Sprache, einer Zugehörigkeit aufzuwachsen.«

13

Wie jeden Abend trat in der Kneipe Gambrinus eine sehr bekannte Klezmer-Band auf. Ihr Repertoire war klassisch. Nachdem der Sänger »Am Schwarzen Meer« gesungen hatte, das berühmteste Lied Odessas, stimmte er »Tefillin« auf Russisch und Jiddisch an. Er beendete sein Konzert mit einer kommunistischen Hymne, bevor er dem spärlich erschienenen Publikum zum Scherz erklärte, diese belastende Vergangenheit sei alles, was ihm noch geblieben sei. Dann stritt er sich mit den Musikern um die Aufteilung der Einnahmen.

Odessa ist eine jüdische Stadt ohne Juden. Jedenfalls ohne hiesige Juden. Mit Ausnahme von ein paar Überlebenden. Von dieser Vergangenheit ist nur noch die Mentalität übrig, der Geist, aber eher so, wie man von Gespenstern spricht. Gespenster, die in einem Schloss umgehen. Vor allem ein zur Handelsmarke gewordener Humor, mit einem jährlichen Festival und in Endlosschleife wiederholten Witzen. Lachen, aber ein Lachen aus dem Grab.

Anna Missuk erwartete mich vor dem Literaturmuseum, wo sie als Konservatorin arbeitete. Es war schönes Wetter. Sie schlug vor, in einen angrenzenden Park zu gehen, wo es viele Skulpturen von Witzfiguren gab, angeregt durch Romane über Odessa. »Für die Odessiten ist das Witzeerzählen wie Atmen«, erklärte sie vor einer Statue, die am Eingang der Grünanlage stand und einen »Rabinovitch« darstellte – hier heißt der Jude im Witz immer Rabinovitch –, die Schirmmütze fest auf dem Kopf, einen Koffer in der Hand und den Blick zum Himmel gerichtet. Einem kleinen Schild war zu entnehmen, dass der Allerhöchste ihm gerade sagt: »Bleib! Es muss in Odessa wenigstens *einen* Rabinovitch geben.« Anna Missuk war geblieben. Als kleines Mädchen war sie manchmal in die einzige noch benutzte Synagoge gegangen, weit von der Innenstadt verbannt. Jedes Jahr brachte sie, wenn es auf Ostern ging, Mehl dorthin, um den Matzen zuzubereiten. Ihr Vater, Beamter und Parteimitglied, wagte nicht, selbst hinzugehen. Im Gebetssaal begegnete sie ein paar Gläubigen. »Sehr alte Leute, die nichts mehr fürchteten.« Auch wenn hier gerade wieder eine Gemeinde neu entstand, redete sie von dieser Welt, als sei sie untergegangen. Sie war besorgt. Sie misstraute sowohl dem »russischen Imperialismus« als auch einem »dummen ukrainischen Nationalismus«. Von den beiden Übeln zog sie das zweite vor. »Putin führt uns auf den Friedhof«, erklärte sie. Als ich ging, gab ich ihr meine Visitenkarte, wie um ein Versäumnis wiedergutzumachen. Sie las sie und erklärte ohne sonderliche Neugier, während sie mir die Hand schüttelte: »Ein Verwandter von mir heißt auch Boltyanski. Er lebt in New York.«

14

Zurück in Frankreich, unternahm ich verschiedene administrative Schritte, um Yulia bei ihrer Suche zu unterstützen. Bevor man den Lesesaal des Nationalarchivs in Pierrefitte-sur-Seine betritt, muss man seine Sachen in ein Fach an der Garderobe einschließen. Man legt alles ab, was man hat, wie ein Pilger in Mekka, alles, was man ist, alles, was uns als Schnittstelle zu den anderen dient: Mantel, Tasche, Mobiltelefon. Sogar Stifte sind verboten. Als müsse man Demut beweisen, Selbstlosigkeit, Askese, bevor man sich seiner Vergangenheit stellt. Von der Welt abgeschnitten und allen Besitzes entledigt, schlug ich den grauen Aktendeckel auf, der die Einbürgerungsakte meines Urgroßvaters David Boltanski enthielt.

Sein Gesuch datierte vom 22. November 1906. Es handelte sich um einen handschriftlich verfassten Standardbrief an den Justizminister: »Herr Minister, ich habe die Ehre, Sie zu bitten, mir gütigst die Staatsangehörigkeit eines Franzosen zu gewähren.« Er wohnte zu diesem Zeitpunkt in der Rue Descombes 12bis, immer noch im 17. Arrondissement. Wieder erklärte er, er sei am 4. Mai 1854 in Odessa geboren, als Geburtsurkunde hatte er aber nur eine »eidesstattliche Versicherung« vorgelegt, eine Zeugenerklärung vor einem Friedensrichter. Auf der Polizeiakte stand der Name seines Vaters: Moïse. Es folgte ein Fragebogen:

- *Höhe des Lohns des Antragsstellers?* 350 Francs
- *Verfügt er über persönliches Vermögen?* Nein
- *Aus welchem Grund beantragt der Antragsteller die Einbürgerung?* Weil all seine Belange in Frankreich liegen
- *Welche politische Haltung besitzt er?* Keine
- *Scheint er jede Idee aufgegeben zu haben, in sein Land zurückzukehren?* Ja
- *Hat der Antragsteller noch Vater und Mutter?* Nein
- *Hat er Geschwister?* Nein

Die Lektüre des Protokolls erzeugte ein Gefühl der Leere. David Boltanski trieb im Weltraum. Nichts verband ihn mehr mit seiner Startrampe. Kein Kontakt mit der Erde. Keine Familie mehr, außer der, die er selbst gerade gegründet hatte. Eine Waise. Ein Neugeborener. Es sei denn, alles wäre falsch. Seine Antworten mochten einzig dazu bestimmt sein, die Genehmigung seines Antrags zu erleichtern. In der Präfektur bevorzugt man Einwanderer, die von jeglichen Fesseln frei sind. Das macht die Integration leichter und verringert das Risiko eines Familiennachzugs.

Ich übermittelte Yulia meine mageren Entdeckungen. Ich dachte, der Name von Davids Vater, Moïse, könne ihr von Nutzen sein. Sie antwortete zwei Wochen später. Eine kurze Mail auf Englisch, unserer einzigen gemeinsamen Sprache:

»Unfortunately I have no more information for you. I looked for Boltansky family in Odessa and Balta documents, but found nothing. Sincerely, Yulia.«

15

Niania habe ich nicht gekannt. Hingegen habe ich eine unbestimmte Erinnerung an ihre Schwester Katia. Zu Hause, in
ihrer Wohnung, hinter der Kirche Saint-Philippe-du-Roule.
Ein Bild aus Kinderperspektive, auf Höhe des niedrigen
Tischchens, dicke, in Messingkrönchen gefasste Trinkgläser
auf einem Spitzendeckchen, und darüber eine dicke Frau in
einer Jabotbluse, die gerade heißen Tee serviert und mit sehr
starkem Akzent bellend die sichtlich verängstigten Gäste
fragt, ob sie eine Scheibe Zitrone möchten. Sicher ein Traum
oder eine nachträgliche Rekonstruktion. Genau wie das Bild
ihres Mannes Gaston als eines kränklichen Alten, der abseits
in seinem Sessel sitzt, entweder hustet oder vor sich hin
brummelt, und den ich mir vorstelle wie Noël Roquevert als
pensionierter Offizier in Clouzots Film *Der Mörder wohnt in
Nr. 21*.

Wenn Christian ihn als Kind besuchte, wurde er von seiner Mutter ermahnt: »Vorsicht, der Onkel weiß nicht Bescheid.« Gaston wusste von nichts oder von fast nichts.
Nicht, dass seine Schwägerin in der Kommunistischen Partei
war. Nicht, dass seine Frau mit Vornamen nicht Katia, sondern Kela hieß. Nicht, dass sie die orthodoxe Kirche besuchte, auch wenn sie den Ritus nicht gut kannte. Nicht, dass
die kehlige Sprache, in der sie und ihre Schwester sich unter-
hielten, eine germanische war, vermischt mit Hebräisch, und
keine slawische. Nicht, dass das Essen, das er zu sich nahm,
nicht sonderlich russisch war. Sie hatten sich während des

Ersten Weltkriegs in einem Feldlazarett kennengelernt. Sie war Krankenschwester und hatte sich freiwillig gemeldet, so wie Niania; er war Rekonvaleszent. Jeder in seiner Rolle für den Rest ihres Lebens. Er erholte sich nie von seinen Verletzungen. Andauernd krank. Unzufrieden. Ein gescheiterter Maler, der als Illustrator für die Michelin-Reiseführer arbeitete. Ein reaktionärer, antisemitischer Elsässer. Während der Besatzungszeit hatte er schließlich ein paar Dinge geahnt. Seitdem kam es vor, dass er mit zusammengekniffenen Lippen sagte: »Meine Frau ist ein bisschen jüdischer Herkunft.«

Katja zog als Erste ihrer Schwester hinterher, um 1900. Rita emigrierte sehr viel später. In Odessa hatte sie während des Bürgerkriegs den Weißen Terror erlebt, die Pogrome, die Blockade, den Hunger. Ihr Vater soll in ihren Armen verhungert sein. Es gelang ihr, mit einem Engländer, einem ehemaligen Autorennfahrer, der Vertreter für Landmaschinen geworden war, aus Russland zu fliehen. In Brighton bewohnten sie ein großes, ständig in Halbdunkel getauchtes Haus. Völlig verarmt und nahezu blind verbrachte sie schließlich viele Monate in der Rue-de-Grenelle. Vor allem gegen Ende ihres Lebens. Niania nahm sie bei sich auf und begleitete sie nach Bourbon-Lancy, ein Thermalbad in Burgund. Rita behauptete, Hotels seien immer schmutzig, und beharrte darauf, eigene Bettlaken und eigenes Besteck mitzunehmen. In der Öffentlichkeit hatte sie exzentrische Allüren, die sie mit Zeichen der Eleganz verwechselte. Einmal drückte sie bei der Rückkehr aus der Kur dem Fahrer des Schienenbusses eine Münze in die Hand: »Ssie ssind gut gefahränn. Hier, bittä, zwanzik Centimes!« Es gab auch einen seltsamen Besucher, der mit einer selbst komponierten Oper aus Russland kam und behauptete, er sei ein entfernter Cousin. Er trennte sich nie, nicht einmal nachts, von seinem Libretto. Nach vierzehn Tagen verkündete er: »Ich breche in die Vereinigten Staaten auf. Sie werden noch von mir hören.« Mein Großvater hat nie wieder etwas von ihm gehört.

16

Niania verlässt das Haus immer in ihrem Krankenschwester- umhang. Über dem Judenstern hat sie ihr Kriegskreuz mit Palmzweig befestigt, als würden die beiden Abzeichen sich gegenseitig aufheben. Sie glaubt sich von dieser einfachen Arithmetik geschützt. Ein Plus, ein Minus, das gleicht sich aus. Beim Gehen betet sie sicherlich still die formelhaften Worte herunter, mit denen ihr die Auszeichnung verliehen wurde, als handele es sich um Zauberformeln: »Hat tapfer ihren Dienst erfüllt«, »hat ohne Furcht …«, »trotz anhalten- den feindlichen Geschützfeuers«, »ganz besonders im Kran- kenhaus …«. Dabei bringt sie die Kriege durcheinander. Sie treibt weiter einen Kult um Philippe Pétain, den »Helden von Verdun«, und geißelt lieber dessen Umgebung, obwohl er die antijüdischen Gesetze persönlich unterzeichnet und er- gänzt hat, um sie noch strenger zu machen. Sie vergöttert Militärs. Vor allem betresste. Einer ihrer nächsten Freunde, Gustave Mantion, ist Ministerialrat im Kriegsministerium. Ein Beamter, ein ehemaliger Offizier, der in der Lage ist, hin- ter der Kälte offizieller Verlautbarungen eine Politik zu erkennen. Er und seine Frau flehen sie an, vorsichtiger zu sein. Sie erklären sich bereit, sie bei sich in der Rue de l'Assomption im 16. Arrondissement zu verstecken. Sie willigt ein, schlendert aber weiter mit ihrem Amulett auf der Brust durch Paris. Sie wohnt nicht mehr in der Rue-de-Grenelle. Die Wohnung im ersten Stock steht jetzt leer.

BADEZIMMER

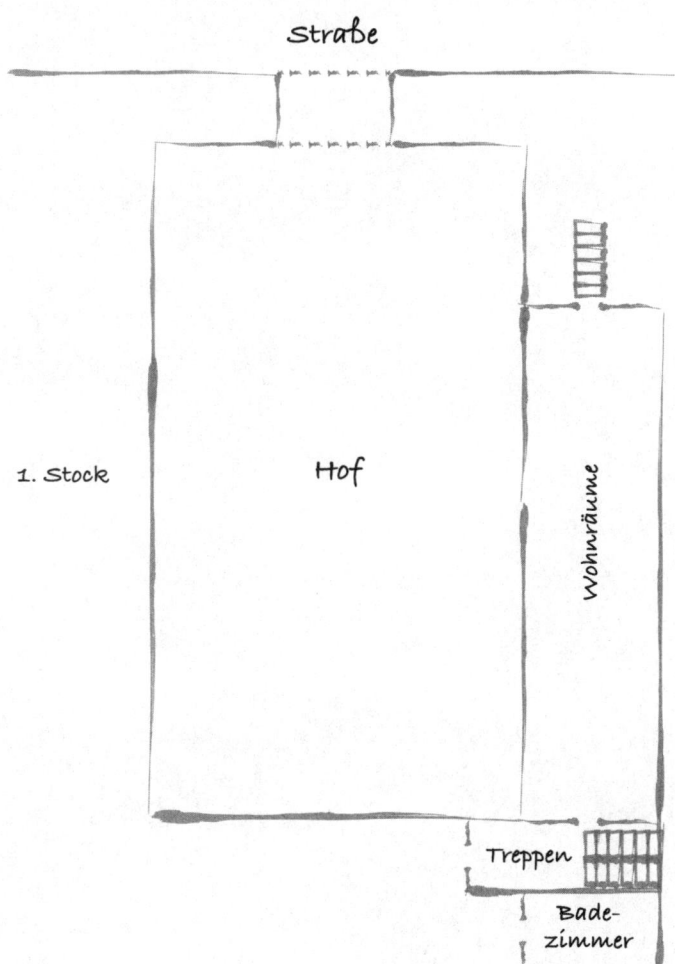

Straße

1. Stock

Hof

Wohnräume

Treppen

Bade-
zimmer

1

Sie saß auf einem Hocker, betrachtete sich im Spiegel und zog dabei Grimassen. Sie neigte den Kopf, drehte ihn in die eine, dann in eine andere Richtung, blickte auf, zog die Brauen hoch, machte einen breiten Mund, schob den Unterkiefer vor, zeigte die Zähne, blähte die Wangen, zog den Hals ein. Ständig änderte sie den Blickwinkel, um sich in ganzer Pracht mustern zu können. Der Spiegel, der über dem Waschbecken hing, warf ein fragmentiertes Bild von ihr zurück. Marie-Élise, Myriam oder Annie Lauran wurde von den vier angefressenen Glasplatten vervielfältigt, aus denen der riesige Spiegel bestand. Jede dieser Flächen, auf der Rückseite mit dünnen Metallblättchen bedeckt, die wiederum selbst Kurven und gewellte Formen wie weibliche Gestalten bildeten, warf einen anderen Teil ihrer Anatomie zurück. Die Kristallstruktur schnitt ihren Körper in Scheiben, wie um ihre inneren Brüche besser hervorzuheben, ihre bewegungslosen Glieder, ihre atrophierten Muskeln, die Nerven, die nicht mehr reagierten. Die hell glühenden Birnen, jeweils vier an jeder Seite des weißen Holzrahmens, warfen ein grelles Licht auf das Mosaik ihres Gesichtes und verliehen dem Badezimmer das Aussehen einer Künstlergarderobe.

Selbst an diesem Ort, der ihre Intimität schützen sollte, wie das Vorhandensein eines Riegels an der Tür bezeugte, zog sie sich kaum aus. Man sah ihre Unterarme, manchmal ihre eingesunkene Kehle, ihre knochigen Schultern oder den Ansatz ihrer kleinen Brüste im Ausschnitt ihres Tops. Nachdem sie sich mit feuchten Tüchern rasch das Gesicht gewaschen hatte, kittete sie ihre disparaten Teile, indem sie sie mit klebrigen Substanzen bepinselte. Sie bestrich sich mit Puder, Make-up, mit Schäumen, Emulsionen, mit Regenerationsmilch, öligen Essenzen, Thermalwasser, Spray, Lehmmasken. Leuchtendes Rosa für die Lippen, blauer Lidschatten, Wangenrouge, ein Strich mit dem Eyeliner, Selbstbräunungscreme auf die Hände. Für jedes Teil des Puzzles nahm sie eine andere Lotion zu Hilfe. Sie wusch sich nicht, sie schminkte sich, sie machte sich zurecht wie ein Schauspieler, bevor er die Bühne betritt, sie setzte die wenigen sichtbaren Teile ihrer Person zusammen, sie schuf eine Rolle und klammerte sich an sie wie an eine Krücke, um nicht zu fallen.

Nach etwas aussehen. Nicht anders. Wie alle. Ablehnen, was einen unterscheidet, alles, was einen beschämt. Das Welken, das Alter, das Stigma, das lahme Bein, der Klumpfuß, der hinkende Schritt, die Zwergengröße. Selbst die kleinsten Spuren auslöschen. Bleicher Teint, feine Hautrisse, im Mundwinkel und auf der Stirn auftauchende Fältchen, erweiterte Poren, Hängebacken, Tränensäcke, Krähenfüße, schlaffe Augenbrauen, weiße Haare, die hartnäckig nach jedem Färben nachwachsen. Beim Auftreten der ersten Falten Mitte der sechziger Jahre wandte sie sich der Schönheitschirurgie zu. Sie ließ sich das Gesicht liften. Wie ein Hollywoodstar. Sie ließ sich die Haut spannen, die Muskeln straffen, die Rundung des Gesichts wiederherstellen, die Halsbeuge glätten. Ein perfekt gehütetes Geheimnis. Privatklinik.

Heimliche Operation. Unsichtbare Narben, unter dem Ohrläppchen vorbei und in die Ohrfalte hinauf. Das Thema war tabu, nicht einmal Anspielungen waren erlaubt.

2

Sie strebte nicht so sehr danach, ihr unvermeidliches Altern hinauszuzögern oder ihre Jugend wiederzufinden – was hätte sie wiederfinden sollen? das Verlassenwerden? ihre Patin? ihre Polio? den Krieg? –, als der Zeit ein Schnippchen zu schlagen. Kein Anfang, kein Ende. Kein Weg voller Fallstricke. Sie wollte alterslos sein. Keine Kinderjahre, keine Flegeljahre, kein rüstiges, kein reifes Alter, kein kanonisches, sondern ein unbestimmtes oder nicht vorhandenes. Sie hätte gern in einem unbestimmten Zustand geschwebt. In einer ewigen Zwischenzone. Der Zähler angehalten, der Flug annulliert, die Kältekette nie unterbrochen, ein eingefrorener oder bionischer Körper. Sie schminkte sich stundenlang, um einer Wachspuppe zu ähneln. Sie lebte in einer immerwährenden Gegenwart. Sie blickte nicht zurück, noch weniger nach vorn. Sie praktizierte das Vergessen und vermied es, an die Zukunft zu denken. Die seltenen Male, wo sie etwas erwartete, eine Nachricht, ein Ergebnis, eine Ankunft, rechnete sie mit dem Schlimmsten.

In der Rue-de-Grenelle wurde kein einziger Geburtstag gefeiert, ihrer so wenig wie der von anderen. »Das macht nur den Gratulanten glücklich, der sich über sein gutes Gedächtnis freut«, spottete sie. Gute Wünsche und Geschenke verboten. Das Geburtsdatum eines jeden sollte ein Geheimnis bleiben. Sie, die über uns alle herrschte, duldete keinerlei Zeremonie, bei der es um sie ging. Sie konnte die einfachen Worte »geboren am« nicht ertragen. Wenn sie an einer Grenze den Pass vorzeigte, verrenkte sie sich schier, um uns daran zu hindern, die Ziffern zu lesen, die der verhassten Formulierung folgten. Ich sehe noch den Beamten vor mir, der, von ihrem verdrucksten, ausweichenden Verhalten irritiert, ihre Papiere gründlichst unter die Lupe nahm, und ich weiß, wie mich Panik überkam, weil ich fürchtete, man würde uns wegen Betrugs verhaften. Auf zahlreichen Dokumenten ließ sie das Kästchen leer oder aber sie log. Sie schrieb langsam Tag und Monat, besann sich dann anders, strich das Blatt durch, änderte eine Null in eine Zwei und machte sich zwanzig Jahre jünger. Sie verzichtete lieber auf eine Zuwendung, selbst eine hohe, auf eine Erstattung durch die Krankenkasse, auf eine Ermäßigungskarte wie etwa eine Seniorenkarte, oder auf ein Sparbuch bei der Sparkasse, als dass sie ihr Alter offenbart hätte.

Meine Großmutter hatte ihre Ablehnung all dessen, was das Vergehen der Jahre andeutete, schließlich auf jede Form von Gedenkfeiern ausgeweitet. Sie hasste jede zu einem festen Datum auferlegte Festlichkeit. Obligatorische Feste, auf Befehl jubelnde Massen, Umarmungen nach der Pfeife. Mit dem Alter erstreckte sich ihr Widerwille gegen kollektive Freuden sogar auf Weihnachten, was sie früher, zu einer Zeit, in der ich sie nicht gekannt habe, mit Prunk und Großzügigkeit begangen hatte. Rückte das Festessen zu Heiligabend näher, hielt sie sich Augen und Ohren zu. Sie wartete ab, bis es vorbei war. Sie mied das von Girlanden, Konfetti und künstlichem Glück triefende Fernsehen. Sie vermied es, an den glitzernden Schaufenstern der Kaufhäuser vorüberzugehen, wetterte gegen die jedes Jahr früher auftauchenden Weihnachtslichter und weißen Tannenbäume auf den Straßen, und verbarrikadierte sich in dem Moment, wo Frankreich schlemmte, bei sich zu Hause oder flüchtete sich ins Kino – in dunkle, leere Säle. Einmal führte Christian sie an einem 24. Dezember in ein koscheres Restaurant aus.

3

Sie hatte keine Sehnsucht nach der Vergangenheit und misstraute Erinnerungen. Ist das der Grund, weshalb es so wenige Bilder von ihr gibt? Abgesehen von einem Foto, das ich zufällig in *La machine a fait tilt* fand, wo es zwischen zwei nicht aufgeschnittenen Seiten steckte, als hätte man es verstecken wollen. Auf der Rückseite stand mit einem Bic-Kuli geschrieben – sicher nicht von ihr – ein Datum: 1976.

Sie sitzt. Sie trägt ein rotes Holzfällerhemd mit großen Karos, die Ärmel sind hochgekrempelt. Ihr braunes Haar ist auf Schulterhöhe geschnitten. Ihre Haut ist orange. Eine Folge des zu starken Blitzes oder von zu viel Selbstbräunungscreme? Vor dem Objektiv schließt sie die Lider und bekundet so ihre Weigerung, sich fotografieren zu lassen, sich auf diese Probe für den Tod einzulassen, auf diesen starren Blick, vergleichbar dem eines für die Totenwache hergerichteten Leichnams, zu zeigen, was war und nicht mehr ist, gute Miene zu machen, im Wissen, dass diese Miene bleiben wird, wenn alles verschwunden ist. Aber ihre ablehnende Haltung gegenüber der Kamera, die sich in ihren geschlossenen Augen ausdrückt, wird durch ein schönes Lächeln konterkariert, eine leichte Bewegung des Mundes, die ihr etwas Verschmitztes verleiht und ihr Vergnügen zeigt, beobachtet zu werden, sich einmal mehr im Mittelpunkt der Aufmerksamkeit zu befinden.

4

Sie war kokett. Sie legte großen Wert auf ihre Erscheinung. Vor allem auf ihr Haar, das sie dunkelbraun färbte und sich zu einer eiförmigen Frisur schneiden ließ, im Nacken leicht gestuft. Um nicht aus dem Haus gehen zu müssen, baute sie ihren Spiegelpalast zum Frisiersalon um. Wie gewöhnlich vertraute sie die Arbeiten Monsieur Bondu an, einem Mann, der eine etwas zu starke Neigung zum Alkohol hatte, mit allen möglichen scharfen Werkzeugen hantierte und Jahre später an einem Messerstich sterben sollte, den sein einziger Sohn ihm während eines Essens im Kreis der Familie versetzte. Er war es, der die blauen Fliesen legte und den Spiegel installierte. Einmal pro Monat kam ein professioneller Friseur vorbei, vorzugsweise am Samstag, um ihr Haar zu schneiden und zu färben.

Großmutter nahm auf einem Schaukelstuhl Platz, den

Kopf nach hinten gelehnt, über eine U-förmige Schüssel, aus der bräunliches Wasser in Wellen in die Badewanne floss. Danach verschwand ihr Kopf unter einer Trockenhaube, vergleichbar jenen, mit denen üblicherweise die Frisiersalons der Zeit ausgestattet waren. Ventilatorenlärm, Geruch nach nassem Hund, ihre unter dem Helm herausragende Nase und ihr verkniffener Mund, eine zur Statue gewordene Maschinenfrau. War das Haar richtig trocken und der kastanienbraune Glanz wieder da, überließ sie es einer schmalen, spitzen Schere, bevor sie es mit einem Lack besprühte, mit dem eine große französische Kosmetikfirma ihr Vermögen gemacht hat.

5

Ihre Toilette war für sie und im weiteren Sinn für uns alle nicht eine Sache der Reinlichkeit, sondern der Verschleierung. Ein bisschen wie am Hof von Versailles – die Schönheitsprodukte dienten ihr im Wesentlichen dazu, schlechte Gerüche zu verbergen. Sie mied die Badewanne, bei deren Benutzung man sich bekanntermaßen nur den Oberschenkelhalsknochen bricht, sie entkleidete sich nur sehr partiell. Sie war nie wirklich allein. Eine gründliche Reinigung hätte gefahrvolles Gestikulieren sowie eine Nacktheit erfordert, die sie vor ihren Kindern scheute.

Ganz allgemein machte Wasser Angst. Es galt als gefährlich. »Vorsicht, es ist eiskalt!«, »Vorsicht, es ist kochend heiß!«, »Vorsicht, es läuft über!« Es konnte nur zu heiß oder zu kalt sein, als gebe es keine Mischbatterie. In seiner kubischen, stehenden Form ließ es an schreckliche Dinge denken: Ertrinken, Verbrennungen, Überschwemmung, Angina pectoris, Lungeninfektion oder Gestapokeller. Nach dem Aufwachen brachte Jean-Élie mir einen schwarzen Kaffee, den er auf einem kleinen Kocher warm machte, der hinten im Zimmer stand. Wenn ich auf die verrückte Idee kam, mich zu waschen, flehte er mich an, bloß nichts zu trinken, bevor ich wieder aus dem Wasser heraus wäre, weil er wegen des kalten Wassers einen Herzschlag fürchtete. Nichts – nicht einmal das gezuckerte Gebräu, das in der Tasse kalt wurde. Mein Onkel glaubte noch an die Mär, dass ein solcher Kälteschock im Zusammenhang mit der einfachen Verdauungstätigkeit stehe.

Die arktische Kälte, die noch lange nach dem Einschalten des Heizkessels herrschte, verleitete einen nicht gerade zu langen Waschungen. Auch für intime Beschäftigungen eignete sich das Bad nicht. Ich konnte nicht in Ruhe in den Damenunterwäscheseiten des La-Redoute-Katalogs blättern, ohne dass sofort jemand an die Tür klopfte. Es war ein zugiger Durchgangsort, den meine Großmutter jedes Mal, wenn sie ihr Zimmer verließ oder wieder zurückkehrte, mit schaukelndem Becken und unter Zuhilfenahme der Hände aufsuchte. Unser extrem enges Zusammenleben war mit großem Schamgefühl verbunden. Die Leiber, die einander streiften, mussten einander ignorieren. Sie stellten sich nicht zur Schau. Aus all diesen Gründen war die Rue-de-Grenelle trotz ihrer medizinischen Bestimmung nicht von dem großen Prinzip öffentlicher Gesundheitspflege erfasst, täglich ein wenig Zeit auf Körperhygiene zu verwenden. Christian hat seine Eltern nie ein Bad nehmen sehen und behauptet, er selbst habe gewartet, bis er erwachsen war, um erstmals komplett Toilette zu machen. »Ich nahm eine Dusche«, präzisiert er.

6

Wir waren dreckig. Ich vor allem. Schwarze, halb abgekaute Fingernägel. Blaue Streifen von einem Füller der Marke Sheaffer an der Kante meiner linken Hand, der Hand, mit der ich schreibe. Eine lange, fettige Mähne, lockiges, verfilztes Haar, das meine zweite Großmutter, die im Unterschied zur ersten in puncto Sauberkeit sehr anspruchsvoll war, mit einem groben Kamm in Angriff nahm, einer Art Rechen, der die Kopfhaut zerkratzte. Die damalige Mode machte die Sache nicht besser. Ausgefranste Schlaghosen. Ein Hippiemantel, der noch nach Tier roch. Grüner Parka mit Kapuze, mit falschem Pelzbesatz, den ich zum Zeitvertreib büschelweise ausriss. Kleidung, die ich tagelang trug, in einer Mischung aus Nachlässigkeit und Aberglauben. Vor allem ein T-Shirt mit breiten orangefarbenen und weißen Streifen, das mir Glück bringen sollte. Ein paar ausgetretene Clarks, richtige Quadratlatschen. Billigstrümpfe aus dem Kaufhaus, die sehr schnell den Geruch nach Gas verströmten (eines Tages glaubten meine Eltern an ein Loch in der Gasleitung, wählten die Notfallnummer und sahen einen ganzen Trupp Feu-

erwehrleute mit rotem Feuerwehrauto, Drehleiter, Feuer-
pumpen und Beilen aufkreuzen).

In der sechsten Klasse konfiszierte der Mathelehrer, ein
hagerer Mann mit der Gestalt eines Stelzvogels, einmal unter irgendeinem Vorwand meinen Ranzen, einen amerikanischen Armeerucksack aus einem Laden für Restbestände des
Heeres hinter der Gare Montparnasse. Er war mit diversem
Gekritzel verziert, darunter natürlich das unvermeidliche
Peace-Zeichen, ein mit ungelenker Hand gezeichneter Kreis,
in der Mitte ein Strich und ein umgekehrtes V. Angewidert
schwenkte er seine Trophäe vor der Klasse, kippte sie beim
Schwenken um und ließ sie fallen. Die Riemen waren nicht
befestigt. Sack und Inhalt verteilten sich auf seinem Pult. Ich
saß hinter meinem Tisch und beobachtete unter den ironi-
schen Blicken meiner Klassenkameraden das Stürzen des
khakifarbenen Buckels, von dem ich mich in den Pausen nie
trennte, das Ausweiden dieses schlaffen Auswuchses meiner selbst, meinen persönlichen Zusammenbruch. Inmitten
von abgestoßenen Schulbüchern, Büchern mit zerrissenem
Einband, losen Blättern, zusammengeknülltem Papier und
dem Überrest der US Army kamen ein paar benutzte Papiertaschentücher zum Vorschein, vertrocknete und verschrum-
pelte Klementinenschalen, ausgelaufene Kulis mit zerkau-
tem Ende und Kekskrümel. Ein Schauspiel, das mir, zusammen mit meiner Kleidung, für die ersten beiden Jahre in
der Realschule den Spitznamen »Clochard« einbrachte.

7

Als ehemaliger Vizepräsident der *Internationalen Vereinigung für Hygiene und Schul- und Universitätsmedizin* hatte Großpapa dieser allgemeinen Nachlässigkeit eine theoretische Grundlage gegeben: »In einer sauberen Welt muss man dreckig sein«, wiederholte er. »Die Bakterien schützen uns.« Sich nicht waschen war seiner Ansicht nach ein Mittel, unsere Abwehrkräfte zu stärken. Sicher dachte er an den einzigen Mikroorganismus, der dieses Haus getroffen hatte: die Polio.

Bei den ersten Kampagnen gegen das Virus zu Beginn des 20. Jahrhunderts wurde die Bevölkerung aufgerufen, Klosettschüsseln und Wände der Toiletten zu desinfizieren, die Kinder dazu anzuhalten, sich ständig die Hände zu waschen, überall auf makellose Sauberkeit zu achten. In manchen amerikanischen Städten war es farbigen Putzfrauen während der Epidemie von 1916 verboten, die weißen Viertel zu betreten. Alle waren überzeugt, dass als Überträger des Übels nur Elend, Dreck, Verschmutzung, Übervölkerung, unzureichende sanitäre Einrichtungen in Frage kamen. Als Franklin Delano Roosevelt, der künftige Präsident der Vereinigten Staaten, seinerseits mit neununddreißig Jahren auf einer Insel in der Nähe der kanadischen Grenze betroffen war, begann sich die Wahrnehmung der Krankheit zu ändern. Er war weder ein Kleinkind noch ein armer Einwanderer, sondern ein kräftiger Mann und Angehöriger einer vermögenden Familie.

Die Ärzte entdeckten, dass die Ausbreitung der Poliomye-
litis umgekehrt proportional zur Kindersterblichkeit war. Die
Epidemien nahmen zu, je weiter sich die sanitären Verhält-
nisse, Bildung, Lebensstandard entwickelten. In Wahrheit
war die Polio eine Krankheit des Mittelstands, die Krankheit
einer von Hygiene besessenen Bevölkerung. Eine Geißel, die
vor allem die weltoffenen Industrieländer traf. Je mehr die
Eltern ihre Kinder vor Schmutz schützten, desto weniger
entwickelten sie ihr Immunsystem und desto stärker waren
sie im Schulalter dem Virus ausgesetzt.

8

In dem Haus in Désertines, dem »Schloss«, in dem ich meine
Ferien verbrachte, gab es kein Badezimmer. Es befand sich
zwar ein eisig kalter Raum mit abblätternden Wänden im
oberen Stockwerk, in dem es wegen eines zersprungenen
Fensters zog und der ein Jahrhundert zuvor wohl diese Funktion erfüllt hatte, wie das Vorhandensein eines weißen Mar-
mortischs mit einer Schale und einem Krug aus Steingut
bezeugte. Ein verwahrlostes Möbel, nie mit irgendeiner Ka-
nalisation verbunden, von Ruß und Spinnweben bedeckt.
Um den Raum seiner ursprünglichen Bestimmung wieder
zuzuführen, hätte man jedoch große Gefäße gebraucht, die
jemand aus der Küche hätte hochbringen müssen, und zwar
nach Möglichkeit warmes Wasser, auf 45 Grad oder mehr er-
wärmt, um die herrschende Kälte auszugleichen, und daher

folglich auch einen Ofen in funktionsfähigem Zustand oder ein Feuer in dem großen Kamin, es hätte eines ständigen Kommens und Gehens von einem Ende des alten Anwesens zum anderen bedurft, einer ganzen Organisation, inklusive einer großen Dienerschar, an der es fehlte.

Eine Schwengelpumpe am Rand des Gemüsegartens ermöglichte es, eiskaltes Wasser aus einem Brunnen zu fördern. Im Sommer stellten wir bei schönem Wetter Wandschirme um den gusseisernen Brunnen und duschten uns mit einer Gießkanne, wobei wir spitze Schreie ausstießen und mit den Füßen im lehmigen Schlamm umherhüpften. Es kam selten vor, dass die Sonne schien. Dass wir uns wuschen, noch seltener. Um seine Notdurft zu verrichten, musste man nach draußen, meistens bei Regen und Wind. Eine Holzhütte jenseits der Auffahrt, gegenüber der Freitreppe, diente als Latrine. Ein furchterregender Ort für ein Kind, selbst am helllichten Tag dunkel, eng, voller Fliegen und erfüllt von einem merkwürdigen Geruch nach Fäkalien, vermischt mit den Ausdünstungen von Kompost und verfaulenden Pflanzen. Der Sitz bestand aus einem Brett mit einem großen dunklen Loch, um das Zeitungsfetzen herumflatterten. Manchmal fand man in der Hütte auch Pornozeitschriften, die junge Leute aus dem Ort nach Benutzung hinterlassen hatten.

Myriam hasste ihre zweite Heimat, diesen Landstrich, wo sie immer nur schlotterte, den riesigen Garten, durch den sie nicht gehen konnte, den Landsitz, der als Kulisse für einen Horrorfilm hätte dienen können. Désertines erinnerte sie an ihre einsamen Ferien, ihr Leben als Waise und Erbin, an die Verachtung, die sie als Kind hinter den Respektbekundungen erahnte, an die Blicke, die ihr vermittelten, dass sie nicht von dort war und dieses Haus nicht verdiente und noch weniger die hundert Hektar und acht Bauernhöfe, die dazugehörten. Aus Rache hatte sie den Ort in dem Zustand gelassen, in dem sie ihn erhalten hatte. Seit dem Tod ihrer Erblasserin hatte sie nichts angerührt, hatte keinerlei Umbau vorgenommen. Keine Heizung, keine sanitären Anlagen. Dieselbe Tapete, dieselbe Anordnung des Mobiliars. Die Patin war hier wie eingemauert. Vergeblich suchte man ihre Mumie in ihrem zur Gruft gewordenen Zimmer im ersten Stock. Fast glaubte man den Abdruck ihres Leichnams auf dem schimmligen Stoff zu erkennen, der das Bett aus Akazienholz bedeckte. In einer Ecke des Zimmers stand eine Spinnmaschine, ein Spinnrad, an dem sich wohl die ganze Hausgemeinschaft gestochen hatte, bevor sie in ewigen Schlaf versunken war.

Das Wasser gewann die Oberhand über dieses Gebäude ohne Wasserleitungen. Ein Loch im nie reparierten Dach. Eine vom Westwind abgerissene Schieferplatte. Konstantes Einsickern von Feuchtigkeit. Mehrere Winter hintereinander prasselnder Regen. Pilzbefall auf den Balken. Schwärzlich und weich gewordenes Holz. Durch Kapillarwirkung auf das gesamte übrige Gebäude sich ausbreitende Fäulnis. Blasenbildung, Wölbung des Verputzes. Korrosion der Metallteile. Fugen zwischen den bald zu Staub zerkrümelnden Backsteinen. Langsames Fermentieren der Teppiche, der Vorhänge, der großen, von Gustave Doré illustrierten Bücher mit den roten Einbänden. Das erste Bersten. Zusammenbruch des Gebälks, gefolgt von einem Teil der Fassade. Als allerletzte Rache ließ meine Großmutter in ihren letzten Lebensjahren Désertines zugrunde gehen. Das Gefängnis ihrer Kindheit sollte nicht länger leben als sie. Bei einer Reihe von Einbrüchen wurden die wenigen Einrichtungsgegenstände gestohlen, die vom Wasser verschont geblieben waren. Es blieb nichts übrig. Das Haus wurde zum Bodenwert verkauft.

9

An einem Nachmittag des Jahres 1965 brach auch in der Rue-de-Grenelle der Boden des Badezimmers durch. Er war morsch, sicher nicht wegen einer intensiven Nutzung des Raums. Ich neige eher zur Hypothese eines nicht erkannten undichten Rohrs. Es hätte Menschenleben kosten können. Das Mauerwerk und die auf ihm ruhende Badewanne zerschellten im Behandlungszimmer. Eine Schuttlawine stürzte auf den Metalltisch, wo ein paar Augenblicke zuvor noch ein Patient gelegen hatte. So, als wollte auch das Haus abgehorcht werden. Ein klaffendes Loch zog sich durch den großen kranken Körper und verband die beiden Räume, die just ihm gewidmet waren. Gesundheit und Schönheit im Verfall. Es mussten neue Deckenbalken eingezogen werden. Abtragen, zementieren, neu vergipsen, Putz verteilen, ein bisschen streichen. Sparsame Reparaturen, die sicher von Monsieur Bondu ausgeführt wurden.

10

Anders als Lebewesen – außer man glaubt an Seelenwande-
rung – können Orte sterben und in anderer Gestalt neu zur
Welt kommen. Eines Tages wird das herrschaftliche Stadthaus in der Rue de Grenelle als Ganzes von einem russischen
Oligarchen aufgekauft, einem katarischen Prinzen oder dem
großen Star eines großen börsennotierten Unternehmens. In
einer ersten Phase wird man es vollständig entkernen, nur
die Fassade wird erhalten bleiben. Monatelang bewegen sich
behelmte Arbeiter in dem bloßgelegten Gebäude, das hier
und da von den Funken der Schweißgeräte erhellt wird. Das
Gerippe hallt von Hammerschlägen und dem Dröhnen von
Bohrmaschinen wider. Bagger lassen die Fundamente erzit-
tern, während sie den Boden durchgraben. Betonmischer
speien Tausende Kubikmeter Mörtel aus. Und noch viel später wird sich im Salon ein beheiztes Schwimmbecken befinden, gefüllt mit leicht salzigem Wasser und zur Rotunde hin
ausgerichtet. Die hintereinanderliegenden anderen Räume
zu beiden Seiten des zentralen Innenhofs erhalten ihre Funktion eines Umgangs zurück. Bei Christie's erstandene Meis-
terwerke schmücken die Wände. Im ehemaligen Esszimmer,
dort, wo das Kriegsbild meines Onkels hing, wird ein Rothko
prangen. Der Keller ist durch eine zweigeschossige Tief-
garage ersetzt, deren Zufahrt über eine schräge Rampe in der
Mitte des Hofs erfolgt. Anstelle der gusseisernen Heizkörper
steigt die Wärme vom Boden auf, der im Erdgeschoss aus
einer Anhydritschicht mit darüber verlegten großen, je nach

Lichtintensität grau oder rosa schimmernden Platten aus Jerusalem-Stein besteht. Im ersten Stock wird man eher ein dunkelbraunes Teakparkett verlegen. Ein gläserner Fahrstuhl wird die fünf Stockwerke miteinander verbinden.

11

Um einen Whirlpool einbauen zu können, wollen die neuen Eigentümer das Badezimmer vergrößern, sie wollen zusätzlichen, lichtdurchfluteten Raum schaffen. Konkret gesprochen: Die Trennwände sollen eingerissen werden, eine heutzutage unvermeidliche Etappe bei allen Renovierungsarbeiten. Ihr Vorhaben wird jedoch auf zwei Hindernisse treffen. Sie werden auf der nicht tragenden Seite an das Treppenhaus stoßen, das bereits durch den künftigen Fahrstuhl verkleinert ist, und am Ende des Raumes auf eine weitere Stufe. Und zwar in diesem Falle auf die Stufe eines Riesen. Mehr als ein Meter Höhenunterschied zum Rest des Stockwerks. Dafür gibt es eine höchst einfache Erklärung: Die Decken im mittleren Teil des vermutlich Ende des 17. Jahrhunderts errichteten herrschaftlichen Stadthauses sind höher als in den Seitenflügeln, die mindestens hundert Jahre später angefügt wurden. Was macht das schon. Der Architekt wird ein weiteres Mal die Pläne studieren und etwas Merkwürdiges entdecken: einen doppelten Boden, wie ein Fach unter dem kleinen Raum zwischen dem Waschkabinett und dem, was früher das Schlafzimmer meiner Großeltern war.

ZWISCHEN-RAUM

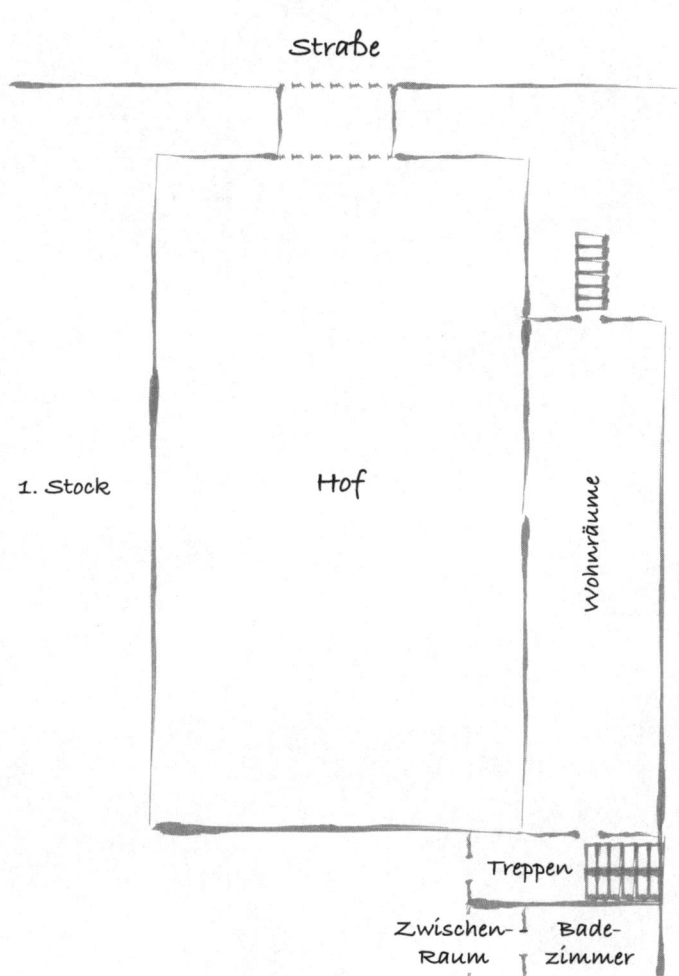

Straße

1. Stock

Hof

Wohnräume

Treppen

Zwischen-
Raum

Bade-
zimmer

1

Seine private Kammer war ein dunkler Schlupfwinkel, ohne natürliches Licht, kaum von einer kleinen Nachttischlampe erhellt, vollgestopft mit Papieren, Kleidern, Nippes. Ein Verschlag, eine Rumpelkammer, eingezwängt zwischen Bad und Schlafzimmer, wo er höchstens in den frühen Morgenstunden einmal seine Ruhe haben konnte. Eine Nische mit zwei Öffnungen, die er aufsuchte, wenn die anderen schliefen. Ein Behältnis, schmal und stickig wie ein SNCF-Abteil. Platz nur für einen Tisch, einen Kleiderschrank, wacklige Regale. Keine Sitzgelegenheit, keinerlei Zierrat. Eine immer offene zweiflüglige Tür. Kaum ein Zimmer. Eher ein Weg. Eine Art Lücke, die nichts ähnelte. Zu klein für einen Vorraum, zu breit für einen Gang, zu groß für einen Ankleideraum. Sie verdankte ihre Existenz wahrscheinlich einem Konstruktionsfehler oder irgendeinem Flickwerk, das die beiden Gebäudeteile verbinden sollte. War es eine Ädikula? Eine Kapelle? Ein Durchgang? Diese architektonische Anomalie entsprach keinem der üblichen Begriffe aus dem Immobilienwortschatz. Der Nabel der Rue-de-Grenelle konnte jedoch nicht namenlos bleiben. Seiner Lage wegen und in Ermangelung eines Besseren wurde er Zwischen-Raum genannt.

Es dürfte schwierig sein, eine für Zurückgezogenheit und innere Sammlung weniger geeignete Einsiedelei zu finden. Er beklagte sich nicht darüber. Sein Hoheitsgebiet mochte düster, winzig und von allen geschändet und mit Füßen getreten sein, er mochte es. Es war sogar der einzige Ort, an dem er sich wirklich wohl fühlte. Es kam vor, dass ich ihn früh morgens überraschte, wie er im Schlafrock da in seiner Behausung stand und herumstöberte, las, etwas murmelte, brabbelte, den Finger zwischen zwei Seiten. Wie in einer Wunderkammer verwahrte er dort sein kostbarstes Hab und Gut. Seine Akten, die alphabetisch nach Krankheiten sortiert in einem alten Aktenschrank lagerten. G für Gallenstein und Gastritis. H für Hepatitis. M für Magengeschwür. Seine Anzüge, die offen aufgehängt waren, manche mit Ordensband und der Rosette der Ehrenlegion, andere ohne. Seine Vorträge im Collège de médecine, die in einer klaren, zierlichen Handschrift auf die Rückseite von bereits vollgekritzelten Blättern geschrieben waren – um nichts zu verschwenden –, im Allgemeinen auf die Rückseiten seiner Vorlesungen des vorangegangenen Jahres, manchmal ganz zerknitterte, aus Versehen weggeworfene und später aus dem Papierkorb gefischte Blätter. Seine Sammlung Orangenpapiere, die einzige Marotte aus seinem ersten, bescheidenen Leben, alte, faltige Verpackungen mit labyrinthischen Kringeln wie indische Mandalas. Und natürlich auch seine Devotionalien. Sein geheimer Altar. Ikone, wundertätige Jungfrau, hölzernes Kruzifix, fromme Bilder, die er mit Anmerkungen versehen hatte, in diesem Falle ein nicht zu entzifferndes Gekritzel, Bibel, Messbücher, Heiligenviten, Anleitungen zur Gottesfürchtigkeit, abgestoßen, gespickt mit Lesezeichen, wieder und wieder gelesen, unermüdlich kommentiert, so wie man heute beständig sein Tablet konsultiert.

2

Auf dem Cluedo-Spielbrett habe ich soeben das Feld erreicht, das zu ihm gehört. Es bleibt mir nur noch, die Tatwaffe zu finden. Hinweise gibt es viele. Zahlreiche Abdrücke, übereinstimmende Zeugenaussagen, das passendes Profil. In diesem Spalt fand er sich wieder und sammelte sich. Er betrat ihn völlig zersplittert und kam schlecht zusammengesetzt, aber am Stück wieder heraus. Endlich gelang es ihm, die Einheit seines Ich zu verwirklichen. Das Zimmer diente ihm als Übergangsraum zwischen drinnen und draußen, zwischen seinem Innersten und der Realität, zwischen den erfundenen Geschichten seiner Mutter, seiner Identität voller Streichungen, Irrtümer, leerer Stellen, Auslassungen und der Gesellschaft, der er mit allen Mitteln anzugehören versuchte. Auch er schwankte zwischen zwei Welten, zwischen einer leeren Vergangenheit und einer gesättigten Gegenwart. Er war verloren. Er schritt durchs Leben wie ein Schlafwandler, gleich weit entfernt vom Wachsein wie vom Schlaf. Der Zwischen-Raum bedeutete sehr viel mehr als ein Zwischenreich zwischen seinem Schlafzimmer und dem Bad. Er war seine Lebensweise.

3

Mein Großvater ist konvertiert. Im Laufe seines einunddrei-
ßigsten Lebensjahres. In den besten Jahren. Es handelte sich
also weder um einen Jugendirrtum, noch um eine Pascal'sche
Wette beim Herannahen des Todes. Er war noch Junggeselle,
hatte eine schöne Karriere vor sich, in einem unbekümmer-
ten und feierfreudigen Frankreich, dem Frankreich der Gol-
denen Zwanziger, und wurde nicht von Eigennutz oder den
Umständen getrieben. Es war weder eine kirchliche Trauung
in Sicht noch irgendeine besondere Bedrohung. Zumindest
noch nicht. Eine friedliche und prosperierende Welt schien
ihm offenzustehen. Nichts zwang ihn zu einem solchen Akt.
Man kann nicht einmal das Eingreifen übernatürlicher Kräf-
te anführen. Ein helles Licht, das auf einem felsigen Pfad
nach Damaskus über ihn gekommen wäre. Eine Erscheinung
oben auf einem Hügel in Bosnien-Herzegowina. Sein Herz
wurde nicht plötzlich hinter einem Pfeiler von Notre-Dame
von der Gnade getroffen. Auch fand er nichts in ihm Verbor-
genes, etwa ein kleines, in der Dunkelheit bewahrtes Korn,
das auf einen Sonnenstrahl wartet, um zu keimen.

Sein Schritt erfolgte willentlich, aufrichtig, überlegt. Da
ich nicht gläubig bin und frei von jeder religiösen Erziehung,
habe ich Mühe, ihn zu verstehen, und noch größere, darüber
zu sprechen. Ja, ich empfinde Hemmungen, dieses Thema
anzuschneiden, das in mir – in einer Mischung aus Un-
kenntnis und Schrecken – das Bild von Weihrauchwolken
erweckt, von eintönig wie Zauberformeln skandierten Ge-

beten, von verrenkten, sich niederwerfenden Leibern, von Mündern und Händen, die Rosenkränze oder Kreuze küssen und umklammern, von einem mysteriösen und sinnlichen Wirrwarr, der mich ergreifen sollte und an dem ich nur das Lächerliche wahrnehme. Dazu empfinde ich auch eine gewisse Scham. Als Jude geboren, wird Étienne Boltanski Katholik. Seinen Glauben, also seine Brüder aufgeben, hat etwas von Verrat. Erschwerend kommt hinzu: Er desertierte, kurz bevor das Schlimmste geschah, als hätte er es vorausgeahnt, und schloss sich dem gegnerischen Lager an, einer Kirche, die gegen die Seinen, die immer noch als Mörder Gottes angesehen werden, Krieg führt. Er, ein Feigling? Ein Abtrünniger? Ein ungerechter Vorwurf, der die Zeitumstände außer Acht lässt, das Trauma einer ganzen Generation von Parias, von Einwanderern, die vor der Verfolgung geflohen sind, die alles hinter sich gelassen haben einschließlich ihres Schattens, um in ihrem Gastland aufzugehen. Er wechselte nicht die Religion, er nahm eine an. Auf diesem Gebiet begann er bei null. Seine Zugehörigkeit zum Judentum lag in einem Fehlen begründet, einer fehlenden Vorhaut, dem Symbol des Bundes seines Volkes mit dem Allerhöchsten. Er vollzog keinerlei religiöse Riten. Bestimmt hatte er nie eine Synagoge betreten, außer am achten Tag nach seiner Geburt für seine *Brit Mila*. Er wusste nichts vom Gesetz seiner Vorfahren, von ihren Traditionen, ihren Ritualen. Er war Jude, war sich dessen bewusst, seit seine Mutter es ihm auf der Avenue de Villiers offenbart hatte, wurde in anonymen Briefen, verletzenden Bemerkungen, komplizenhaften Blicken als solcher bezeichnet. Er selbst machte sich nichts vor, sondern nahm es ohne Zögern an. Er bezog daraus weder Stolz noch Scham.

Er hatte nie die Absicht, seinen Namen zu ändern. Aber die ihm aufgedrängte Identität war hohl. Sie verwies auf nichts. Seine Eltern hatten alle Fäden, die sie mit ihrer Herkunftsgemeinschaft verbanden, gekappt.

4

Ich weiß nicht, in welcher Geistesverfassung er war, als er von der Skepsis zum Glauben wechselte. Erfolgte seine spirituelle Suche abrupt oder allmählich? Verspürte er einen physischen Drang? Einen Mangel? Eine nicht zu füllende Leere? Etwas nicht zu Unterdrückendes in seinem Inneren? Ich weiß nur, dass er litt. Nach Auskunft von Jean-Élie, seinem ältesten Sohn, »ging es ihm sehr, sehr schlecht«. Er stürzte in bodenlose Verzweiflung. Vielleicht dachte er sogar ans Sterben.

Zu der Schwierigkeit, seine Zugehörigkeit zu definieren, zu seiner Entwurzelung kam noch ein weiterer, jüngerer Schmerz. Ein Unbehagen, das auf die Schützengräben zurückging, auf diese entsetzliche Schlächterei, bei der er – als Arzt berufen, Leben zu retten – weitgehend ohnmächtiger Zeuge gewesen war. Heute würde man von einem posttraumatischen Stresssyndrom sprechen. Die psychischen Folgen für Kriegsteilnehmer sind wohlbekannt: extreme Nervosität, Rückzug auf sich selbst, Schwierigkeiten, sich zu verständigen, das Gefühl, von der Umgebung nicht verstanden zu werden, Schuldgefühle des Überlebenden, Eindruck ständiger Gefahr, Angst davor, Angst zu haben.

Von seiner Vergangenheit als Soldat bewahrte er einen gewaltigen Abscheu. Er wusste jetzt, wozu der Mensch fähig ist. Er misstraute einer Zivilisation, die bereit ist, gegen sich selbst Senfgas und 420-mm-Haubitzen einzusetzen. Mit seinen Schrecken und seiner Absurdität hatte der Krieg den einzigen Glauben beschädigt, den seine Eltern ihm hinterlassen hatten. Er blieb Patriot, aber seine Liebe zu Frankreich war nicht mehr so blind wie zuvor. Wie sollte man nicht an einer Republik zweifeln, die fast anderthalb Millionen ihrer Kinder in ein Blutbad geschickt hatte? Selbst die Wissenschaft hatte sich verdächtig gemacht. Seine Neugier entwickelte sich in andere Richtungen, wandte sich dem Unbewussten zu, dem Traum, dem Wunderbaren, dem Jenseits. Er hätte den Schritten seiner ehemaligen Klassenkameraden André Breton und Théodore Fraenkel folgen können. Er entschied sich für eine andere Zugehörigkeit. Anstatt ein Wörterbuch würde er die Bibel nach dem Zufallsprinzip aufschlagen.

5

Bevor er sich entschied, suchte er, machte tastende Versuche, klopfte an andere Türen. Zunächst befragte er einen Rabbiner und, enttäuscht von dessen Antworten, die er zu kompliziert fand, sah er sich anderswo um. Ziemlich konsequenterweise wandte er sich der Konkurrenz zu. Sie bot zahlreiche Vorteile. Dem Agnostiker, der er war, zeigte sie sich auf den ersten Blick weniger fordernd, offener. Vor allem löschte sie seinen Durst nach Assimilierung. Indem er in die Kirche eintrat, entschied er sich noch einmal für Frankreich, ihre älteste Tochter.

Es überrascht auch nicht, dass er in die Klauen von Abbé Altermann geriet. In den zwanziger und dreißiger Jahren konvertierte der Kirchenmann alles und jeden. Er verwandelte jedwede Devise in apostolische und römische Münze. Seinen Gottesdienst hielt er im Benediktinerkonvent in der Rue Monsieur in Paris, einer Zufluchtsstätte für zahlreiche Intellektuelle auf der Suche nach dem Absoluten, die zwei Jahrzehnte zuvor von Joris-Karl Huysmans eingeweiht worden war. Großpapa war eine leichte Beute. Der Priester erklärte ihm, weit davon entfernt, sich der Religion seiner Vorfahren entgegenzustellen, sei das Christentum vielmehr dessen Vollendung, seine zugleich getreueste wie abgeschlossenste Form. Im Wesentlichen sagte er ihm: »Indem Sie Katholik werden, werden Sie ein perfekter Jude sein.« Ein Scheinargument, wenn auch ein klassisches, das er bei einigen Gelegenheiten weiterentwickeln konnte. Jean-Pierre Altermann, selbst Kind von aus Russland ausgewanderten jüdischen Eltern, wilderte vorzugsweise in seinem ehemaligen Gebiet.

Zu seiner Beute gehörten die Schauspielerin Suzanne Bing, der Philosoph Gabriel Marcel, der Essayist René Schwob und viele andere. Dieser strenge, schulmeisterliche Mann stand Jacques Maritain nahe, der einige Jahre zuvor mit seiner Frau Raïssa, einer weiteren Odessitin, eine Rückkehr zum Glauben vollzogen hatte. In seinen Briefen an den thomistischen Philosophen bekundete er bei jeder neuen Eroberung die Begeisterung eines britischen Meisterspions, dem es gelungen ist, einen Überläufer des KGB in den Westen zu bringen. »Eine der Seelen, die auf diese Weise die göttliche Gnade empfangen haben, wobei ich Ihnen versichere, dass ich nur der bewundernde Zeuge bin, bat mich, Ihnen von ihrem Glück zu berichten. Es ist Charles Du Bos«, schrieb er an Maritain. »Und Sie wissen, wie kostbar uns seine Konversion erschien.« Einer seiner im Glauben »Geleiteten«, François Mauriac, der sich schließlich von seinem Einfluss befreite, erklärte sehr viel später: »Seine Konvertiten ließen sich nicht mehr zählen, aber er zählte sie.«

Die Zeremonie, der er sich unterzog, wird im Allgemeinen mit einer Neugeburt verglichen. Sie war aber auch so etwas wie ein Begräbnis. Am 24. Dezember 1927, dem Tag vor Weihnachten, musste er in der Kapelle der Rue Monsieur öffentlich der Religion seiner Väter abschwören. Ich stelle ihn mir vor, wie er vor der Menge der Gläubigen steht, im Angesicht des Priesters in weißer Albe und goldbestickter Stola, und mit seiner sanften Stimme die rituelle Formel spricht, die bis zum Zweiten Vatikanischen Konzil in Kraft blieb: »In Erkenntnis, dass außerhalb der wahren Kirche kein Heil ist, bekenne ich mich zur katholischen apostolischen und römischen Religion und entsage in Euren Händen den Irrtümern der Juden.«

6

Es wäre ein Irrtum, in seinem Schritt nur eine Folge des Selbsthasses zu sehen, der bei einem Teil der jüdischen Intellektuellen jener Zeit so verbreitet war. Er erlebte ihn nicht als eine Lossagung, sondern eher als eine andere Art, sich als Jude und Franzose zu behaupten. Als ein Mittel, etwas Ordnung in sein inneres Tohuwabohu zu bringen und sogar an seine Wurzeln anzuknüpfen. Über die Heilige Schrift entdeckte er das Opfer Abrahams, den Auszug aus Ägypten, das Urteil Salomons, ein ganzes Universum, dessen er beraubt gewesen war.

Er war auch ein frommer Mann. Wenn er nicht arbeitete, las er die Bibel oder große Autoren der geistlichen Literatur. Wie den heiligen Franz von Sales, einen Prediger der Gegenreformation. Seine *Anleitung zum frommen Leben* mit ihren von gesundem Menschenverstand durchdrungenen Ratschlägen und ihrem gutmütigen Ton diente ihm als Führer in allen Lebenslagen. Er las darin ein wenig wie in seinen medizinischen Zeitschriften, mit einem Kugelschreiber und einem Blatt, um sich Notizen zu machen. Er verwandte denselben Ernst, dieselbe Aufmerksamkeit, denselben Lernwillen darauf. Er verbrachte seine Tage über seine alten, geheimnisvollen Bücher gebeugt, wägte auf der Suche nach altertümlichen Geheimnissen jedes Wort, ein bisschen wie ein Gottesfürchtiger, der die Thora studiert. Tief in seinem Herzen trug er die gleiche Verachtung der Welt. Auch er führte das Leben eines Bettlers. Er besaß nichts, war an nichts gebunden. Er lebte in der Angst, falsch zu handeln, einen Kunstfehler zu begehen, jemanden zu verletzen. Jede Antwort, die er fand, führte ihn zu neuen Fragen. Sein Glaube war von Zweifel durchbohrt und erfüllt von Inbrunst. Ein Freudenausbruch von ihm enthielt auch immer einen gewissen Ernst. Er hätte einen sehr guten *Zaddik* abgegeben, einen Gerechten unter den Gerechten.

Dieser Mensch war nicht gerade orthodox. Ich habe ihn sogar im Verdacht, dass er sich eine persönliche Kosmogonie erfunden hat. Vielleicht, weil er deren Originalität erfasste? Seine religiöse Praxis blieb verstohlen. Beinahe heimlich. Ich erinnere mich nicht, ihn je auf Knien gesehen zu haben, mit gefalteten Händen und gesenktem Kopf. Seine vor dem Morgengrauen gesprochenen Gebete beschränkten sich auf leises Gemurmel. Er wandte sich nie in auffälliger Weise an den Göttlichen. Er zog es vor, ihn innerlich zu betrachten. Wie ein Mystiker. Er stellte seine Frömmelei nicht aus. Es war ein einsames Vergnügen. Er ging selten zur Messe, betrat noch seltener den Beichtstuhl. In den meisten Fällen blieb er auf dem Kirchenvorplatz, im Fiat mit seiner behinderten Frau. Zog er das Studium der Predigt vor? Oder fühlte er sich unwürdig, im Haus des Herrn empfangen zu werden? War dieser Jude ohne Gott zu einem Katholiken ohne Kirche geworden?

Trotz aller Anstrengungen war es ihm nicht gelungen, seinen Zwischen-Raum zu verlassen. Er hätte sich gern einem ewigen und christlichen Frankreich angeschlossen. Er klopfte an die Tür eines Hauses, das ihn nicht haben wollte.

Nach dem Verständnis der Besatzer wie auch dem der Vichy-Regierung war seine Taufurkunde ohne jede Bedeutung. »Sie ändert nichts an der Frage der Rasse, so wenig, wie sie einen hundert Mal getauften Neger in einen Arier verwandeln würde«, schreibt ein Arzt, Mitglied des *Institut d'étude des questions juives*, einer von der Gestapo geschaffenen Propagandaeinrichtung. Nach und nach raubt ihm eine Lawine von Texten alles, was er geworden ist, um ihm nur noch ein Wort aus vier Buchstaben zu lassen, das man ihm auf die Brust heftet. Eine wilde Abfolge deutscher Verordnungen und französischer Gesetze, die an Unerbittlichkeit miteinander wetteifern, organisiert seinen gesellschaftlichen Tod, der seinem späteren Verschwinden vorausgeht.

Warum ist er nach Paris zurückgekehrt? Ende Mai 1940 befindet er sich auf Urlaub in Désertines. Am Krankenbett von Jean-Élie, der an einer beginnenden Tuberkulose leidet, und bei Luc, der gerade erst auf die Welt gekommen ist. Als sich die Nachricht vom Zusammenbruch verbreitet, beschließt er, sich am Steuer seines Hotchkiss schnellstens zu seinem Korps zu begeben. Er weiß, dass sich das Militärkrankenhaus von Percy, dem er zugeteilt ist, im Falle einer Evakuierung nach Royan an der Gironde zurückziehen soll. Die Geschichte sagt nicht, wie es ihm gelang, mit einem kranken Kind, einem Säugling und der behinderten Ehefrau ein Land mitten in Auflösung zu durchqueren, vor den feindlichen Truppen über die Loire zu gelangen, inmitten von Flüchtlingsmassen voranzukommen und den Bomben der Junkers-Flugzeuge zu entgehen. Von dieser überstürzten Flucht behielt Jean-Élie nur die vage Erinnerung an eine Nacht, die sie in einem von den Besitzern verlassenen Schloss verbrachten, das ein gefälliger Wärter ihnen zur Verfügung stellte.

Sanitätshauptmann Boltanski fand seine Abteilung schließlich in Ronce-les-Bains wieder, einem Seebad in der Charente-Maritime. Als sein Vorgesetzter ihn unversehens auftauchen sieht, fragt er, woher er komme und was er da mache. Er betrachtet ihn mit Misstrauen, beschuldigt ihn beinahe der Spionage: »Woher wussten Sie, dass wir hier sind?«, fragt er. Der Verdächtige verteidigt sich: »Aber ich wurde von einem Offizier informiert …« Er ist nicht willkommen. Um ihn herum spricht man nur von der »fünften Kolonne«. Schon hält man die »Juden und Ausländer« für die Niederlage verantwortlich. Am 18. Juni 1940, das heißt vier Tage vor dem Waffenstillstand, wird er ohne Sold entlassen. Was tut er jetzt? Er könnte sich schnell in die künftige Südzone begeben oder versuchen, ins Ausland zu gelangen. Sicher spürt er, dass die Atmosphäre bald unerträglich werden wird. Stattdessen zieht er wieder Zivilkleidung an und fährt nach Hause. In aller Ruhe kehrt er mit seiner Familie in eine Stadt zurück, die zum Zentrum des Naziaufgebots in Frankreich geworden ist.

Von da an unterwirft er sich den Forderungen der neuen Behörden. Bei jeder Erfassung begibt er sich zur Polizeistation in der Rue Perronet oder zur Präfektur. Er ergänzt die Karteikarten, die sich bald in den Händen der Beamten befinden werden, die ihn verhaften sollen. Er versucht, seine Abschlüsse und Dienstzeitbescheinigungen in die winzige

Spalte auf den offiziellen Vordrucken einzutragen, und begreift angesichts des geringen Platzes, der dafür vorgesehen ist, dass seine Auskünfte im Vergleich zu den anderen Antworten kaum Gewicht haben: Name, Religion, Rasse der Eltern und Großeltern. Gewissenhaft füllt er seine Vermögenserklärung aus, vergisst nicht, die von seiner Frau geerbten Ländereien in der Mayenne zu erwähnen, empfängt mit derselben Höflichkeit, die er seinen Patienten gegenüber bezeugt, den von Vichy bestimmten vorläufigen Verwalter, der sich um sein Vermögen kümmern soll, trägt sein Abzeichen gut sichtbar auf der linken Seite seines Mantels, hält sich an die Ausgangssperre, gehorcht dem Kontrolleur in der Metro, der ihm befiehlt, in den hintersten Waggon zu steigen.

Er macht es wie die anderen, er folgt den Befehlen. Aus Gewohnheit, aus Loyalität. Er verlässt sich weiter auf den Staat. Gesetz ist Gesetz. Guter Schüler bis zum Schluss. Sein Leben ähnelt einem ewigen Prüfungswettbewerb. Um zu bestehen, genügt es, fleißig zu sein, die Vorschriften einzuhalten, ein Maximum an Punkten im Schriftlichen einzufahren und im Mündlichen glänzend dazustehen. Er sagt sich immer wieder, dass seine Unterlagen für ihn sprechen. Er glaubt, dass seine Auszeichnungen, seine Titel, seine Karriere ihn schützen. Die Hassfluten? Die anwachsenden Abscheulichkeiten? Daran sind die Deutschen schuld. Frankreich, dem er ohne zu ruhen und zu rasten gedient hat, kann ihn nicht dem Feind ausliefern.

Was weiß er genau? Natürlich kennt er die Namen Drancy, Compiègne, Pithiviers, Beaune-la-Rolande. Alle reden davon. Zumindest all jene, die Gefahr laufen, eines Tages dort hinzukommen. Auch wenn er die Bedingungen nicht kennt, so weiß er, dass Hunderte von Menschen, die den Stern tragen wie er, jede Woche in verplombten Konvois Richtung Osten aufbrechen. Er muss im englischen Sender die Nachricht von der Massakrierung von siebenhunderttausend Juden in Deutschland und den eroberten Gebieten von Polen und Russland gehört haben. Ihm ist bewusst, dass eine Maschinerie in Gang gesetzt wurde, er ahnt, wie unerbittlich sie ist, aber spielt die Gefahr herunter. Er versucht, sich einzureden, dass auf die Deportierten andere Lager und zwar Arbeitslager warten: »Das ist nicht schlimm. Man fährt mit dem Zug hin und kommt zurück«, sagt er eines Tages. Vielleicht versucht er nur, seine Angehörigen zu beruhigen?

Seine Welt beginnt Stück für Stück zu zerfallen. Der Raum um ihn herum schrumpft. Als wäre er von einem Schwarzen Loch erfasst. Cafés, Restaurants, Teesalons, der Bois de Boulogne, der Bois de Vincennes, öffentliche Parks, Theater, Kinos, Stadien, Schwimmbäder, Sporthallen, Märkte, Konzerte, Geschäfte, außer zwischen 15 und 16 Uhr, wenn sie just geschlossen sind, Museen, Bibliotheken, Ausstellungen … Die Zahl der Orte, zu denen ihm der Zutritt verboten ist, wächst. Er kann das Seine-Departement nicht mehr verlassen und muss jeden Wohnungswechsel binnen vierundzwanzig Stunden melden. Nachdem sein Auto beschlagnahmt worden war, kam sein Velocar an die Reihe. Seine Umgebung, sein soziales Beziehungsgeflecht, hat sich ebenfalls zusammengezogen. Bekannte, Kollegen, ehemalige Schüler meiden ihn wie einen Pestkranken, sofern sie nicht sein Schicksal teilen. Ein paar Franzosen haben ihm ihre Sympathie bekundet, als sie sein Stückchen Stoff gesehen haben. Die meisten zeigen vor allem Gleichgültigkeit.

Mitten im Krieg wird ihm sein Judentum bewusst. Alles wirft ihn darauf zurück. Wie sollte er sich da nicht auf die Seite der Opfer stellen? Er entdeckt seine bislang ignorierten Brüder. Er hilft ihnen, wie er kann, behandelt sie kostenlos, versorgt sie, kommt ihren inständigen Bitten nach, willigt ein, ihnen fiktive Verordnungen auszustellen, wenn er sie damit retten kann, unwahrscheinliche Atteste, die als chirurgischen Eingriff klassifizieren (und nicht als rituellen Akt) was fortan als Zeichen der Schändlichkeit gilt. Er tröstet sie mit Worten, die aus der Kindheit emporsteigen, Worte, die von weit her kommen. Er ist jetzt einer der Ihren.

Als das Vichy-Regime auf ein Express-Ersuchen der Deutschen am 29. November 1941 hin die *Union générale des Israélites de France,* UGIF, gründet, um die jüdische Gemeinde zu erfassen, beschließt er unverzüglich, beizutreten. Er will dazugehören. Aus Solidarität. Auch aus Disziplin. Alle Juden sind gehalten, sich anzuschließen. Ein befreundeter Arzt ermutigt ihn: »Da muss man beitreten. Das schützt uns!« Er könnte dort einen sozialen Hilfsdienst anbieten, sich nützlich machen und dabei ganz den Vorschriften entsprechen, wieder einmal. Einmal zu viel. Dieser *Judenrat,* der nach dem Muster der bereits in den Ghettos Osteuropas bestehenden eingerichtet wurde, ist eine Falle. Seine Leiter und sein Personal werden, trotz ihrer sogenannten »Legitimationskarten«, die sie theoretisch vor Razzien und Internierungen schützen, am Ende alle deportiert. Seiner Frau gelingt es, ihn davon abzubringen. »Tu das nicht!«, ruft sie. »Das ist Wahnsinn!« Sie fleht ihn an, seinen Namen nicht auf noch eine Liste zu setzen. Schon gar nicht auf die da. Sie spürt es genau. Diese ehrwürdige Organisation mit höchst schätzenswerten Zielen, die betont, dass sie strikt gesetzeskonform sei, ist nur eine Mausefalle.

8

Sie allein scheint das Ausmaß der Gefahr zu erkennen, die auf ihn lauert. Vielleicht wegen des Milieus, aus dem sie stammt. Sie fürchtet weniger die Anhänger der Kollaborationspolitik, die in Paris herumbrüllen, als all jene achtbaren Leute, die in Vichy das Steuer in der Hand haben. Die meisten von ihnen Bourgeois, konservativ, katholisch, Anhänger von Charles Maurras, voller Verbitterung und bereit, sich in das Schlimmste zu fügen. Sie ist Zeuge ihrer himmlischen Überraschung nach der Niederlage, wie glücklich sie sind, endlich unter sich zu sein, nachdem sie so lange von einer gottlosen Republik verachtet wurden. Sie weiß, was in deren Köpfen vorgeht, und ahnt, wozu sie fähig sein könnten. Sie kennt all ihre Vorurteile, kennt ihren atavistischen Hass auf die »Folterknechte Jesu«. Sie kennt sie umso besser, als sie seit ihrer Kindheit mit ihnen Umgang hat.

Sie braucht nur ihre eigene Familie anzusehen. Ihre ach so sanfte Mutter, die von der Abneigung spricht, den »diese Leute« ihr einflößen. Sie ist fähig, vor dem eigenen Schwiegersohn zu erklären: »Wenn man an all das Übel denkt, das sie angerichtet haben, können sie sich nicht beklagen«. Zu dieser Zeit hat jeder seinen guten Juden, die Ausnahme, die die Regel bestätigt.

Oder ihren Bruder, genau den, der in Vichy antichambriert, die Vorzüge der deutschen Ordnung preist und im Tone eines Witzes erzählt, wie er sich Anfang der zwanziger Jahre in Polen (er war damals Angehöriger der französischen Militärmission, die aufgebrochen war, die Roten zu bekämpfen) damit vergnügte, die frommen Juden – sicher verwendet er einen abfälligeren Ausdruck für sie – am Bart zu ziehen. Seine Feindseligkeit hindert auch ihn nicht daran, freundschaftliche, ja herzliche Beziehungen zu seinem Schwager zu unterhalten, bei jedem Parisaufenthalt dessen Gastfreundschaft zu genießen und gern Kriegserinnerungen mit ihm auszutauschen. Unter Frontkämpfern versteht man sich immer.

Und die mit einem Vicomte verheiratete Nichte, die am Tisch in der Rue-de-Grenelle zwischen zwei Gängen verkündet:»Ich hab da in der Metro einen Kerl gesehen. Der hat mich gemustert. Er hatte so eine widerliche Judenvisage. Oh, Entschuldigung, Onkel!« Hier erlaube ich mir Freiheiten in der Chronologie. Diese rassistischen Reden führte sie nach dem Krieg. Nach dem Holocaust. Davor hätte sie sich wahrscheinlich nicht entschuldigt. All das wird mit großer Natürlichkeit hervorgebracht, ohne schaden zu wollen, ohne besondere Spottlust.

Man kann auch zeitlich weiter zurückgehen. Zu Pater Stéphen Coubé und seinen Vorträgen, die er in der Kirche La Madeleine hielt über »die verfluchte, von Gott erwählte, Gott gegenüber undankbare und von Gott verstoßene Rasse«, auf der Grundlage seines Buches, das im Bücherregal des Arbeitszimmers vergraben ist. Ein Erbstück der Patin. Ein vererbter Schandfleck. Ob der Verfasser, der von Édouard Drumont beweihräuchert wurde, einem Vorsänger des französischen Antisemitismus, auch zu den Gästen gehörte, die beim Fünf-Uhr-Tee die kleine Waise in ihrem Sonntagskleid bewunderten?

Sie bewegt sich weiterhin in dieser Welt. Sie weiß, dass diese Leute sich vom Schicksal des einen oder des anderen durchaus ergreifen lassen können, übrigens wird sie nicht zögern, an manche von ihnen zu appellieren. Aber sie bemerkt, wie erleichtert sie angesichts der großen Säuberung sind, die gerade stattfindet, spürt ihren tiefen Mangel an Empathie für all die Parias, sobald sie in ihrer Gesamtheit gefürchtet werden. Sie erahnt deren Wunsch, die unbestimmte Masse, die ihnen Angst macht, vielleicht nicht gerade eliminiert, aber doch weggebracht zu sehen, weit weg von Frankreich. Die anwachsende Bedrohung macht ihr umso mehr Angst, als sie ihr vertraut ist, sie ist der Widerhall von etwas, was sie in sich selbst spürt. Sie ist überzeugt: Ihr Mann muss verschwinden.

9

Angesichts der zur gleichen Zeit verübten Greueltaten mag der konkrete Auslöser banal erscheinen. Er betrifft eine Katze. Sie ist durch ein angelehntes Fenster bei einem Nachbarn auf der anderen Hofseite eingedrungen und hat fast überall hingepinkelt. Der Nachbar ist wütend. Er droht meinem Großvater, er werde ihn bei der Polizei anzeigen, wenn er den Schuldigen nicht auf der Stelle beseitigt. Seit dem 15. Mai 1942 ist es Juden unter anderem verboten, Haustiere zu halten. Wer gegen eine beliebige deutsche Verordnung verstößt, so unbedeutend sie auch sein mag, kann verhaftet werden.

Der Mann hat ihn in der Hand. Auch wenn er nur eine unbestimmte Vorstellung davon besitzt, was danach geschehen kann, so weiß er doch, dass er ihn durch eine Anzeige in ernsthafte Schwierigkeiten bringt. Die Wahl, vor die er ihn stellt, ist einfach: er oder die Katze. Er hat keinerlei Veranlassung, sich so zu verhalten. Sie hatten noch nie Streit. Sie wissen nicht viel voneinander. Ihre Beziehungen beschränkten sich bisher auf die üblichen Höflichkeitsfloskeln vor der Tür. Er ist nur ein Nachbar. Aber die vor kurzem in Europa eingeführte Ordnung verleiht ihm Macht, fast ein Recht über Leben und Tod eines seiner Artgenossen, auch wenn er es nicht so sagt, und natürlich nutzt er das aus.

Den ganzen Tag lang versucht Großpapa vergeblich, das Tier zu vergiften. Er läuft ihm hinterher, packt es am Schwanz, schiebt ihm mit zitternden Händen diverse Medikamente zwischen die Zähne. Es stößt ein Röcheln aus und entwischt. Er findet es zusammengekauert unter einem Möbelstück, die Schnauze verzerrt, mit Schaum vor dem Maul, verängstigt, aber lebendig. Am Ende tötet er es, ich weiß nicht, wie. Vielleicht hat er es in der Badewanne ertränkt.

10

Er will fliehen. Mit seinen falschen Papieren, die ihn in Miss Marple verwandeln. Aber wohin? Die Schweiz verwehrt den meisten Illegalen die Einreise und öffnet ihre Tore nur in Ausnahmefällen und nur einen Spalt breit für Alte, schwangere Frauen, Kinder, und auch das nicht immer. Nicht einmal verkleidet wird er einer dieser drei Kategorien angehören. Er denkt eher an Spanien, die erste Etappe Richtung England oder Amerika. Er spricht mit seiner Frau darüber. Sie widersetzt sich energisch. In ihrem Zustand kann sie eine solche Reise nicht absolvieren. Und es kommt nicht in Frage, ihn allein weggehen zu lassen. Ich kann ihre spöttische Stimme hören: »Du, der nie läuft? Willst du etwa im Schnee die Pyrenäen überqueren, im Kleid und in Pumps? Mein armer Freund, so weit wirst du es gar nicht schaffen!« Sie hält ihn für unfähig, mit der Soldateska, den Fluchthelfern und all den skrupellosen Geschäftemachern fertigzuwerden, von denen es in der Nähe der Demarkationslinie wimmelt. Er würde geschnappt werden, noch bevor er die freie Zone (diese zwei trügerischen Wörter) erreicht hätte.

Sie denkt an eine andere Lösung, die den Vorteil hat, dass sie keine Reise erfordert und die familiäre Zelle schützt, ja stärkt. Eine stärker im Gefängnissinne als im biologischen Sinne verstandene Zelle. Sie glaubt, dass sie den idealen Ort gefunden hat, um ihren Mann zu verstecken. Zwei Schritte vom Ehebett entfernt. In oder eher unter dem Zwischen-Raum.

Nicht sie war auf die Idee mit dem Loch gekommen, sondern der Mann einer ihrer Schwestern. Ein Architekt aus Pouliguen. Noch ein Veteran des Ersten Weltkrieges. Ich betone dieses Detail, denn seine Tat kann auch durch die Waffenbrüderschaft erklärt werden, die ihn mit seinem Schwager verbindet. Wenn er nach Paris kommt, macht er oft einen Abstecher in die Rue-de-Grenelle. Ich weiß nicht, wer das Thema als Erster angeschnitten hat, aber ich kann versuchen, die Situation zu rekonstruieren. Vielleicht fragt er, ob er auf die Toilette gehen kann, und als er dort ist, wundert er sich über die Stufen, die zum Zwischen-Raum führen. Das im Vergleich zum übrigen Stockwerk höhere Niveau dieses schmalen Ganges irritiert ihn umso mehr, als sich im Erdgeschoss an dieser Stelle eine Zwischendecke befindet. Er klopft das Parkett ab und sagt so was wie: »Aber das ist ja hohl darunter!« Er möchte sich Klarheit verschaffen, hebt das Holz an und entdeckt einen Hohlraum, der ausreichend tief ist, um dort ein Versteck einzurichten.

Um das Geheimnis zu wahren, bietet er an, die Arbeiten selbst auszuführen. Ein paar Tage oder ein paar Wochen später kommt er mit dem entsprechenden Material. Er legt die Konstruktion frei. Er verstärkt den untersten Teil. Zwischen zwei Stützbalken konstruiert er eine Holzverschalung. Er plant einen Luftschacht ein, ein kaum zu sehendes Gitter, das ins Behandlungszimmer führt. Die Grube ist ungefähr einen Meter zwanzig hoch und einen Meter breit. Ein kleingewachsener Mann wie mein Großvater kann sich darin kniend aufhalten oder mit angezogenen Beinen liegen.

Die Falltür ist auf der Innenseite gepolstert, um zu verhindern, dass es hohl klingt, wenn jemand darüberläuft. Um sie noch besser zu dämmen und zu tarnen, liegt ein dicker Teppich darauf. Der Raum ist dunkel und wird nur von der Familie betreten. Im Falle einer richtigen Hausdurchsuchung wird der Trick nicht lange verborgen bleiben. Wie soll man die Polizei davon abbringen, den Flüchtigen bei sich zu Hause zu suchen? Indem man sie davon überzeugt, dass er die Flucht ergriffen hat.

11

Étienne und Marie-Élise beschließen, sich scheiden zu lassen. Zu dieser Zeit erlaubt das Gesetz es Eheleuten nicht, sich mit gegenseitigem Einverständnis zu trennen. Das Band der Ehe kann nur im Fall von Verfehlungen getrennt werden. Ich kann mir nicht vorstellen, dass sie vorgeben, es habe ein Ehebruch stattgefunden, noch weniger, es sei zu körperlichen Misshandlungen gekommen. In beiden Fällen bräuchten sie eine amtliche Feststellung. Bleibt als Grund noch »seelisches und ehrverletzendes Leid«. Ob sie sich vor dem Richter beschimpft haben? Wie ich meine Großmutter kenne, hat sie womöglich ein gewisses Vergnügen dabei empfunden, falsche Beleidigungsbriefe zu entwerfen. Das Abfassen der falschen Briefe, der gehässigen Seiten, dieser Litanei von Klagen, Tränen, Stöhnen war wahrscheinlich ihre erste literarische Erfahrung. Am 16. Oktober 1942 wird die Ehe durch die vierte Kammer des Zivilgerichts des Departement Seine aufgelöst.

Der Plan, dem er folgen muss, ist recht einfach: die Nacht abwarten, einen Streit vortäuschen, laut genug schreien, um von den Nachbarn gehört zu werden, wie ein Wirbelwind mit einem großen Koffer in der Hand abziehen und nach einiger Zeit, wenn alle wieder eingeschlafen sind, auf Zehenspitzen zurückkommen und seine Höhle aufsuchen. Niemand darf Bescheid wissen, abgesehen natürlich von seiner Frau, dem Architektenschwager und Jean-Élie, der nach dem Verschwinden seines Vaters zur einzigen treibenden Kraft der Familie wird. Luc kann nicht ins Vertrauen gezogen werden. Er ist zu klein. Er würde womöglich reden.

Das Signal zum Aufbruch erreicht ihn in Gestalt einer Mitteilung auf grünem Papier, er habe wegen der »Überprüfung seiner Situation« bei den Behörden »vorstellig zu werden«. Der vom Polizeikommissar unterzeichnete Brief führt aus, dass er »von einem Familienmitglied begleitet und mit Ausweispapieren versehen sein« soll. Er begreift – oder sie begreift für ihn –, dass er der Vorladung nicht nachkommen darf. Am selben Abend taucht er unter.

12

Das Leben, das er etwas mehr als zwanzig Monate führt, hat mich lange an einen meiner Lieblingsromane denken lassen, *Einzelgänger, männlich* von Geoffrey Household, von Fritz Lang unter dem Titel *Menschenjagd* verfilmt. Die Geschichte eines Großwildjägers, der auf die Verfolgung eines europäischen Diktators angesetzt ist, nicht mit der Absicht, ihn zu töten, sondern aus sportlichem Vergnügen, und der, nachdem er in den bayerischen Bergen auf ihn angelegt hat, sich seinerseits gejagt sieht und in der grünen Landschaft Englands verschwinden muss, um seinen Verfolgern zu entgehen. Er endet in einem Bau, eingebuddelt im Boden, exakt wie das Wild, das er gewöhnlich jagt.

Ich stellte mir vor, mein Großvater sei ebenfalls dort geblieben, die ganze Zeit verborgen unter seinem Perserteppich, mit angehaltenem Atem und in der Erwartung, dass es vorübergeht. Da er diese Zeit seines Lebens nie erwähnte, außer in Form vager Andeutungen, und kein Tagebuch geführt hat, konnte ich mir alles ausmalen. Ich sah ihn in der Haltung eines Fötus, wie ein Raubtier in seiner Höhle oder wie ein Gefangener im Kerker mit Ketten und Kugeln an den Füßen, der im Laufe der Zeit die Form seines Gefängnisses annimmt und, kaum ist der Krieg zu Ende, wie ein Springteufel aus seiner Schachtel hüpft, ganz zerschlagen, gekrümmt, gerädert. Gebogen. Monatelang unfähig, sich gerade zu halten. Vom Licht blinde Pupillen, wegen des langen Liegens im Dunkeln durchscheinende Haut, ein bissen wie ein Tiefseefisch oder die Figur des Gollum im *Herrn der Ringe*.

13

In Wirklichkeit springt er nur bei Gefahr in sein Loch. Sobald ein Besucher aufkreuzt. Sobald das durchdringende Bimmeln der Klingel ertönt. Sobald er eine fremde Stimme hört. Zum Beispiel die der Concierge, die immer überraschend mit ihren Kindern auftaucht. Er hat zu seinen Reflexen aus dem Schützengraben zurückgefunden. Bei jedem verdächtigen Geräusch springt er in seinen Unterstand, zieht den Kopf ein, spitzt die Ohren, lauert auf die Explosion. Wenn er Schritte erkennt, versucht er, sie an ihrer Schwere, ihrem Rhythmus, ihrem Schwung zu erkennen, er folgt ihnen durch das ganze Haus, mit derselben Präzision, derselben Beklemmung, die er darauf verwandte, die Flugbahn eines Schrapnells zu verfolgen.

Die übrige Zeit versteckt er sich im Zwischen-Raum, seinem privaten Territorium. Inmitten seiner Bücher und seiner Kruzifixe. Immer in gebührendem Abstand zu den Fenstern. Ein von einem Nachbarn wahrgenommener Schatten würde genügen, ihn zu verraten. Auch in Abstand zu seinem jüngsten Sohn, dem Kleinen, der glaubt, der Vater sei weggegangen, und der sich verlassen fühlt.

Von der Welt abgeschnitten, zieht er sich vollständig zurück. Er macht beinahe etwas wie eine mystische Krise durch. Jeden Morgen sucht er sich aufs Geratewohl eine Bibelstelle aus und interpretiert sie, um zu erfahren, was ihm zustoßen wird. Er taucht in die Lektüre von Franz von Sales und anderen Autoren wie Teresa von Ávila oder der heilige Augustinus ein. In seiner Hauskapelle bringt er wohl auch Stunden mit Beten zu. Seine medizinischen Abhandlungen zieht er seltener zurate. Wozu auch? Sie können ihm keinerlei Hilfe bieten.

Von der Außenwelt gelangt nur ein unterdrücktes Knistern zu ihm. Er hört BBC, den Radioapparat ans Ohr gedrückt, die Lautstärke fast auf null. Er reist mit den Radiowellen, zittert bei jeder Schlacht, stößt beim kleinsten alliierten Vorstoß einen Freudenschrei aus. »*Mussolini has resigned*«, flüstert er Jean-Élie eines Tages strahlend zu, als offenbare er ihm ein sagenhaftes Geheimnis. 25. Juli 1943: Gerade wurde der Duce vom König abgesetzt, er aber weiß noch nicht, dass er sich noch ein Jahr bis zu seiner Erlösung gedulden muss.

Zwanzig Monate. Ohne Spaziergang, nicht einmal hinter Gittern. Nur ein paar Meter Zelle zum Laufen. Kein durch Gitterstäbe hindurch zu betrachtender Himmel. Abgesondert. Ohne Besuchszimmer. In der Stille eingemauert. Niemand, mit dem er sich austauschen könnte, außer seiner Frau, seinem Gegenstück, zu der er nachts zurückkehrt, sobald die beiden Kinder eingeschlafen sind. Die gehbehinderte Frau neben dem in seinen Bewegungen beschränkten Mann. Sie haben jetzt gleichgezogen. Ihre Gespräche sind auf Gemurmel reduziert. Selbst in ihren Armen achtet er weiter aufmerksam auf das kleinste Geräusch. Er fürchtet, noch vor dem Aufstehen von seinem weinenden jüngsten Sohn überrascht zu werden, der ständig Albträume hat. Am frühen Morgen verlässt er geräuschlos das Schlafzimmer und kehrt in seine Vertiefung zurück. Er zieht sich nicht richtig an, legt seinen alten Schlafrock nicht mehr ab.

Seine grauen, leeren Tage ähneln sich. Was tut er, wenn er

sich nicht an seinen Gott wendet, wenn er seine Bücher und seinen Rundfunkempfänger verlässt? Wie alle Gefangenen der Welt schläft er, vegetiert auf halber Strecke zwischen Wachsein und Benommenheit, verliert das Zeitgefühl, weiß nicht mehr so recht, was Traum ist und was Wirklichkeit. Der Raum um ihn herum löst sich allmählich auf. Sein Mikrokosmos wird zum Kosmos. Selbst Krieg und Besatzung erscheinen ihm irreal. Er führt ein verlangsamtes, halbkomatöses Leben. Er hält Winterschlaf. Einmal hört Marie-Élise ihn genau in dem Moment, als sie Besuch bekommt, lautstark schnarchen. Sie gerät in Panik, spricht lauter, um ihn zu übertönen, und führt ihren Gast so weit wie möglich weg von der Lärmquelle.

Jetzt ist er zum ersten Mal in seinem Leben gesetzlos. Fühlt er sich schuldig? Schämt er sich, dass er ein nutzloser Esser geworden ist, mit dem man das Wenige, das von den Rationierungen noch bleibt, teilen muss? Seine Lebensmittelkarten gelten nicht mehr. Ohne die gelegentlichen Päckchen der Bauern von Désertines würden sie hungers sterben. Bestimmt macht er sich vor allem Vorwürfe, diejenigen, die er liebt, in eine gewaltige Gefahr zu bringen. Sollte er in seiner Wohnung entdeckt werden, setzt er all deren Bewohner Repressalien aus, deren verhängnisvolles Ende selbst er erkennt.

Denkt er auch an den etwa zwölfjährigen Jean-Élie, der sich bereits um alles im Haus kümmert? Er ist es, der stundenlang Schlange steht, um einen kümmerlichen Blumenkohl, ein Stück pappigen Emmentaler oder ungenießbare Kohlrüben ohne jeden Fettgehalt nach Hause zu bringen. Er ist es auch, der seine Mutter zu einem Büro der deutschen

Militärverwaltung in der Nähe der Champs-Élysées begleitet, um zu versuchen, ihr Velocar zurückzubekommen, das
konfisziert wurde. Ein verrückter Vorstoß, der unweigerlich
die Wut des Offiziers hervorruft: »Madame, Sie hätten nur
einfach keinen Juden zu heiraten brauchen!«

14

Das größte Risiko? Denunziert zu werden. Von irgendjemandem. Dem Katzenmörder aus dem ersten Stock. Dem Besitzer der zur Straße gelegenen Wohnung, ein kleiner Adliger,
wichtiger Beamter im Ernährungsministerium und großer
Bewunderer des Marschalls. Die Concierge, von der die Polizisten ständig Hinweise zu bekommen versuchen. Ihr Mann,
ein Säufer, ihre geschwätzigen Kinder. Die Näherin im vierten Stock, die große Stücke auf Radio Paris hält. Die ersten
potentiellen Feinde sind die Nachbarn. Auf sie konzentriert
er seine Kriegslisten. Zum Beispiel die Post, die er sich auf
dem Umweg über eine seiner Schwägerinnen in Grenoble
selbst schickt. Die weitergesandten Umschläge vom anderen
Ende Frankreichs mit seiner Handschrift dienen dazu, die
These von seiner Flucht in den Augen der Hausbewohner
glaubwürdig erscheinen zu lassen.

15

Seine Erfahrung ist ungewöhnlich und zugleich den meisten Überlebenden gemein. Wenn nicht allen. Überall in Europa haben sich Leute in geheimen Kammern versteckt, auf Speichern, in Kellern, Scheunen, abgelegenen Häusern, Hühnerställen, mitten in den Wald gegrabenen Löchern, unter doppelten Böden oder hinter falschen Identitäten.«Wenn man keine unglaubliche Geschichte hatte, hatte man nicht überlebt«, erklärt eine Überlebende (die, wie die anderen, ihr Leben einer Folge außergewöhnlicher Umständen verdankt) Daniel Mendelsohn, dem Autor des Buches *Die Verlorenen. Eine Suche nach sechs von sechs Millionen*. Wer sich der gewöhnlichen Ordnung der Dinge fügte, wurde ermordet.

Das Überraschendste in seinem Fall ist, dass er den Rest seines Lebens exakt an dem Ort verbrachte, an dem er Unterschlupf gefunden hatte. Er hat sich nie von seinem Versteck entfernt. Wenn er sich in den Zwischen-Raum begab, jene Klammer, die geöffnet, aber nie geschlossen wurde, so begab er sich wieder in seinen Kokon. Dessen Vorhandensein beruhigte ihn. Er hörte ihn gern unter den Füßen knacken. Er sprach mit Zärtlichkeit von ihm. Er hatte sogar einen Spitznamen für ihn gefunden. Er nannte ihn »mein *Gnügtmir*«. Sein eigenes Eckchen, sein geheimer Schlupfwinkel. Am liebsten hätte er es mit Geranienkästen und Gartenzwergen geschmückt, wie ein Einfamilienhäuschen. Später stopfte er, bevor er in Ferien fuhr, die wenigen Wertgegenstände im Haus – seine Goldmedaille von der Zulassungsprüfung zum Assistenzarzt, das Silber, eine alte chinesische Statuette – in eine Plastiktüte und verbarg sie dort.

Das Versteck konnte jederzeit wieder benutzt werden. Kurz vor meiner Geburt war es gesäubert worden, um gegebenenfalls meinen Vater aufzunehmen, der noch studierte, sich in einem Unterstützungsnetzwerk der algerischen Unabhängigkeitskämpfer der FLN engagierte und fürchtete, verhaftet zu werden. Als Kind durfte ich nicht hineinsteigen, durfte mich nicht einmal nähern, wenn die Klappe auf war. Die Falltür war kaum zu unterscheiden vom Parkett und schwer wie ein Grabstein. Wenn man sie anhob, so hörte man eine Art Keuchen, schluckte eine Staubwolke und fühlte sich in die Tiefe gezogen. Es war, als schände man ein antikes Grab. Es gab kein Licht und man konnte kaum den Boden erkennen. Ein feuchter Geruch nach altem Holz drang daraus hervor. Manchmal öffnete ich einen Spalt breit diese Schatzkiste, die mich zugleich erschreckte und anzog. Aber ich stieg nicht in sie hinein. Ich habe das Verbot nie übertreten, aus Angst vor einem bösen Sturz, aber auch aus Angst vor den Gespenstern, die sie enthielt.

SCHLAFZIMMER

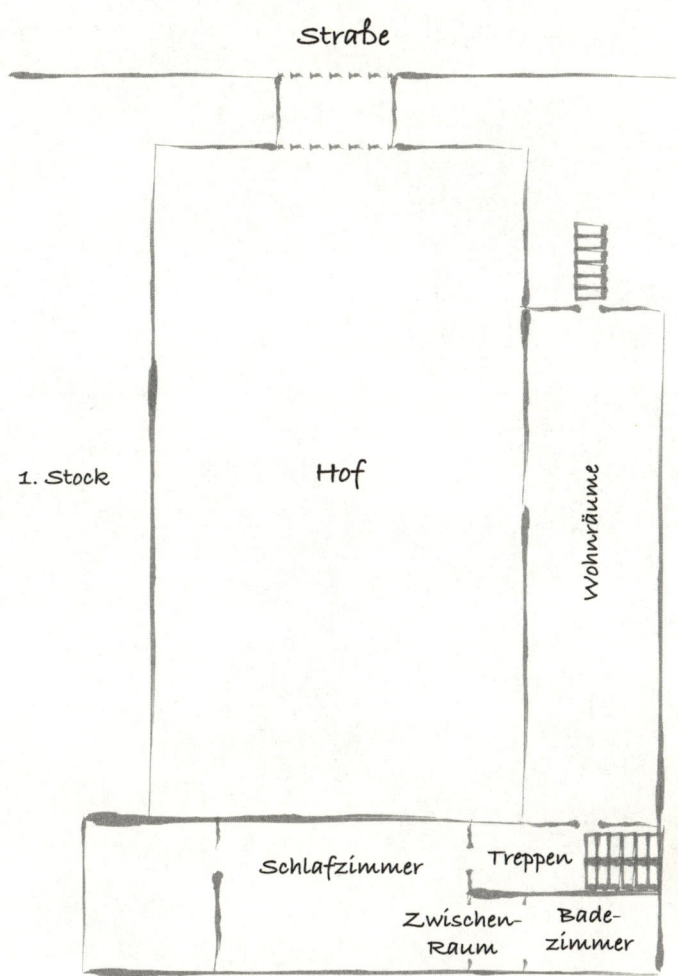

1

Infolge der ständigen Verwendung als Trampolin war der orangefarbene Puff an mehreren Nähten aufgeplatzt. Ich machte ihn schlanker, indem ich mit geschlossenen Füßen auf ihm herumsprang. Bei jedem neuen Aufprall gab er zischend einen weißen Auswurf von sich und seine birnenförmige Gestalt nahm ein bisschen ab. Die Styroporkügelchen sprangen über den graublauen Teppich und verschwanden unter den Möbeln. Großmutter lag auf dem Bett, die Beine in ein Plaid gehüllt, und achtete nicht auf meine Purzelbäume. Ich konnte tun, was ich wollte, ihr Inselfloß erklettern, mir den kegelförmigen Rumpf des Plastikhockers zwischen die Beine klemmen und ihn als Tamtam nutzen, oder mit dem Türflügel den Lampion aus weißem Seidenpapier anschubsen, um ihn wie einen Ball gegen die Wand springen zu lassen, sie fuhr unerschütterlich fort, auf ihrer ledernen Schreibunterlage zu schreiben.

Trotz gewisser Bedenken ließ sie mich sogar mit ihren Tieren aus geblasenem Glas spielen, die auf der Bar neben dem Anrufbeantworter aufgereiht waren. Sie liebte ihre Figuren aus Muranoglas. Sie sammelte sie, seit sie das Theaterstück *Glasmenagerie* gelesen hatte. Es war ihr eine diebische Freude, Laura Wingfield nachzuahmen, dieses depressive Mädchen, das in seinem Miniaturzoo aus Kristallfiguren eingeschlossen ist. Im Gegensatz zu der Figur bei Tennessee Williams war sie sehr viel robuster als ihre durchsichtigen Tiere. Wenn ich aus Unachtsamkeit eines kaputt machte, blieb sie ungerührt. Sie sagte nichts.

Ich bin nie so frei und glücklich gewesen wie in diesem Haus. Ich wollte, ich könnte es mit der Genauigkeit eines Insektenkundlers beschreiben, der sich Gang für Gang mit dem Leben eines Ameisenhaufens beschäftigt, dabei ließe ich alles beiseite, was man nicht mit der Lupe sieht: den unglaublichen Lebenshunger, die Momente der Trunkenheit, ja der Euphorie. Er, wie er in seinem Schlafrock tanzt, sie, wie sie auf der Bettkante sitzt und ausgelassen ruft: »Eins, zwei, drei, Jipiieh!« und ihre letzte Spielkarte ausspielt. Die winzigen Freuden. Anne, wie sie in Endlosschleife Schlager auf einem tragbaren Plattenspieler hört. Jean-Élie, der versucht, einen Kaffee-Sahne-Windbeutel in eine ungerade Zahl von Stücken aufzuteilen. Das ständige Kommen und Gehen. Freunde, die unangekündigt auftauchen. Die Verachtung gängiger Anstandsregeln. Die bloßen Füße, das Essen mit den Händen. Die Möglichkeit, fast alles zu sagen. Die endlosen Diskussionen. Die Energie, der Überschwang, die von dieser Achtundsechziger-Kommune ausgingen (bevor es den Begriff überhaupt gab). Das Licht trotz der Finsternis.

2

Das Schlafzimmer war im Stil der Zeit, der siebziger Jahre eingerichtet. Im hinteren Teil, in die Ecke gedrückt, ein Doppelbett, umgeben von Sperrholzbrettern. Davor ein niedriger Tisch mit ovalen Stahlrohrbeinen auf einem struppigen Teppich aus langflorigem Schaffell. An der Wand, gegenüber dem Fenster, ein niedriges Kistenmöbel, das zugleich als Bank und als Stauraum diente. In der Mitte ein großer Kathodenstrahlfernseher auf einem Dreibein mit Rollen. Dahinter ein von Christian gebautes, wackeliges Bücherregal, an den vier Ecken mit Chatterton-Textilklebeband zusammengehalten, voller Kunstbücher in dicken Pappschubern. Alles war glänzend weiß angemalt, versiegelt, lackiert, einschließlich der Stühle. Eine Farbe, die man wegen ihrer Helligkeit, ihrer Neutralität, ihrer Leere gewählt hatte und die sich von den dunklen Farben, dem Zierrat der anderen Räume abhob.

Diese Neigung zum Modernen fand sich in den Gemälden an den Wänden wieder. Zeitgenössische Werke, die auf Christians Empfehlungen hin gekauft worden waren. Eine rot-blaue Lithographie von Jean-Pierre Raynaud, die ein Notausgangsschild zeigte. Durchsichtige Schatten, mit einem orangefarbenen Plexiglas bedeckt, von Lourdes Castro. Ein Le Gac, der zwei himmelblaue Gestalten zeigt, deren auf einen einfachen Strich reduzierte Münder sich flüchtig berühren, als seien sie kurz davor, sich zu küssen. Ein für Leute, die sich nie küssen, irritierender Anblick. Zur Begrüßung strecken wir einander die Stirn hin, nicht die Wange. Wir beugen die Wirbelsäule und schlagen leicht die Köpfe aneinander, ein leichter und ungeschickter Zusammenstoß, etwas zwischen Schlag und Liebkosung, ein bisschen wie Pferde, die sich gegenseitig die Mähne reiben. Eine Zeremonie, von der ich nicht weiß, wo sie herkommt, und die ich sonst nur südlich der Sahara beobachtet habe.

Ich erinnere mich vor allem an ein Gemälde, das über dem orangefarbenen Puff hing, von Breyten Breytenbach, dem südafrikanischen Dichter und Schriftsteller, das ihn nackt zeigt, in der sogenannten »69er«-Stellung mit Yolande, seiner vietnamesischen Frau. Sie mit seinem Penis im Mund, er streckt die Zunge heraus wie ein schlecht erzogenes Kind. Ein Gemälde in lebhaften Farben, gemalt in der Rue-de-Grenelle, wo er sich anderthalb Jahre lang aufhielt, lange bevor er in sein Land zurückkehrte und vom BOSS, dem Geheimdienst der Apartheid, verhaftet wurde. Dieser Ausbruch von Erotik in einem weitgehend asexualen Kosmos verwirrte mich ebenso sehr wie der üppige Busen von Vivian Leigh, der einen Großteil des Filmplakats von *Vom Winde verweht* einnahm, das links vom Fenster hing.

In meiner Vorstellung bestand keinerlei Zweifel, dass dieser Busen, in ein rotes Taftkleid gepresst, zumindest teilweise verantwortlich war für den im Hintergrund zu sehenden Brand der Stadt Atlanta.

3

Wenn der Tag sich neigte, nahm Großmutter auf ihrem Thronsessel-Bett Platz. Es war ein karger Thron, bedeckt mit einem Leinenstoff, im King-Size-Format, mit fester Matratze, dank einer ausgeglichenen Mischung langer und kurzer Fasern, zwei Kopfkissen mit Gänsefedern. Keine weiteren Stützen. Eine Nackenrolle hätte sie an Désertines erinnert. Selbst wenn sie lag, selbst im Bett und stets mit einer unter ihrer karierten Decke gluckernden Gummiwärmflasche, entfaltete sie eine erstaunliche Dynamik. Sie hielt Audienz, empfing ihre engen Freunde, beantwortete Briefe, tippte sehr schnell, mit zwei Fingern, ihre Romane auf ihrer Olivetti-Schreibmaschine, führte Buch, fällte die wichtigen Entscheidungen. Das Bett war weniger »der ausgegrenzte Raum der Begierde« als Sitz der Macht, ein Fixpunkt, um den herum alles sich regelte.

Jean-Élie hielt mit den gestapelten Tellern auf einem Silbertablett mit geschwungenen Griffen Einzug in das Zimmer. Anne folgte ihm und trug den Topf mit dem dampfenden Essen am ausgestreckten Arm. Dort aßen wir nach einem unveränderlichen Ritual, sie im Liegen, er an seinem kleinen Tisch, direkt neben dem Zwischen-Raum und dem dunklen Schlauch, wir im Knien auf dem struppigen Teppich um den niedrigen Tisch mit dem Essen. Wir pickten daran, nahmen was von diesem, von jenem, ganz wie wir wollten, ohne uns um die Speisenfolge zu scheren. Unsere nächtlichen Picknicks hatten die Ausgelassenheit eines *Frühstücks im Grünen*.

4

Der fortwährend laufende Fernseher hinderte uns nie am Reden. Ganz im Gegenteil. Unsere Gespräche mischten sich ständig mit den Absonderungen des Geräts, bis sie ein völlig unsinniges Getöse bildeten.

»*Bei der SNCF hat sich die Verkehrssituation heute Morgen wieder normalisiert …*«

»Es gibt eine hübsche Geschichte von Bradbury …«

»*Anlass des Streiks ist bekanntermaßen die Entlassung einer Putzfrau …*«

»Das Werk entsteht immer im Auge des Betrachters …«

»*Bei dem Gedanken an das Geschehen schnürt sich jedem Vater die Kehle zu …*«

»Ich war gegen dieses Haus, das ist zwar nicht richtig«, (Geräusch eines Feuerzeugs), »aber ich wollte nun mal nicht wieder dahin zurück …«

»*Und nun die 291. Ausgabe von ›Apostro…‹*«

»Das ist scheußlich …«

»*Wenn ich Ihr Buch lese, habe ich den Eindruck, Sie waren …*«

»Ich hab versucht, sie mit Klebstoff und Eisen zu reparieren …«

»*Und unter deiner unerbittlichen Sonne fürchtest du allein den Tod …*«

»Das Problem ist das Paar Staat-Nation …«

»*J. R., Sie sind ein widerlicher Mistkerl!*«

»Es gibt da einen sehr wichtigen Begriff …«

»*Es ist mir wurscht, ob Du lieber mit zwei Schimpansen oder einer Ziege zusammen bist!*«

»Wenn man aber eine Wirklichkeit dekonstruiert …«

Es war unmöglich, in Ruhe die Abendnachrichten, *Dallas*, die Politiksendung *Cartes sur table*, die Literatursendung *Apostrophes* oder die Talkshow *Droit de réponse* zu sehen. Erst sehr viel später wurde es still, während des Kinofilms am Freitagabend oder beim zweiten Spielfilm innerhalb der Sendung *La Dernière Séance*.

5

Ich ging schlafen, wann ich wollte, oder eher: zur selben Zeit wie sie. Man verbannte mich nicht in ein extra Zimmer. Ich wurde nicht weit entfernt vom Nervenzentrum des Hauses der Dunkelheit und meinen kindlichen Ängsten überlassen. Zu jener Zeit hatte ich keinen Ort für mich. Ich blieb da. An ihrer Seite. Hinter der zweiflügeligen Tür, die beim Zubettgehen mit einer querliegenden Eisenstange versperrt wurde. Vorgeschobener Riegel im Badezimmer. Auf beiden Seiten hochgezogene Zugbrücken für den Fall eines Angriffs. Die Hündin, Nanouk, ein sehr dreckiger schwarzer Pudel von mürrischem Charakter als Schildwache vor dem Fenster, bereit, zu bellen.

Sobald wir eingeschlossen waren und der Lampion ausgeschaltet, schliefen alle im selben Raum. Meine Großeltern in ihrem Bett. Jean-Élie und ich auf dem Boden. In Schlafsäcken. Die von den vorangegangenen Nächten noch feucht und durchgeschwitzt waren, wenn wir sie aus der großen, weißen Kiste holten. Am Fuße der Familienwiege mumifiziert. Camper im eigenen Haus, Abend für Abend. Aufgebautes Zelt, eingerammte Heringe, Reißverschlussgeräusche, Leiber, die sich auf dem Molton wälzen, knarzendes Parkett trotz des dicken Teppichs. So wie zuvor Luc und Christian. Auch sie hatten in diesem zur Burg verwandelten Ort biwakiert. Fünfzehn Jahre Daunenschlafsack für meinen Vater. Sechs Jahre mehr für seinen Bruder. Wie ein Wurf Welpen, die sich um eine Nährmutter drängen und bis ans Ende der Nacht einen kompakten Block bilden. Nur Anne schlief getrennt.

Gegen ihre Schlaflosigkeit liefen alte, untertitelte amerikanische Spielfilme, mit abgedrehtem Ton, um uns nicht zu wecken. Wie Scheinwerferlichtbündel fuhren sie in pechschwarzer Nacht in Abständen über Großmutters Gesicht. Während dieser kurzen Blitze bemerkte ich, dass ihr Blick auf uns gerichtet war. Sie überwachte uns von der Höhe ihres Vorgebirges aus, überprüfte, dass kein Sarkophag beim Appell fehlte. In der Dunkelheit waren ihre sensorischen und auditiven Fähigkeiten zehnmal so gut. Sie lauschte unserem Atem, erkannte uns daran, achtete auf unterbrochene Geräusche, auf Schnaufen, verdächtiges Husten, das Atembeschwerden verraten könnte. Sie vergewisserte sich wie ein Dirigent, dass alle Klänge sich harmonisch verbanden.

Ihrer Aussage nach konnte sie nichts für den psychotischen Wahn, dem diese Familie ausgesetzt war. »Meine Angehörigen hatten einen gemeinsamen Schlaf«, behauptet sie in *La machine a fait tilt.* »Ohne meine unmittelbare Anwesenheit verharrten sie mit weit aufgerissenen Augen, erfüllt von trotziger Bestürzung, weigerten sich zu schlafen.« »Sie bildeten ein dickes, etwas unregelmäßiges Bündel zu meinen Füßen, losgelöst von mir, mit eigenständigen Bewegungen, mit einem Eigenleben, dessen Wärme mir nichts brachte«, liest man ein paar Seiten vorher. Oder auch:»Die Kinder liebten mich. Wir trennten uns keine Sekunde, sie tranken nur das Leben, das ich für sie zubereitete.«

Nach unseren Tagen kontrollierte sie unsere Nächte. Sie lag am Tor zu unseren Träumen auf der Lauer. Wie die Griechen fürchtete sie den Schlaf, den regelmäßigen kleinen Tod. Nicht einmal diese Reise konnte allein durchgeführt werden. Wir bildeten ein Phalansterium, eine Utopie ohne strenge Doktrin, eine sozialistische Bruderschaft, von der nur der Herdenaspekt blieb, ein Hippie-Camp. Ein sternförmig angeordneter und mannigfaltiger Körper, der perfekt zu leiten war.

Morgens weckte Großpapa uns, indem er uns durch den Daunenschlafsack hindurch leicht an den Füßen schüttelte. Er begann mit dem Körperteil, das dem Herzen am weitesten entfernt war, um, wie er sagte, einen Schock zu vermeiden und uns allmählich aus unserer Lethargie zu holen. Im Fall seiner Frau, die im Allgemeinen irgendwann ein Schlafmittel genommen hatte, um einschlafen zu können, begleitete er seine Geste mit einem Murmeln, einem kaum wahrnehmbaren Gesang, eine Art langsamem Singsang.»Guten Morgen, Lili, guten Morgen, Lili«, wiederholte er mit unendlicher Sanftheit.

6

Auch er ist ihr Gefangener. Indem sie ihn der Welt entzog, hat sie ihn sich zu eigen gemacht. Sie hütet ihn unter ihren schwankenden Schritten, holt ihn, sobald es Nacht wird, aus seinem Verlies, öffnet ihm ihr Lager, gibt sich ihm hin und wird erneut schwanger. Wie wird sie das Kind rechtfertigen können, das sie trägt? Versteckt sie ihren dicker werdenden Bauch unter weiteren Kleidern? Ihr Körper lässt sie im Stich. Wieder einmal. Denkt sie darüber nach, sich ebenfalls zu verstecken? Sie verlässt fast nicht mehr das Haus. Blut, Übelkeit, Erschöpfung, Mutlosigkeit, Trunkenheit. Der Verlauf ihrer Schwangerschaft passt sich dem des Krieges an. Sie wartet auf die Befreiung.

Die ersten Wehen setzen ein, als die Glocken von Saint-Clotilde zu läuten anheben. Geläut, das nach und nach von den anderen Kirchen übernommen wird, Sechzehntelnoten, die durch die Stadt springen, gefolgt von Freudengebrüll, von Rufen auf der anderen Seite des Hoftors, dem Lärm der Menschenmassen, der Scharen auf der Straße, auf allen Straßen. Auf dem anderen Seine-Ufer hat Stadtkommandant Dietrich von Choltitz gerade die Kapitulation der deutschen Streitkräfte von Groß-Paris unterzeichnet.

Als sie begreift, was los ist, ruft sie ihren jüngsten Sohn und stellt ihm einen Unbekannten vor. Erkennt er das Gespenst hinter dem Vorhang? Das Kind schreckt leicht zurück. Sie sagt zu ihm: »Hab keine Angst, das ist Papa, er ist wieder da.«

Ihre erste Tat als befreite Frau? Sie zieht die gelben Sterne aus der Tiefe einer Schublade und verbrennt alle außer einem. Zur Erinnerung. Dann geht sie über den Hof, klingelt beim Nachbarn, dem beim Ernährungsministerium beschäftigten kleinen Adligen, und zwingt ihn, eine rote Fahne an seinem auf die Straße gehenden Balkon zu befestigen, die sie aus einem Stofffetzen und einem Besenstiel gebastelt hat. Dieses Abzeichen setzt seinen Besitzer zumindest nur der Überraschung und dem höhnischen Lachen der Umgebung aus.

7

Da ist er nun zum ersten Mal draußen. Es sind nur ein paar Meter bis zu dem Messingschild. Der Arzt öffnet persönlich die Tür. Beunruhigt. Er weigert sich, ihm zu folgen, hat wegen eines einzelnen Schützen, der aus gedeckter Stellung von einem Dach aus auf Passanten feuert, Angst, das Haus zu verlassen. Immer noch gibt es in der Stadt sporadische Kämpfe. Étienne insistiert: »Sie kommt gleich nieder, sage ich Ihnen!« Er fleht ihn an, erinnert ihn an seinen hippokratischen Eid, drängt ihn beinahe nach draußen. Sein Gegenüber erwidert ihm vielleicht so etwas wie: »Machen Sie es doch selbst! Schließlich sind wir Kollegen.« Der Ton verschärft sich. Nach langem Palaver lässt der »Kollege« sich schließlich überzeugen, nimmt seine Tasche, geht die Treppe hinunter, drückt sich eiligen Schrittes an den Hauswänden entlang, den Blick nach oben gerichtet, auf Schüsse lauernd, dahinter der aufgeregte Ehemann. Sie liegt im Schlafzimmer, das Fruchtwasser ist schon abgegangen. Die beiden Männer sind geschäftig. Der Arzt des Viertels fühlt sich wohl dabei. Sein Assistent, Chef der Krankenhäuser, sehr viel weniger. Sie stößt einen Schrei aus. Und schenkt auf ihrem Bett, ihrem Floß, ihrem Thron, einem Jungen das Leben.

8

Die Legende ist damit noch nicht zu Ende. Ein paar Tage später, als wieder Ruhe eingekehrt ist, begibt sich der Gesetzlose von gestern zum Rathaus des 7. Arrondissements, um den Neugeborenen zu melden. Der Standesbeamte bittet um das Familienstammbuch, entdeckt die Scheidung, begreift nichts von den Erklärungen. Auch er sträubt sich. Er willigt ein, die Vaterschaft festzustellen, aber trägt im Standesregister ein, das Baby sei »Kind unbekannter Mutter«. Und welche Vornamen möchten Sie ihm geben? Sie waren übereingekommen, es Christian zu nennen, sicher wegen der 1935 von Frank Lloyd gedrehten Schwarz-Weiß-Verfilmung der *Meuterei auf der Bounty*. Meine Großmutter hatte eine Leidenschaft für Clark Gable, der Fletcher Christian spielt, den Anführer der Meuterer. Daher das Plakat von *Vom Winde verweht* gegenüber dem Bett, das neben Scarlett O'Haras Dekolletee einen Rhett Butler mit ebenfalls weit offen stehendem Hemd zeigt. Christian also. Und auch Liberté, fügt der

Vater hinzu, der kaum sein Verlies verlassen hat. Christian-Liberté. Und er? Ist er frei?

9

Die Überlebenden tauchen still und leise wieder auf, an der Ecke des Boulevards Raspail und der Rue de Sèvres. Sie steigen in ihren gestreiften Häftlingsanzügen aus den Bussen, denselben Bussen, in denen sie Monate oder Jahre zuvor in umgekehrter Richtung vom Lager Drancy zu den Viehwaggons im Bahnhof von Bobigny gebracht wurden. Sie schlängeln sich durch die Menge, während um sie herum Hunderte Porträtfotos an ausgestreckten Armen geschwenkt werden, die ihnen aber mit den pausbäckigen Gesichtern, begütigten Mienen, ordentlich geschnittenen Haaren gar nicht ähneln können. Kaum sind sie in der Eingangshalle des *Lutetia*, dem Grand Hotel, das zum Empfangszentrum umgewandelt wurde, werden sie von weißen Kitteln, beigefarbenen Uniformen und Damen mit Hüten geschnappt. Man gibt ihnen zu essen, besprüht sie mit DDT, befragt sie, um mögliche Kollaborateure unter ihnen zu entdecken, Polizistenfragen, die sie wütend machen und auf die sie unbeholfen antworten, man lobt ihren Mut, die Opfer, die sie gebracht haben, ihren Widerstand, aber man spricht nicht von ihnen, dann gibt man ihnen einen Ausweis und, wenn sie laufen können, einen Metrofahrschein zweiter Klasse.

Unter ihnen ist Zina, in viel zu weiten Kleidern, zwischen

Leben und Tod, mit einem gewaltigen Herzen, das wie rasend schlägt, und deren anderen Organe verkümmert sind. Täglich veröffentlichen die Zeitungen die Liste der Heimkehrer. Darunter auch ihr Name. Myriam, ihre Freundin aus dem Medizinstudium, ist da. Sie sucht nach ihr, seit sie den Brief erhalten hat, den Zina geschrieben hat, als sie verhaftet wurde, eine Nachricht, die erst Monate später bei der Adressatin eintraf, wie eine ins Meer geworfene Flaschenpost. Wie hat sie sie erkannt? An ihrem Mona-Lisa-Lächeln, das ich bis zum heutigen Tag in Erinnerung habe? An ihren funkelnden Augen? Ihrer vornehmen Stimme? Alles andere ist weg. Sie umarmt ein Knochenbündel.

Eine Woche lang erzählt Zina ihr, alles. Von ihrer Flucht ins Departement Corrèze, ihrer heimlichen Pflegetätigkeit, von dem Bürgermeister und Arzt, der sie denunziert hat, dem Verhör durch die Gestapo in der Schule, von ihrer Tochter, die sie kurz davor einer Schneiderin im Dorf anvertraut hat, von ihrem Brief, den sie unter ein Pult im Klassenzimmer gesteckt hat und der sehr viel später von einem Unbekannten zur Post gebracht wurde, der Ankunft in Auschwitz, der Rampe mit den beiden Schlangen, der zum unmittelbaren Tod und der anderen, von dem Arzt in seiner Hauptsturmführeruniform, der ihr, als er ihre Rotkreuzarmbinde sieht, mit einer Bewegung seiner Gerte bedeutet, sie solle sich links einreihen, für das *Revier*, die floh- und rattenverseuchte Krankenstation, von den Schornsteinen, die am helllichten Tag orangefarbene Flammen speien, von eben dem Arzt in weißem Seidenkittel und seinen Experimenten, in die Augen injizierte Flüssigkeiten, weil man absurderweise hofft, sie dadurch blau zu färben, Sterilisationen mit Röntgenstrahlen, Zwillinge, die Bluttransfusionen einer anderen Blutgruppe erhalten, vergebliche, in grauenhaften Todeskämpfen endende Versuche, und von den Diagnosen, die sie am Vorabend der Selektionen fälscht, von den Krätzekranken, den Tuberkulosekranken, den Diabetikern, die sie versucht hinauszuwerfen, bevor sie von eben diesem Demiurgen entdeckt werden, und schließlich von ihrer Verlegung in ein *Kommando* junger Frauen, von ihrem Gewaltmarsch im dumpfen Lärm der Kanonen der Befreier, drei Tage, zwei Nächte durch den Schnee, von den wunden Füßen in den Holzschuhen, den Aufsehern, die hinter ihr schießen.

Das alles erzählt sie eine Woche lang, im Schein des Kaminfeuers, vor den Kindern, die so tun, als schliefen sie, im großen, eiskalten Saal von Désertines. Einem Haus, das ebenfalls mit dem Tod verbunden ist. Irène Stora, die Mutter einer anderen engen Freundin von Myriam, die dort monatelang versteckt wurde und sinnlos starb – genau in dem Moment, als sie nichts mehr zu fürchten hatte, während der chaotischen Tage der Befreiung. Ein Missverständnis. Ein Soldat der Wehrmacht, der sich weigerte, sich den Partisanen des Dorfes zu ergeben, aus Angst, exekutiert zu werden. Als Tochter eines bayerischen Antiquitätenhändlers sprach Irène Deutsch. Sie hatte ihre Hilfe angeboten. Ihre beruhigenden Worte hatten den Soldaten überzeugt, die Waffe niederzulegen. Und dann wollte er seine Patronentasche abnehmen. Eine Geste, die die Partisanen missverstanden, hochnervöse junge Männer, erst seit ganz kurzem im Widerstand. Panik. Ein Schusswechsel. Sie, zwischen zwei Feuern, von einer Kugel niedergemäht. Ihr Leichnam ruht auf dem Gemeindefriedhof am Ende des Gartens.

10

Myriam besucht auch ihre Nichte in einer psychiatrischen Klinik in Nantes, wo diese jahrelang bleiben wird. Jeannette ist gerade eingeliefert worden, nachdem man sie mit anderen jungen Frauen auf einem Karren zusammengepfercht hat und sie von mit Patronengürteln behängten Männern durch La Baule gezogen worden ist, ausgebuht und als »Hure«, »Schlampe«, »Verräterin« beschimpft und dann im Rahmen eines großen heidnischen, so fröhlichen wie grausamen Fests öffentlich kahlgeschoren. Sie war als Übersetzerin bei der Kommandantur angestellt und hatte sich in einen jungen Offizier verliebt. Horizontale Kollaboration. Sie, die Tochter des Architekten, Erbauer des Verstecks und sicherlich auch einiger Bunker. Kahlgeschoren, mit Beschimpfungen überschüttet, mit Abfällen beworfen, vor der ganzen fröhlichen Stadt zur Schau gestellt und zum Schafott geführt, die Schere statt der Guillotine. Auf Knien vor ihrem Peiniger, während die Haare unter Anzüglichkeiten in dicken Strähnen herunterfielen, den Schädel bloßgelegt. Seitdem hat sie das Gesicht eines gehetzten Tieres, sie isst nicht mehr. Sie ist so mager, dass man Angst bekommt, und so bleibt sie bis ans Ende ihres Lebens.

11

Der Name Boltanski erscheint, in verschiedenen Schreibweisen, mit einem »a« anstelle des »o« oder einem »y«, das sich in der zweiten Silbe einnistet oder als Endung dient, 177-mal in der Datenbank der Gedenkstätte Yad Vashem in Israel. 177 Opfer des Holocaust, vor allem aus der Ukraine, aber auch aus Russland und Rumänien, tragen diesen Namen. Männer, Frauen, Kinder jeden Alters. Von ihnen wurden 111 ermordet. Das Schicksal der 66 anderen ist nicht ausdrücklich nachgewiesen. Wenn man nur die aus Odessa Gebürtigen oder dort Ansässigen berücksichtigt, erhält man 26 Angaben. Die von Angehörigen erstellten Zeugenberichte ermöglichen es, ihren Lebensweg, ihre Verwandtschaftsbeziehungen, Ort und Datum ihres Todes zu rekonstruieren. Fast alle wurden 1941 im Ghetto getötet, das man in Odessa eingerichtet hatte, wahrscheinlich bei den Massakern, die als Vergeltung für das Attentat vom 22. Oktober desselben Jahres gegen das Hauptquartier der rumänischen Streitkräfte begangen wurden.

Joseph oder Yosef Boltyansky erlebte ein anderes Schicksal. Geboren in Odessa 1895, ein Jahr vor meinem Großvater, war er nach Deutschland ausgewandert. Er lebte in Mannheim, nicht weit von der französischen Grenze. Auf seiner im Juli 1973 von seiner Tochter, Khana Rand, ausgefüllten Karteikarte findet sich eine handgeschriebene Bemerkung: »Gurs – Rivesaltes – Drancy France«. Das Feld direkt darunter präzisiert: »2. August 1942 Auschwitz. Krematorium.«

Den Rest kann man sich denken. Hitlers Machtergreifung, die Nürnberger Rassengesetze, die Flucht, solange noch Zeit ist, wahrscheinlich nach Paris, der Krieg, der ihn einholt, das Land des Asyls, das zur Falle wird. Mit Beginn der Kampfhandlungen 1939 als Staatsangehöriger des Reichs, eines kriegführenden Landes, interniert, dann beim Anrücken der deutschen Truppen nach Gurs geschafft, in ein Lager am Rande der Pyrenäen. Zwei Jahre danach durch die Vichy-Regierung an die Besatzungsbehörden ausgeliefert, erst nach Drancy, dann sehr bald nach Auschwitz überstellt, vergast, kaum hatte er den Zug verlassen. Vor seiner Vernichtung hat also ein Boltanski, vielleicht ein entfernter Verwandter, die letzten Jahre seines Lebens in Frankreich verbracht.

12

Die Kette war schon lange unterbrochen. Er versuchte nicht, das Schicksal derer herauszufinden, die im Osten weiterhin seinen Namen trugen. Als er aus seinem Versteck heraus kam, tat er, was man von ihm erwartete. Er kehrte in die Gesellschaft zurück. Er begann, wieder sein früheres Leben zu leben, als sei nichts gewesen, ohne Klagen, ohne Rachsucht, ohne von irgendjemandem etwas zu fordern. Er nahm seine Arbeit wieder auf und traf seine Kollegen wieder. Den Chefarzt, der seinen Platz eingenommen hatte, den Assistenzarzt, der sich darüber gefreut hatte zu sehen, dass er den Judenstern tragen musste, den Klinikchef, der für seinen

Ausschluss verantwortlich war. All jene geschätzten Leute, die gehofft hatten, ihn nicht mehr wiederzusehen. Er machte ihnen keinerlei Vorwurf. Er begnügte sich damit, ihnen außerhalb des Krankenhauses aus dem Weg zu gehen. Unter seinesgleichen pflegte er nur zu den Parias Kontakt.

Er setzte seine Karriere fort, sammelte Ämter und Ehrungen, war Mitglied unzähliger Kommissionen, aber jede einzelne Aktivität verlangte ihm eine gewaltige Anstrengung ab. Die Außenwelt erdrückte ihn. Er funktionierte nicht mehr. Er konnte den freien Raum nicht mehr ertragen. Auf der Straße überkam ihn Schwindel. Er konnte nicht mehr ohne Führer das Haus verlassen, ein bisschen wie jemand, der all seine Bezugspunkte verloren hat. Er fürchtete die Leere, fürchtete Öffnungen, Fenster, weit offen stehende Türen, Treppenhäuser. Er zog geschlossene Räume vor.

Er vermisste sein Versteck, das Leid, das ihn geläutert hatte. Er hat es nie mehr verlassen. Überall, wo er war, baute er sein Gefängnis um sich herum. Er errichtete hohe Mauern, zwischen denen er sich aufhielt.

Er war nicht menschenfeindlich. Er empfand keinerlei Verachtung für das Menschengeschlecht. Hass entsprach nicht seiner Natur. Er konnte sogar seinen Feinden gegenüber Anteilnahme empfinden. Jean-Élie erinnert sich, wie er einmal wütend auf einen Mann war, der sich beim Anblick eines Fotos von zerlumpten deutschen Gefangenen auf der Titelseite einer Zeitung freute. »Eine hübsche Halunkenreihe«, lautete die Unterschrift. »Eine Schande, so etwas zu schreiben!«, rief er. »Auch das sind Opfer.«

Aber er lebte in ständiger Angst. Die Außenwelt war für ihn ein Dschungel voller Gefahren. Wohin gehen? Was tun, es sei denn, sich von den anderen abzusondern? In jedem seiner Mitmenschen sah er einen potentiellen Mörder. Zwei Weltkriege hatten ihn davon überzeugt: Jeder kann von heute auf morgen zum Mörder werden, wenn die Umstände es ihm erlauben und, eher noch, wenn sie ihn ermutigen, eine solche Tat zu begehen. Alles hängt vom Bezugsrahmen ab, wie die Fachleute für Sozialpsychologie sagen. Er war halbwegs übergeschnappt. Oder vielleicht halbwegs hellsichtig.

13

Am 12. Juli 1945 heirateten sie zum zweiten Mal. Keine Feier. Eine einfache Verwaltungsformalität, vollzogen fast ein Jahr nach seinem Wiederauftauchen. Bevor er das Aufgebot bestellte, wollte er der deutschen Niederlage sicher sein. Und sie hatte es nicht eilig. Halb ernst, halb im Scherz sagte sie immer wieder, sie habe gezögert, ihre Situation durch eine Eheschließung zu legalisieren. Ihre wilde Ehe mit ihrem Exehemann gefiel ihr. Die Besatzungszeit und deren Arrangements hatten den Bruch mit ihrem Milieu beschleunigt. Sie fühlte sich den bürgerlichen Normen, deren Verlogenheit der Krieg gezeigt hatte, nicht mehr verpflichtet.

Sie ging aus dieser Prüfung zugleich ängstlicher und kühner hervor. Auch unabhängiger. Obwohl sie nie zu einer Widerstandsbewegung gehörte, hatte sie auf ihre Weise gekämpft. Sie hatte sich den Polizisten widersetzt, das Leben ihres Mannes gerettet, den Storas in Désertines eine Zuflucht geboten und auf Bitte der Concierge auch mehrere Monate lang einen jungen Mann, der sich der Zwangsverpflichtung zum Arbeitseinsatz in Deutschland entziehen wollte, in einem Hausmädchenzimmer im 5. Stock versteckt.

14

Während der Besatzungszeit hatte sie zu schreiben begonnen, um ihre Angst zu überwinden und etwas gegen die Langeweile zu tun. Als wieder Frieden eingekehrt war, nahm sie ihre verstreuten Blätter wieder auf und verfasste heitere Sketche. Geschichtchen von schalkhaften Jungs, ihren Jungs, und mittendrin sie als Bienenkönigin. Ein getreues Selbstporträt. Man erkennt sie darin. Zugleich kleinmädchenhaft, verlogen, liebevoll, besitzergreifend, strenge Mutter, rebellischer Anführer, professionelle Aufwieglerin. Poetische Texte von Liebe und Aufstand. Sie gab sie ihrem Freund Adolphe Nuchi zu lesen, dem Verleger von *Osmose*, der sie in einem seiner schmalen Bändchen veröffentlichte. Er ermutigte sie, weiterzumachen.

Celle que j'étais hier erschien 1955 beim Verlag Plon mit einem Vorwort von Georges Duhamel. Ihr erster Roman erzählt von der Polio, dem eigenen Körper, der ihr nicht mehr gehört, der Eiseskälte, die sie umhüllt, ihrem ersten Tod. Und er erzählt von ihrem anderen Krieg, der gerade zu Ende ging, von ihrem Geliebten, den sie Michel Barsky nennt und der nicht unter dem Fußboden, sondern in ihrem Badezimmer versteckt ist, von ihr, die wieder auflebt und zum ersten Mal Herrin über ihr Schicksal ist, Heldin und nicht mehr nur Opfer. In der Folge veröffentlichte sie drei weitere, ebenfalls autobiographische Werke, drei Rufe, die ihre Adoption, den Rassismus ihrer Familie, den Auszug ihres Sohns aus dem von ihr geschaffenen Kokon anprangern, ein unverständliches Scheitern, das sie als Verrat erlebte.

In den sechziger Jahren machte sie sich daran, »Wirklichkeitsberichte« über Ausgeschlossene zu schreiben, über Vergessene wie sie. Über junge, sich selbst überlassene Behinderte, spanische Hausmädchen, Zeugen des Privatlebens ihrer Arbeitgeber und zugleich unsichtbar, Überlebende des Holocaust, die angesichts einer noch an Gedächtnisschwund leidenden Gesellschaft in ihrem Schweigen eingeschlossen sind, Einwanderer aus dem Senegal oder aus Algerien, aufgebrochen, einer Fata Morgana zu folgen, und deren Nachkommenschaft auf französischem Boden geboren wird, »Kinder nicht mehr von dort, noch nicht ganz von hier«. Sie zeichnete deren Aussagen auf, gab sie unverändert wieder, ohne stilistische Effekte, ganz einer Literatur entsprechend, die den Tod des Autors verkündete. Diesen der Realität entrissenen Tonbrocken fügte sie ihr inneres Tonband hinzu, ihre eigene prägnante, musikalische Stimme.

Nachdem sie *Kaltblütig* gelesen hatte, das Ermittlungsbuch von Truman Capote über zwei junge Mörder aus Kansas, erteilte sie Samia das Wort, einer hilflosen Maghrebinerin aus einer Siedlung in Vierzon, die von ihrem Vater geschlagen wurde, von zu Hause fortlief und wegen des Mordes an einem Autofahrer, der sie als Anhalterin mitnahm, zu achtzehn Jahren verurteilt und von der Presse die »Teufelstramperin von der N6« genannt wurde. Sie rekonstruierte Samias blutige Flucht und versuchte, deren vorsätzliche Tat als das Spiel eines Kindes zu sehen, das Samia zusammen mit einem ebenso verlorenen Mädchen und zwei unterwegs in einem Supermarkt gekauften Küchenmessern begangen hatte. Bei ihrer ersten Begegnung im Gefängnis von Fresnes hatte meine Großmutter den Rollstuhl akzeptieren müssen, den die Wärter vor sie hinstellten. Samia erwartete sie, mit ihrem unbeweglichen Körper, in einem Stuhl wie ihrem. Ein paar Monate zuvor hatte sie das Fenster der Krankenstation geöffnet und sich hinausgestürzt. Durchtrenntes Rückenmark. Lebenslänglich behindert. Sie waren Freundinnen geworden.

Schließlich wandte sie sich den Alten zu, einer weiteren vernachlässigten Gruppe in einem Frankreich, das noch kein allgemeines Rentensystem hatte. In ihrem Essay »L'Âge scandaleux« fordert sie die Alten auf, ihr Pflegeheim zu beschreiben, die Schlafsäle mit vierzig Betten, die Nächte voller Geschrei, das Abgeschobensein, die Einsamkeit nach dem Tod des Partners, die Mansarde ohne fließendes Wasser, die sechs Stockwerke, die sie nicht mehr hinaufsteigen können. Sie versucht auch herauszufinden, wie Kinder die Alten sehen, und verteilt einen Fragebogen in Pariser Schulen. Was denkt ihr über alte Menschen? Antwort: Sie sind dreckig, griesgrämig, cholerisch, zu nichts nutze, wenn sie nicht da wären, gäbe es mehr Platz auf der Welt, man muss sie beiseiteschaffen, in Einrichtungen oder spezielle Dörfer, oder sie ins Grab befördern, ihnen den Tod sanfter machen. Grobe Worte, aufgeschnappt an den beiden Enden des Lebens, die sie mit traurigem Humor mischt.

Der »Lebensabend« regt sie zu ihren unbarmherzigsten Texten an. Das ist ihr letzter Kampf. Sie will nicht jenen »grotesken Frauen« ähneln, die »keine Frauen sind, sondern ungeheuerliche, entstellte Kopien, die nur noch nachahmen, was sie einmal waren«, schreibt sie empört. »Die Straßen sind voll von Menschen, die bereits nicht mehr richtig da sind, aber ich, ich kann meine Zerstörung nicht hinnehmen.« Alt sein, schreibt sie weiter, heißt nicht mehr leben, sondern auf das Unerbittliche warten. Und sie nennt sie die »toten Lebenden«, »tot für die Liebe, für Abenteuer, Hoffnung, Pläne, Erfindungen, für alles, was sich bewegt«. Damals arbeitete sie bei *Mathusalem* mit, der »Zeitung, die keine Angst vor den Alten« hat, einem feministischen, gerontophilen Magazin, gegründet von Dominique Le Vaguerèse im Dunstkreis von *Hara-Kiri* und der Antipsychiatrie. Die zweite, 1976 erschienene Ausgabe zeigte eine Zeichnung von Copi, eine Alte, die mit ihrem Stock vor einem Grabstein sitzt und sagt: »Was hab ich Lust zu sterben, verdammt!«

15

Während dieser Zeit wäre er beinahe draufgegangen, ohne dass ich es erfuhr. Woran? Ich weiß es nicht. Etwas mit dem Blut oder ein Herzanfall. Das Ereignis wurde verschwiegen. Ich erfuhr erst sehr viel später davon. Genau wie das Alter war auch Krankheit nicht erlaubt. Und doch hätte ich seine

Mühe beim Gehen bemerken müssen, die Erschöpfung, den fehlenden Appetit. Eigenartigerweise erinnere ich mich nur daran, wie beflissen Jean-Élie ihm gegenüber plötzlich war. Von da an wich er nicht mehr von seiner Seite. Er stimmte seine Schlafzeiten auf ihn ab, beköstigte ihn, stand ihm bei, diente ihm als Chauffeur, wurde sein Ghostwriter, machte sich daran, seine wissenschaftlichen Werke über Schulmedizin, Legasthenie oder die Wechselwirkung zwischen Psyche und Soma niederzuschreiben.

Er half ihm sogar, in die *Académie nationale de médecine* aufgenommen zu werden. Eine demütigende Prüfung, die meinen Großvater nötigte, die Todesanzeigen im Blick zu haben und alle Hebel in Bewegung zu setzen, sobald der Name eines Mitglieds seiner Fachrichtung dort auftauchte. Jeden Dienstagnachmittag wurde er im Stadthaus der Académie in der Rue Bonaparte vorstellig, um an der öffentlichen Sitzung teilzunehmen, stieg mühsam die Ehrentreppe hinauf, wobei er sich auf seinen ältesten Sohn stützte, und nahm sich dort ein paar Akademiemitglieder vor, die kaum besser bei Kräften waren als er. Bei seiner Rückkehr in den Fiat hatte er nie die richtigen Personen begrüßt und wurde von seiner Frau ausgeschimpft.

Jetzt lag er auf dem zur Sterbestation gewordenen Bett. Halbnackt, die Beine gespreizt. Vor uns, die wir uns alle in dem krankenhausweißen Schlafzimmer versammelt hatten. Jean-Élie rückte das Kopfkissen zurecht, leerte den Urinbeutel, versorgte den braunen Fleck, der immer tiefer wuchs, eine faule Stelle, die er sich auf einer der Intensivstationen eingefangen hatte, wo er gelegen hatte. Er, der Schamhafte, ließ alles mit sich geschehen wie ein Säugling. Schreckliche

Unschicklichkeit, die dem Ende vorausgeht. Er sprach nicht mehr. Sein eingefallener Mund zitterte und nichts drang daraus hervor. Er war bereits anderswo. Sie lag neben ihm, glättete ihm die Brauen, wischte ihm die Stirn ab, setzte seine verwunderten Augen mit ihren Tränen unter Wasser, wisperte ihm Kosenamen zu, tastete ihn ab, um sich zu vergewissern, dass er immer noch da war. Wir bildeten kein Bild à la Greuze. Wir hatten uns nicht an seinem Bett versammelt, um der großen Tragödie des Todes beizuwohnen. Während er geräuschlos im Sterben lag, mussten wir so tun, als sei nichts.

Als er die Rue-de-Grenelle erneut in Richtung einer dieser desinfizierten Welten verließ, in denen er einst regiert hatte, war er nicht mehr bei Bewusstsein. Sie flehte darum, bei ihm bleiben zu können, erklärte, ihre Anwesenheit sei unerlässlich, er könne nicht ohne sie leben. Wäre er allein, würde er aufgeben. Er würde das nicht aushalten. »Wir waren nie getrennt, nie«, rief sie. Sie wollte ihn seinen weißgekleideten Wächtern entziehen, ihn ein letztes Mal in seinem Kerker einschließen, ihn noch ein Mal schützen, sie klammerte sich an seine eiskalte Hand, wetterte gegen »die Halbgötter des Todes« und ihre »sauberen Müllkippen«. Mein Vater drängte, man solle einen Priester kommen lassen. Christian fragte, ob ein Kaddish nicht angemessener wäre.

Von dieser Schlussszene wurden Ariane und ich ferngehalten. Genau wie vom Begräbnis. Zu unserem Besten, sagte man uns. Um uns zu schützen. Ich bin mir nicht sicher, ob es eine richtige Beerdigung gab. Auf jeden Fall keine dieser Choreographien um ein Grab mit Blumensträußen in Zellophan und letzten Ehrbezeigungen. Ich weiß nicht einmal, wo er begraben liegt. Vielleicht in Thiais, einer dieser unermesslichen Gräberstädte im Süden von Paris. Statt von Friedhöfen könnte man fast eher von Massengräbern sprechen, so anonym ist dort der Tod.

Nachdem er gegangen war, betrachtete sie uns als Eindringlinge. Wie konnten wir weiter herumfuchteln, lachen, da sein, wo er nicht mehr war? Wir waren schuldig zu leben. Sie schrie uns zu: »Geht euch amüsieren! Lasst mich verrecken!« Sie weigerte sich aufzustehen. Sie wiederholte, alles sei vorbei, sprach von Selbstmord, bat um Hilfe, ein letztes Mal, ein Medikament, eine Droge, um ihr Leiden abzukürzen. Dann verbarg sie ihre Tränen und nahm ihr Leben von vorher wieder auf oder besser, simulierte es. Sie tat so, als ob.

Abends suchte sie ihn mit Blicken. In dem Bett, in dem sie niedergekommen war, blieb sie wie festgebunden an dem Platz, der immer ihrer gewesen war. Zu ihrer Linken war nur noch Leere. Zu ihrer Rechten sah sie ihren kleinen schwarzen, einsamen Tisch, um den jeder wie um eine Marmorstele herumging, und dahinter, durch die Türöffnung, die zu dem in Dunkelheit getauchten Zwischen-Raum führte, die Umrisse der Falltür. »Ich erhoffe mir, dass er immer noch versteckt ist«, schrieb sie in *Réanimensonge*, ihrem letzten Buch. Als sie aufhörte, auf seine Rückkehr zu warten, ließ sie das Versteck zerstören. Sie behauptete, sie habe nicht mehr die Kraft, die Treppe hinaufzusteigen. Anstelle des Lochs wurde ein Lastenaufzug eingebaut.

SPEICHER

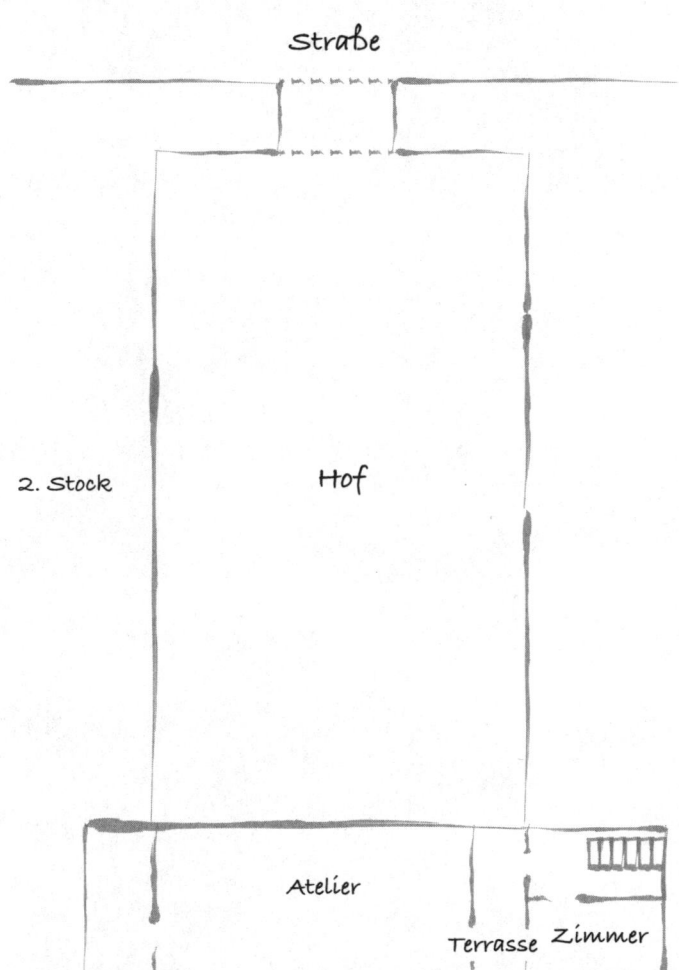

Straße

2. Stock

Hof

Atelier

Terrasse

Zimmer

1

Als ich Christian sah, hockte er gerade auf dem Boden, eine Pfeife im Mund, und knetete Lehm in einer Plastikschüssel. Er walkte ihn durch, bis er einen geschmeidigen Teig erhielt, der weder schlammig noch bröckelig sein durfte, drückte ihn auf den Handteller und vollführte mit der anderen Hand immer schnellere Kreisbewegungen entgegen dem Uhrzeigersinn. Seine fieberhaften, sich wiederholenden Gesten, vergleichbar denen eines Derwischs in Trance, produzierten Tonkügelchen von der Größe einer Murmel. Er war vollständig auf sein Tun konzentriert, als kehre er zu den Ursprüngen der Welt zurück. Er schien das uralte Ritual eines verschwundenen Stammes zu vollziehen oder besser nachzuahmen.

Seine vor ihm aufgereihten Erzeugnisse von unterschiedlicher Größe, vergleichbar kleinen Meteoriten oder Schafskötteln, die mit Fingerspuren übersät und voller Unebenheiten waren, zeugten von einem Scheitern: seiner Unfähigkeit, eine vollkommene Kugel zu erhalten, so als wollte er veranschaulichen, an welchem toten Punkt das Kunstwerk »im Zeitalter seiner technischen Reproduzierbarkeit« angelangt war. Er hatte bereits Tausende davon hergestellt, die er in Vitrinen lagerte und mit einem Etikett versah wie in einem anthropologischen Museum. Seine Bewegungen wurden im Allgemeinen nicht von den Litaneien eines indianischen

Schamanen begleitet, sondern von Jacques Chancels ebenso hypnotischer Stimme aus einem Transistorradio.

Hartnäckig wollte er einer Materie, die Feind jeder Form ist, Form verleihen. Aus Ablehnung dauerhafter Unternehmungen und der »echten Bildhauerei« wählte er vorzugsweise weiche Materialien, lehmige Bestandteile wie Knetmasse, die am Ende aushärteten und schließlich zu Staub zerfielen. Das Plastilin, das seine Papierflugzeuge bedeckte, wurde brüchig. Er führte dann behelfsmäßige Reparaturen durch, gipste die Löcher wieder zu, ganz wie ein Flugzeugingenieur am Krankenbett einer Concorde, die ihre Titanlamellen verliert. Und er stellte aus weißem Würfelzucker geheimnisvolle keilförmige Schriftzeichen her, die ein wenig an die assyrische Schrift erinnerten und unter Einwirkung von Feuchtigkeit ihrerseits zerfielen. Er kämpfte bereits im Vorhinein verlorene Schlachten. Er zerstörte regelmäßig, was er getan hatte, und begann von Neuem. Er mochte die Vorstellung des Scheiterns, der Zerbrechlichkeit des Lebens, der Unmöglichkeit zu retten, was gewesen war.

2

Er lebte in der Horizontalen, dicht über dem Sperrholzboden, der ihm als Arbeitstisch oder Palette diente. Ateliers sind immer hell, lichtdurchflutet, mit ihren Staffeleien und großen Glasflächen dem Himmel zugewandt. Er, unter dem Dach, blickte nach unten. Aufrecht stehen konnte er nur in der

Nähe der Stützbalken des Dachstuhls oder unter einem der beiden schrägen Fenster. An allen anderen Stellen beugte er das Rückgrat, setzte sich auf einen kleinen Schemel, einen einfachen Melkschemel, oder legte sich auf eine Matratze mit gestreiftem Bezug und von fragwürdiger Sauberkeit, die den unteren Teil des Speichers einnahm. Die meiste Zeit über kauerte er, geduckt, wie ein kleines, furchtsames Tier, vor seinem Ölofen, inmitten eines Durcheinanders von speckigen Blättern, Abfällen, angebrochenen Konservendosen, abgeschnittenen Haarlocken, Alufolienrollen, alten Kartons, schmutzigen Untertassen, Zeitungsausschnitten, Klamotten mit dem Geruch des Flohmarkts, auf dem sie erstanden worden waren, und durch die getrocknete Farbe hart gewordenen Pinseln. Sein farbverschmiertes Pandämonium hatte etwas vom Bild der Verzweiflung des Londoner Ateliers von Francis Bacon.

Hier befanden sich auch all seine Schneidewerkzeuge. Seine in weiße Stoffstreifen gewickelten Messer, gleich mittelalterlichen chirurgischen Instrumenten, die mit Draht an der Decke aufgehängt waren und von Zeit zu Zeit herunterfielen. Seine an Stäbchen befestigten Rasierklingen, in absteigender Größe in Schubladen geräumt. Seine Nagelbretter, direkt auf dem Boden, eine Art Fakirbetten, deren Untergrund aus Balsaholz ebenfalls in Krankenhauswäsche eingewickelt war. Seine Gabeln, Nadelkugeln, seine Hellebarden. Überall verstreute Waffen, die jeden Besucher nötigten, sich mit größter Vorsicht zu bewegen. Er deutete an, er brauche nur eine Rolle oder ein Gegengewicht zu betätigen, um eine seiner Fallen auszulösen. Als Kind hatte Anne sich an einem der Objekte aufgespießt. Die Spitze hatte ihr die Wade durchbohrt. Sie erinnert sich noch an einen heftigen Schmerz, dem ein Gefühl des Schwindels folgte, vergleichbar einer Ohnmacht.

Der Ort erschreckte und lockte zugleich, so wie eine Geisterbahn. Wir wussten nicht, ob wir durch ein Elendsquartier, eine Folterkammer oder einen Vergnügungspark liefen. Wir waren aufgefordert, an einem totalen Experiment teilzunehmen, das die Grenze zwischen Kunst und Leben aufhob. Zum Opfer geworden, verwandelte sich der Betrachter in einen Bestandteil des Werks. Am Ende des mit Fallstricken versehenen Parcours entdeckte man ein Holzgehäuse, ausreichend groß, um fünf bis sechs Personen aufzunehmen. Ein Schild blockierte einen Teil des Eingangs. In der Öffnung erkannte man, sobald die Augen sich einmal an die Dunkelheit gewöhnt hatten, eine Puppe von ungeheuerlichen Ausmaßen, gekleidet in einen Baumwollstoff mit Flecken von blutroter Farbe, sie trug die lachende Maske von France Gall. Das Geschöpf war mehrere Wochen lang im Fenster einer kleinen Wohnung im 14. Arrondissement von Paris in der Rue Rémy-Dumoncel ausgestellt worden.

3

Wir lieferten uns eigenartige Duelle mit einem Taschenmesser, das man warf, indem man es an der Spitze hielt. Jedes Mal, wenn es uns gelang, es in den Boden zu rammen, zeichneten wir um seine Achse ein Rechteck von der Größe einer Hand. Jeder rückte so lange auf den anderen zu, bis der gesamte Platz zwischen uns mit Vierecken bedeckt war. Gewinner war, wer das größere Territorium erobert hatte. Eine Variante bestand darin, das Messer in die Nähe des Gegners zu werfen, der dann den Fuß auf die Stelle setzen musste, wo die Klinge sich hineingebohrt hatte. Nach mehreren Runden war man zum Spagat gezwungen. Der Erste, der aufgab oder das Gleichgewicht verlor, wurde für besiegt erklärt.

Christian schien keinen Unterschied zwischen den Momenten zu machen, in denen er sich vergnügte, und jenen zurückgezogeneren, in denen er arbeitete. Er fabrizierte Unmengen von Objekten, die Teil unserer Spiele wurden. Schiffe aus Pappe, Berge aus rauem Leinenstoff und Pappmaché, aus leichtem Holz geschnitzte Gebäude oder Segelflugzeuge. Und doch unterschied er sehr wohl zwischen seiner Welt und meiner. Wie ein Junge, der nicht gern teilt, verfertigte Christian auch Spielsachen, die er für sich behielt. Marionetten, Hampelmänner, kleine Figürchen. Figuren, die gesondert aufbewahrt wurden, mit doppeldeutigem Status, halb Spielzeug, halb Fetisch. Ein zugleich komisches und beunruhigendes Gerümpel. So wie die Weißblechdosen, die an der Wand entlang aufgestapelt waren, und die ich nie zu öffnen gewagt habe. Vielleicht aus Angst, darin etwas über uns zu entdecken.

Ariane, Anne oder ich waren Teil seiner Installationen. Seine Phantasie hatte uns absorbiert. Wir bevölkerten seine Legenden. Er hatte uns in Metallschubladen gesperrt, hinter ein Gitter, klassifiziert wie die Vertreter eines vergessenen Volksstamms, und uns zum Verschwinden gebracht, indem er uns den Blicken aussetzte. Er bediente sich unser als Puzzleteile, um ein Phantombild von sich selbst zu erstellen, das zugleich das von jedermann war. Anne lieh ihm ihr Hochbett für eine Kissenschlacht, meine Schwester ihre Bauklötze, ich mein Gesicht, meine Hände, meine Bewegungen, meine Klamotten. Gestreiftes, kurzärmeliges T-Shirt, dicke Socken, kurze Hosen, Dufflecoat, Pullover mit Schulterverschluss, Turnschuhe. Merkwürdig, in welchem Maße ganz einfache Kleidung die Erinnerung anregen kann. Wenn ich sie öffentlich ausgestellt sehe, jedes Stück in seinem Fach, auf einem Kartonbogen, strömen sofort Bilder auf mich ein. Ich sehe mich meinerseits in der Schule der Rue Hippolyte-Maindron, auf den Schaukeln im Jardin du Luxembourg, wie ich oben auf der Mauer in der Impasse du Moulin-Vert sitze oder durch die Garage des Nachbarhauses renne.

Er versteckte sich hinter uns. Zusammen mit anderen Kindern verkörperte ich seine Jugend. Auf dem Foto bin ich nicht mehr ich, sondern er im Alter von zehn Jahren. Ich trage Shorts und ein Unterhemd, die später ihrerseits zu Museumsstücken werden. Unbekannte, die dieselbe befangene Miene zur Schau tragen, auch sie im Stehen und von vorn fotografiert, mit hängenden Armen, wie auf einer erkennungsdienstlichen Karteikarte, markieren die Jahre davor oder danach. Er hatte uns alle an derselben Stelle posieren lassen, auf den Stufen des Parc Montsouris. Das Buch endet mit einem Bild von ihm »mit zwanzig« in offenem Hemd und Schlaghosen.

Wir tauchten in seinen gefälschten Verzeichnissen, seinen imaginären Autobiographien auf. Die kleine Ariane in der Badewanne, wie sie eine Blume hält, oder auf dem Fußabtreter vor der Küchentür sitzend, während sie Schokoladenbrei isst. Anne, oder eher Françoise, mit einem Haarband, wie sie mit einer Schaufel am Strand von Granville im Sand spielt. Die drei Brüder in den Ferien: Jean-Élie, bereits erwachsen, die Hand in der Hüfte, mein Vater mit einer Fischermütze, Christian, als Heranwachsender, den Blick in die Ferne gerichtet. Die einzigen Fotos, die von unserer Familie noch vorhanden sind, befinden sich in falschen Erinnerungsalben. Sie sind, nach dem Prinzip des gestohlenen Briefs von Edgar Allen Poe, unter anderen Bildern von x-beliebigen Leuten verborgen. Von vermeintlich normalen Leuten, Duponts oder Durands.

4

Durch das häufige Erzählen unserer Geschichte, das Neuverpacken, Lächerlichmachen, durch das Walken, Zerreiben, Vermischen mit anderen Erzählungen sei er nicht mehr in der Lage, das Wahre vom Falschen zu trennen, sagte er. Er begann – und dadurch auch wir –, an jenen Anekdoten zu zweifeln, die er seit Jahren wiederkäute, den Grundlagen unserer Familienmythologie. Sie waren nur mehr die Bestandteile einer offiziellen Biographie, die als weitgehend unecht präsentiert wurde. Als Materialien eines Werks, das unpersönlich sein sollte, die in quasi soziologischer Weise genutzt wurden. Von Subjekten waren wir zu austauschbaren Objekten geworden, Spiegel, die das Bild jedes Beliebigen wiedergaben. Wir, die wir ohne Bindungen, ohne Verästelungen dahintrieben, wir, die wir aufgrund unserer wunderlichen Ursprünge, unserer eigentümlichen Sitten, unserer Weigerung oder unserer Unfähigkeit, irgendeiner bestimmten Gruppe anzugehören, dachten, wir würden uns so sehr von den anderen unterscheiden, dass wir auf uns selbst zurückgezogen lebten, ähnelten am Ende aller Welt.

5

Der Speicher lag neben einer kleinen, abfallenden Terrasse, auf der der Hund seine Bedürfnisse verrichtete. Eine Fenstertür führte zur Haupttreppe und einem schmalen Zimmer, das Jean-Élie damals als Rumpelkammer diente. Nach dem Krieg hatten Repetitoren, Privatlehrer in diesem langgezogenen Raum gewohnt, der vom Rest des Hauses abgesondert war. Ein Engländer, ein Ire und, vor ihnen, kurz ein Franzose, der Lateinlehrer Monsieur Laigle. Im Gegensatz zu den beiden ersten, die sich in Paris zu einem Sprachkurs aufhielten, lebte der dritte hier versteckt.

Die Anwesenheit dieser zahlreichen Hauslehrer ist bezeichnend für eine andere Besonderheit der Rue-de-Grenelle: Die Kinder gingen nicht zur Schule.

6

Jean-Élie wird während des Krieges aus dem Gymnasium genommen. Als Vorsichtsmaßnahme. Angst vor Razzien. Angst auch davor, dass er sich jemandem anvertrauen könnte. Er weiß Bescheid. Womöglich würde er reden. Ein Schwatz in der Pause. Die verfängliche Frage eines Lehrers. Ein Versprecher. Ein Wort zu viel. Er trennt sich nicht mehr von seiner Mutter. Ein Priester des Collège Stanislas kommt ins Haus, um ihm Unterricht zu geben, sowie Monsieur Laigle. Ein ehemaliger Anhänger der SFIO, der Französischen Sektion der Arbeiter-Internationale, Pazifist, Anhänger des Münchner Abkommens, der zu einem Bewunderer des neuen Europa geworden ist. »Man darf nicht vergessen, dass die Nazipartei vor allem eine sozialistische Partei ist«, erklärt er immer wieder gern zwischen zwei Deklinationen. Ein anspruchsvoller Lehrer, der in Jean-Élie das Interesse an humanistischer Bildung, an Sprachen und großen Autoren wie Ovid oder Tacitus weckt.

Ein paar Tage nach Christians Geburt kommt er bleich und mitgenommen in die Rue-de-Grenelle gerannt. Er bricht vor meiner Großmutter zusammen: »Das Befreiungskomitee des Gymnasiums will mich kaltmachen!« Er redet von einem Missverständnis, schwört, er sei unschuldig, fleht sie an, ihm Asyl zu gewähren, nur ein paar Tage, bis der Sturm vorüber ist. Sie willigt ein. Schließlich ist das Versteck frei. Ihr Mann hat es gerade erst verlassen.

Zunächst bringen sie ihn in dem kleinen Zimmer im zweiten Stock unter. Sie behandeln ihn als Gast. Sie teilen die Reste ihrer fast völlig aufgebrauchten Lebensmittelvorräte mit ihm, trotz des Hungers, der an ihnen nagt. Während eines Mittagessens sind sie gerade im Esszimmer um eine Dose Ölsardinen versammelt, als sie im Hof einen Polizisten in Uniform erblicken. Ohne sich abgesprochen zu haben, springen Hausherr und Gast gemeinsam unter den Tisch. Der Polizeibeamte klopft an die Scheiben der Küchentür. Jean-Élie geht öffnen. Der Mann klagt über Bauchschmerzen. Er bittet um eine Untersuchung: »Man hat mir gesagt, hier gebe es einen Arzt.«

Nach zwei Wochen dankt ihnen Monsieur Laigle und zieht aus. Sie hören nichts mehr von ihm.

7

Im Oktober 1944 kehrte Jean-Élie nach vier Jahren Abwesenheit ins Lycée Louis-le-Grand zurück. Im Jahr darauf machte er Abitur.

Als wieder Frieden herrschte, besuchte Luc die Schule ebenso unregelmäßig. Mehrere Monate des Jahres ging er nicht zum Unterricht, manchmal ein ganzes Trimester lang, im Allgemeinen das zweite, von Dezember bis Februar. Wenn er den Unterricht wundersamerweise besuchte, warfen seine Lehrer ihm vor, abwesend zu sein. Sie fragten sich, ob er nicht an einer Form von Kretinismus litt. Erst im Alter von 15 Jahren stellte man seine Schwerhörigkeit fest.

Christian weigerte sich, in die Schule zu gehen. Auf dem Weg dorthin klammerte er sich an die Straßenlaternen und brüllte, als schleife man ihn zum Schlachthof. Nach einer periodisch unterbrochenen und chaotischen Grundschulzeit in verschiedenen katholischen Einrichtungen des Viertels, wo er als »kleiner Rabbiner« beschimpft wurde, nahm man ihn mit etwa zehn Jahren ein für alle Mal aus der Schule. Bei dem einen wie dem anderen führte ihre Mutter gesundheitliche Schwierigkeiten an und wedelte mit Gefälligkeitsattesten, die ihr Mann ausgestellt hatte, der die Jungen zum Lernen mehr oder weniger untauglich erklärte.

Sie verabscheute alles, was sie an ihre Kindheit erinnerte, inklusive Lehrkörper. Erinnerungen an In-der-Ecke-Stehen und an Schläge mit dem Lineal, bei denen ihre Grundschullehrerinnen mit ihrer Patin verschmolzen. Sie hasste die »diplomierten Folterknechte«, wie sie sie nannte, und fand Lehrpläne, Regeln, Stundenpläne schrecklich. Sie misstraute dem Staat und seinen Vertretern. Vor allem widersetzte sie sich einer Institution, die ihre Söhne der eigenen Autorität entzog und – schlimmer noch –, sie von ihr entfernte. Die Schulzeit war ihr schlimmster Feind.

Sie verwandelte sich in eine Grundschullehrerin. Sie schloss die Ihren in ihren Tresorraum ein und brachte ihnen das Einmaleins bei, indem sie sie zwickte, sobald sie einen Fehler begingen. Mit gezücktem Orthographiebuch zog sie gegen deren schwache Rechtschreibung zu Felde. Sie ließ sie lange Listen mit Ausnahmen aufsagen, so wie man den Rosenkranz betet. Mit der Zeit machte sie das zu ihrem Beruf. Sie wurde Logopädin. Sie behandelte vor allem Kinder, die stotterten oder unter Legasthenie litten. Ich war einer ihrer gewissenhaftesten Patienten. Jahrelang setzte ich mich jeden Mittwochnachmittag neben sie an Großpapas kleinen Tisch vor einer Tafel auf einem Dreifuß. Ich griff in der Rinne des vorspringenden Gestells nach einem Stück weißer Kreide und schrieb nach ihrem Diktat mit zögernder Hand Wörter, die als Fallen gedacht waren, in die ich unverzüglich hineintappte.

8

Die drei Brüder lebten völlig isoliert. Sie hatten keine Freunde. Sie blieben nie lang genug auf einer Schule, um Beziehungen zu knüpfen, und zögerten, einen Fremden mit in ihr Refugium zu bringen.

Sich selbst überlassen gaben sie sich Gesetze, einen Präsidenten, ein Parlament. Ihre Republik war schwach. Der Kleinste spielte den Putschisten. Er zettelte Staatsstreiche an, eroberte Territorien, herrschte über Reihen von Tischen und Stühlen. Der mittlere Junge verkörperte den Revolutionär. Er errichtete Barrikaden und sorgte für permanente Aufruhrstimmung. Ihr großer Bruder diente als Schiedsrichter. Er verkörperte das Oberhaus, handelte Friedensschlüsse aus, die nie von Dauer waren, achtete auf den ordnungsgemäßen Ablauf der Wahlen, sprach am Ende öffentlicher Gerichtsverfahren entschlossen Recht. Das Gefängnis befand sich in der Toilette. Eine Kindersperre, die ziehharmonikaartig gefaltet in einer Türöffnung befestigt war, diente als Guillotine.

Luc hielt alle möglichen Tiere. Kaninchen, Schildkröte, Katze, Hund. Vor allem Tauben. Nicht die grauen, dreckigen von der Straße, sondern ihre vornehmeren Kusinen: Diamanttauben, Pfautauben mit fächerförmigen Schwanzfedern, weinrote Halsringtauben mit grauem Kopf und rötlich schillerndem Kleid. Nur Paare, mit Ausnahme von einem Kapuzinertäuberich, die den lieben langen Tag gurrten und dabei unaufhörlich mit dem Kopf wackelten. Damit sie sich bewegen konnten, verwandelte er die Terrasse in eine Voliere. Er überdeckte den einzigen im Freien befindlichen Teil des Hauses mit einem Maschendraht. In ihrem vergitterten Terrain lebten die Vögel mit den anderen Tieren zusammen. Nicht ohne Dramen. Kamen Federn in Reichweite der Schneidezähne des Kaninchens, biss es zu. Eines Tages zerrte es eine weinrote Halsringtaube in seinen Bau und erstickte sie. Wenn im Winter große Kälte herrschte, brachte Luc die Farm der Tiere in sein Zimmer. Der Schrank mit seinen sieben Vögeln war weiß vor Mist. Der Gestank beeinträchtigte sein Wohlbefinden so wenig wie das Gepiepse.

9

Obwohl Christian-Liberté den Vornamen eines freigelassenen Sklaven trug, verließ er seine Familie nie. Er konnte Stunden mit Nichtstun verbringen, ohne den Mund aufzumachen. Um ihn zu beschäftigen, nahm Jean-Élie ihn überall mit hin. Das Kind begleitete ihn an die Sorbonne, blieb brav im Hörsaal sitzen und wartete das Ende der Vorlesung ab. Zu Hause sah es mit seiner Großmutter fern, spielte auf dem Boden mit seinen Zinnsoldaten und erfand Geschichten für sich. Das Versteck, jenes dunkle, schmutzige Loch, in das er nicht steigen durfte, ließ ihn nicht los. In seinen Augen war es der Beweis dafür, dass die Rue-de-Grenelle Schrecken oder Wunder verbarg. Auf der Suche nach Schätzen durchbohrte er die Wände. In seinem Käfig war ihm nichts verboten. Alles war möglich, außer anderswo zu sein.

Leistet Eingeschlossensein der Kreativität Vorschub? Entwickelt sich die Phantasie leichter, sobald sie nicht mit der Wirklichkeit konfrontiert wird? Mit dreizehn Jahren hauchte der Jüngste mittels Knetmasse bereits irgendeinem Golem Leben ein, als der Zweitgeborene ihm erklärte: »Das ist hübsch, was du da machst.« Er sah die unförmige Sache, die er in den Händen hielt, jetzt mit anderem Blick und wechselte vom Modellbau in den Modus der Malkunst. Er begann, immer größere Gemälde auf Sperrholz zu malen. Während er Massaker an Unschuldigen und brennende Städte malte, unterrichtete ihn der Ältere in Geschichte oder Englisch. Am Ende erwarb er sich das Wissen eines Griots.

Auf gut Glück meldete er sich zum ersten Teil des Abiturs, den mündlichen Prüfungen. Seine Eltern hegten kaum Hoffnung auf irgendwelche Erfolge. Am Abend vor Bekanntgabe der Ergebnisse hörten sie zu ihrer Überraschung die Stimme von Monsieur Laigle am Telefon. Der Lateinlehrer hatte seit der Befreiung kein Lebenszeichen mehr von sich gegeben. »Ihr Sohn hat seine Prüfung bestanden«, verkündete er ihnen, dann legte er auf. Er gehörte der Prüfungskommission an. Vielleicht war er deren Vorsitzender. Christian, der nie das Schriftliche absolviert hat, ist davon überzeugt, dass er sein Halbdiplom dem Wohlwollen eines ehemaligen Kollaborateurs verdankt.

Von Christians Begeisterung für die Malerei neugierig geworden, aber unfähig, deren Wert zu beurteilen, schickte sein Vater ihn zu André Breton. Der ehemalige Mitschüler vom Lycée Chaptal empfing den Heranwachsenden bei sich in seinem Atelier am Boulevard de Clichy inmitten seiner Masken und Fetische. Er erklärte ihm: »Sie machen einen sehr netten Eindruck. Werden Sie nicht Künstler. Die sind alle böse. Das ist ein übles Milieu.«

10

Luc war der Erste, der aus dem Bannkreis um das Erlöserinnenbett hinaustrat. Mit etwa fünfzehn Jahren verlangte er, das obere Zimmer zu bekommen. Eine unerhörte Forderung. Den Bunker zu verlassen, in den die Seinen sich jeden Abend zurückzogen, kam einer Unabhängigkeitserklärung gleich. Einer Fahrt ins Blaue. Er ging in ein Exil außerhalb der Stadtmauern. Er zog an einen Ort, an den seine Mutter nie gehen würde, zu dem sie praktisch keinen Zugang hatte, es sei denn, sie unternähme einen riskanten Aufstieg, bei dem sie sich an eine alte, von Metallringen gehaltene Kordel klammern musste, die als Geländer entlang der Treppe schaukelte. In den zweiten Stock zu ziehen war wie mit einem Fuß draußen zu sein.

Dickköpfig, lebhaft, von unruhigem Charakter, strebte er nach einem monadischen und individuellen Raum. In seinem Adlerhorst begann er, Freunde zu empfangen. Als er zum ersten Mal ein Mädchen einlud, stellte seine Mutter sich unten an die Treppe und rief mit tiefer, spöttischer Stimme, der Stimme einer in eine alte Dame verwandelten Wölfin: »Das riecht nach Frischfleisch!« Die Wirkung war garantiert: Es verging lange Zeit, bevor Luc es erneut wagte, eine Person des anderen Geschlechts zu empfangen.

Er begann, allein durch die Straßen zu gehen. Er besuchte Cafés im Quartier Latin, die ihm am anderen Ende der Welt zu liegen schienen. Er gab sein Einsiedlerleben auf und fand eine Gruppe. Seine Gruppe. Philippe, Guy, Alain, Jean-Jacques, Monique. Er versammelte sie in einem Hinterzimmer um ein matrizenvervielfältigtes kleines Heft. Ein Heft mit Gedichten, das er höchst passenderweise *Sortie de Secours,* Notausgang, betitelt hatte. Jedes Exemplar enthielt einen Zettel für ein normales Abonnement (600 Franc) oder ein Unterstützer-Abo (1000 Franc), zurückzuschicken an seine Adresse, Rue de Grenelle – Paris 7.

Seit seiner Jugend widmete er seine Zeit dem Lesen und Schreiben von Gedichten. Der ängstlichen Kindheit abgerungene Verse, rhythmisch wie Abzählreime, die von Gewehren, Versehrten und von einem kleinen jüdischen Waisenjungen handelten.

11

Den Papa hab'n sie verbrannt
Der Mama den Bauch geschlitzt
Noch immer liegt ihr Leichnam dort
Dort beim Henker, dort beim Rad
Dort beim Ofen, bei der Klinge
bei den Nägeln und im Schlamm
Lunge, Wunden, und die Wang'

Aus ihren Ringen haben sie
goldene Zähne gemacht
Damit fette weiße Mädchen
Würste essen können

Aus ihrem Blut machten sie Dünger
Damit viele brave Leute
Bier trinken beim Oktoberfest

Der jüdischen Waise schmerzt ihr Gesicht
Die jüdische Waise hat zu viel gesehn

Der Bäcker war einer der Henker
Der Busschaffner einer der Schöffen
Der Wärter im Park hielt die Schalmei
Und die Fleischerin hat schallend gelacht
Vor meiner zerrissenen Mama

Das Lächeln, das Lächeln
War zwei Minuten vorm Sterben!

Aus ihrem Fett machten sie Seife
Aus ihrem Blut machten sie Dünger
Sie vergaßen die jüdische Waise
Die hasst und hasst sie noch immer

12

Als ich nach dem Tod meiner Mutter deren Wohnung auf-
löste, stieß ich auf eine stockfleckige Ausgabe von *Sortie de
Secours*. In der Wohnung in der ersten Etage eines hauss-
mannschen Gebäudes in der Rue Philibert-Lucot war bereits
das Unterste zuoberst gekehrt, wie bei einem Einbruch. Nach
Grab riechende Zimmer. Leere Möbel, die im Weg standen
und auf einen Abnehmer warteten. Hastig in Müllsäcke ge-
stopfte Kleidung, die der Emmaus-Gemeinschaft als Spende
versprochen war. Das Heft lag in einem Mahagoniholzregal,
dessen Inhalt der Razzia durch einen Buchhändler am selben
Vormittag entgangen war. Neben dem Abonnementzettel la-
gen darin zwei zusammengefaltete Flugblätter, im Lauf der
Zeit vergilbt, ein halbes Jahrhundert lang aufbewahrt, wie
Liebesbriefe.

Das erste – mit der Überschrift: »Soldat: Wo sind deine
Feinde?« – rief die in Algerien dienenden Wehrpflichtigen
zur Befehlsverweigerung auf.

```
Im Namen Deiner Pflicht als Franzose und freier
Mann:
– Weigere Dich, an organisierten Massakern
   teilzunehmen, an Machtmissbrauch, an Folte-
   rungen von algerischen Widerstandskämpfern.
– Respektiere die Gefangenen oder die festge-
   nommenen »Verdächtigen« und behandle sie, wie
   Du behandelt werden möchtest! Sie haben das
```

```
Recht, zu leben, zu essen und zu trinken,
anstatt geschlagen, gefoltert oder getötet
zu werden.
— Widersetze Dich dem Aufkommen faschistischer
Elemente in der Armee und der Mörderrolle,
die man Dich zu spielen zwingt. Solange Du
das tust, werden die Soldaten der nationalen
Befreiungsarmee gezwungen sein, ihr Land aus
dem Hinterhalt zu befreien.
— Kämpfe hier für Deine Befreiung und die von
Algerien!!!
— Wir werden Dich unterstützen!
```

Der Text berief sich auf »eine Gruppe junger Franzosen«, zu denen Wehrdienstverweigerer und Deserteure gehörten. An den Rand des Blatts hatte jemand – war es meine Mutter? – eine Art Fußnote geschrieben, zusammenhanglos, außer vielleicht als rückblickendes Urteil über diese Episode ihrer Jugend: »Unterwürfigkeit Ungeschick oder Starrsinn …«

Das zweite Kommuniqué war nicht zur Veröffentlichung bestimmt. Es empfahl »geduldige Arbeit der Agitation und Provokation«, um in der französischen Öffentlichkeit »eine gewisse Form von Psychose oder Ärgernis« hervorzurufen. Um ein solches Ziel zu erreichen, riet der Verfasser, den Kreis der Verschwörer zu erweitern:

```
Wir müssen so viele Personen wie möglich in
unseren geheimen Kampf einbinden, vor allem
Leute, an die man direkt Material weitergeben
kann. Sie gehen kein Risiko ein, denn sie tun
```

nur das. Jeder soll eine Kartei seiner Freunde
anlegen, die möglicherweise interessiert sein
könnten.

Flugblattverteiler, Hausierer, Plakatekleber sollten Orte ausfindig machen, die der Zielgruppe entsprachen – »Hörsäle,
Schülerheime, Studentenwohnheime, Schulen, Kinos, Men-
sen« –, 23 Uhr abwarten, bevor sie Flugblätter anklebten
oder Graffiti auf die Wände malten, vermeiden, in der Nähe
der eigenen Wohnung zu sprühen, alles mit Maschine
schreiben, einschließlich der Adresse auf der Rückseite der
Umschläge. Ein Führer für den perfekten Propagandisten.

Und vor allem uns regelmäßig Bericht über die
Einzelheiten all dieser Aktivitäten zukommen
lassen. Das verbreitete Material beziffern; und
jeder soll uns genau über die verschiedenen Orte
Auskunft geben, wo er was in Umlauf gebracht
hat ... Auf dem Bericht Pseudonyme verwenden.
   Danke und brüderliche Grüße,
   Christophe

Wer war Christophe? Mit Sicherheit ein Deckname. Iden-
tische Schrifttype und Papierqualität, gleiche Art der Gestal-
tung und gleicher Stil. Alles deutete darauf hin, dass die
beiden Briefe derselben Quelle entsprangen, die auf dem in-
ternen Rundschreiben prangte: »MAF, Mouvement anticolo-
nialiste français, Gruppe Dimitrov«.

13

Sie haben das Geheimnis um ihr Engagement immer bewahrt, als hätten sie es nie vollständig beendet oder als fürchteten sie noch jetzt juristische Folgen, trotz der wiederholten Amnestien. »Wir waren Unterstützer«, ist alles, was mein Vater sagt. Er behauptet, seine Rolle habe sich darauf beschränkt, nach dem weiter oben beschriebenen Modus Operandi die Schriften der Bewegung zu verteilen. »Deine Mutter war sehr viel aktiver als ich«, wiederholt er, ohne genauer zu werden. Sie waren sich bei einem Treffen der Gruppe Dimitrov begegnet, das in einer Kneipe der Rue de l'École-de-Médecine stattfand, *La Fourchette*, inzwischen umbenannt in *Bistrot 1*. Innerhalb der Gruppe trug jeder einen falschen Vornamen. Sie ließ sich Sophie nennen, seinen kenne ich nicht. Sie fuhr manchmal nach Brüssel. Transportierte sie Nachrichten? Geld? Das kleine Einzimmerapartment unter dem Dach, das sie in der Rue de l'Abbé-Groult im 15. Arrondissement bewohnte, diente als Briefkasten und Zufluchtsort für algerische Genossen.

Sie beherbergte einen Genossen namens »Mustapha Le Noir«. Später erfuhr sie, dass er der Anführer des französischen Verbands des FLN war, der algerischen Nationalen Befreiungsfront. Der Mann wurde nicht bei ihr, sondern in einer anderen Bleibe festgenommen, in der Impasse des Deux-Anges in Saint-Germain-des-Prés. Bei einer Maßnahme in der Nacht vom 9. auf den 10. November 1961 verhafteten die Beamten der DST, des Inlandsnachrichtendienstes, etwa dreißig Aktivisten. Es handelte sich praktisch um die komplette FLN-Führung in Frankreich sowie etwa fünfzehn Franzosen. Am nächsten Tag kehrten meine Eltern in die Rue de l'Abbé-Groult zurück, um alle Dokumente zu verbrennen, die sich dort befanden, und in der Überzeugung, sie hätten bereits die Polizei auf den Fersen, suchten sie einen Ort, an dem sie sich verstecken konnten.

Luc dachte an den Zwischen-Raum. Das Loch mochte zwar zu klein für ein Paar sein, aber sicherheitshalber ließ er es saubermachen. Er dachte nicht ernsthaft daran, zwei Schritte vom mütterlichen Bett Zuflucht zu finden. Schon gar nicht mit einer Frau mit ganz frischem Fleisch. Alice Nuchi, die große Freundin der Familie, bot an, sie zu verstecken. Zwei Monate lang verkrochen sie sich in einem Verschlag in der Rue de la Folie-Méricourt, den sie nicht nutzte. Im darauffolgenden Sommer kam ich zur Welt. Wenn meine Berechnungen stimmen, wurde ich also – im Jargon von Widerstandskämpfern oder Kriminellen – »im Untergrund« gezeugt.

14

Ich sterbe als Letzter. Zumindest kann man das annehmen. In der letzten Einstellung bin ich halb ausgezogen, starre ins Leere und esse dabei von der Wand gerissene geblümte Tapetenfetzen. Über eine Wiege ist ein Laken geworfen und bedeckt etwas, was man für den Leichnam meiner kleinen Schwester hält. Ich bin von nun an allein in der Wohnung.

Unsere Mutter ist nicht mehr da. Man versteht, dass sie ihrerseits dahingerafft wurde. Zu keinem Zeitpunkt wird erklärt, warum sie beschlossen hat, sich zu Hause zu verbarrikadieren und mit ihren beiden Kindern zu verhungern.

Am Anfang scheint alles normal. Sie tut, als erwarte sie mich mit der kaum zwei Jahre alten Ariane vor der Schule. Es ist warm. Es geht auf den Sommer zu. Ich mische mich unter die Schüler, die zwei und zwei den Hof verlassen. Wegen der Kamera starren sie mich an. Ich erröte, als ich sie hinter meinem Rücken flüstern höre: »Das ist ein Schauspieler.« Meine Umhängetasche ist leer. Ich trage eine bretonische Fischermütze, die ich auf dem Heimweg gern in die Luft werfe.

Kaum hat meine Mutter die Eingangstür hinter sich geschlossen, vernagelt sie sie mit Brettern, schließt die Fensterläden, zieht die Vorhänge zu und tischt das Abendessen vor dem Fernseher auf, der nur ein flackerndes, körniges Bild zeigt. Das Leben geht weiter, als sei nichts geschehen. In den nächsten Tagen stellt sie einen Geburtstagskuchen und Geschenke auf den wachstuchbedeckten Tisch, dann liest sie eine Zeitschrift, badet Ariane in einer Plastikwanne, betrachtet mich abwesend, wie ich meiner Schwester Grimassen schneide.

Als die Vorräte aufgebraucht sind, wird ihr Gesicht düsterer. Sie steht nicht mehr von ihrem Resopalstuhl auf. Ich renne vor ihrem reglosen Körper hin und her, klage über Hunger, finde zu meinen Säuglingsreflexen zurück. Großaufnahme, wie ich an den Brüsten meiner Mutter sauge. Ausgetrocknete Brüste wie ein versiegter Brunnen. Der Tod kommt. Man sieht ihn nicht. Es genügt, seine Anwesenheit zu erahnen.

Die Dreharbeiten erfolgten in der Cité Gabriel-Péri in Saint-Denis. Christian hatte eine Dreizimmerwohnung im siebten Stockwerk eines Blocks mit Sozialwohnungen gemietet. Seine ersten Kurzfilme hatte er ohne jegliche Mittel gedreht. Diesmal verfügte er über ein kleines Team – ein Kameramann, ein Assistent, ein Beleuchter – und ein echtes Drehbuch. Der Film mit dem Titel »Rekonstruktion der 45 Tage, die dem Tod von Françoise Guigniou vorausgingen« war von einem Familiendrama inspiriert und spiegelte auch seine eigenen Ängste wider. Dank staatlicher Filmförderung hätte er auf professionelle Schauspieler zurückgreifen können. Um von dieser Isolation, diesem Familienselbstmord zu erzählen, hatte er es vorgezogen, Schauspieler unter den eigenen Angehörigen zu wählen.

15

Mein Vater hatte mir ein Dachzimmer hergerichtet, ganz hinten, hinter den Nagelstatuen, aufgehängten Messern und Metallstapeln von Christian. In einer Aussparung in der Verlängerung des rechten Gebäudes. Fast ein eigenes Häuschen mit geneigtem Dachfirst und quadratischem Fenster. Er hatte alles selbst gemacht. Das Regal. Die Loggia, in der ich schlief. Die Holzleiter, die dort hinführte. Den Tisch auf Böcken. Die Schiebewand, die als Tür diente. Dort, im Exil im abgelegensten Teil des Hauses, befand ich mich wie an den verlassenen Rändern der Erde. Nachts hörte ich den Ruf eines Waldkauzes aus einem Nachbargarten. Mir war, als besetzte ich eine der Baumhütten, die wir in den Ferien in Désertines bauten.

Im Licht einer Klemmlampe, deren Birne mit einem kegelförmigen kleinen Hütchen versehen war, ließ ich immer dasselbe Szenario an mir vorüberziehen. Ich dachte über die Möglichkeiten nach, vor einem anonymen Feind zu fliehen. Ich lauschte auf jedes verdächtige Geräusch im Hof und heckte immer ausgeklügeltere Fluchtpläne aus. Ich verfügte nur über einen einzigen Ausgang: das Dach, das ich über die Dachluke leicht erreichen konnte. Von dort, so stellte ich mir vor, würde ich an einem Fallrohr bis in den benachbarten Park mit seinen von Nachtraubvögeln bevölkerten Bäumen hinabrutschen. Ich konnte auch abwarten, bis die Angreifer in den Speicher vordrangen und in irgendwelche Fallen stürzten, um dann auf die Terrasse zu springen und in großen Sätzen die Treppe hinunterzurennen. Es blieb mir eine letzte Möglichkeit: am Eingang meines Zimmers eine falsche Trennwand anzubringen und mich durch ein Lüftungsloch versorgen zu lassen.

Jeder von uns hat auf seine Weise versucht zu entkommen. Dieser Ort, in Stille getaucht, geschlossen, ikonoklastisch und achronisch, der sich jedem Ritual widersetzte, brachte aufgereihte Keksschachteln hervor, Tausende von Kontaktabzügen, ein paar Geschichtsbücher und Abhandlungen über Phonetik oder die Beziehungen zum Anderen.

Ein Teil von mir wünschte sich ein Leben ohne Mauern. Wenn die Gefahr an der nächsten Straßenecke beginnt, warum nicht weiter vordringen? War das Hoftor einmal überwunden, fühlte ich mich fähig, jedwede Grenze zu überqueren. Im Rahmen meines Zivildienstes ging ich nach Kairo. Ich arbeitete beim *Progrès égyptien*, einer dortigen Zeitung, die ebenso in die Jahre gekommen war wie die kosmopolitische levantinische und frankophone Welt, aus der sie hervorgegangen war.

Ein mehr oder weniger abtrünniger Priester war der Redaktionsleiter. Eine quasi hundertjährige Italienerin verbrachte den größten Teil ihrer Zeit damit, eine Horde struppiger Katzen mit Lungenbröckchen zu füttern, die sie überall ausstreute. Eine armenische Pianistin sorgte mit gewisser Laxheit für die Achtung der französischen Sprache. Der Kinokritiker war halb blind. Ein Chirurg betreute in seinen Mußestunden die Leserzuschriften, aber da es keine Leser gab, weil die meisten nicht mehr lebten oder seit langem ausgewandert waren, füllte er seine Rubrik mit Briefen, die er selbst verfasste. Die Fragen, auf die er eifrig antwortete, waren im Allgemeinen medizinischer Art.

Drei Monate nach meiner Ankunft dort besuchte mich Großmutter mit Jean-Élie und Anne. Sie war da und zugleich abwesend. Reglos saß sie im Zimmer eines großen unpersönlichen Hotels am Nil. Weder zustimmend noch ablehnend. Zum ersten Mal passiv. Als hätte sie sich aus sich selbst zurückgezogen. Ein reiner Geist. Endlich von ihrem eigenen Körper befreit.

Zu dieser Zeit funktionierte das ägyptische Telefonnetz sehr schlecht. Ich konnte Anrufe aus dem Ausland empfangen, aber nicht selbst anrufen. Um einen ausländischen Teilnehmer zu erreichen, musste man sich auf die Post im Stadtteil Munira begeben, einem ständig von betäubendem Lärm erfüllten Ort, der von extrem pedantischen Beamten geführt wurde, die ihre Stempelkissen wie Kriegswaffen einsetzten und als zusätzliche Einnahmequelle nutzten. Eines Tages wählte ich dort die Nummer der Rue-de-Grenelle. Am anderen Ende der Leitung informierte mich Jean-Élie mit Eisesstimme, dass seine Mutter gestorben sei. Gestorben und schon vor Wochen begraben. Niemand hatte mir Bescheid gesagt.

Ich weiß nicht, welche Krankheit sie dahingerafft und ob sie gelitten hat. Als ich nach Paris zurückkam, fand ich ihr Zimmer intakt, aber jegliche Spur menschlicher Anwesenheit beseitigt.

DANKSAGUNG

Mein Dank gilt Henri Nahum, der es mir ermöglicht hat, das Schicksal der jüdischen Ärzte unter der Besatzung besser zu verstehen, und Frédéric Gugelot, dessen Arbeiten über die Konversion der Intellektuellen zum Katholizismus mir sehr nützlich waren.

Mein tiefer Dank geht auch an Manuel Carcassonne und Alice d'Andigné sowie Éric Aeschimann und François Reynaert.

Schließlich danke ich Emma, Anne, Ariane, Luc, Christian, Jean-Élie für ihre Hilfe und ihre Geduld.

INHALT

Es beginnt mit dem Fiat 500 im Hof, den Großmutter gern schwungvoll fährt, weil man dann nichts von ihrer Gehbehinderung merkt. Und weil sie darin die Familie ganz eng bei sich hat. Im Erdgeschoss führt Großvater seine Arztpraxis, seit er seine Stelle im Krankenhaus verlor. Der getaufte Jude erkennt die Gefahr unter der deutschen Besatzung erst spät. Da greift seine Frau zu einer List: Sie lässt sich offiziell scheiden und versteckt ihren Mann in einem Gelass zwischen Bad und Schlafzimmer. Als der Krieg zu Ende ist, kommt ihr dritter Sohn zur Welt.

Christophe Boltanski wuchs selbst bei seinen Großeltern in diesem Haus auf, wo sein Onkel Christian unter dem Dach seine künstlerische Karriere begann. Ein Leben in einem familiären Kokon, voller Zuneigung, Originalität und Eigensinn.

Christophe Boltanski, 1962 in Paris geboren, arbeitete lange als Journalist und Kriegsreporter bei *Libération* und *Nouvel Observateur* und ist seit 2017 Chefredakteur der Zeitschrift *XXI*. Er ist der Sohn des Soziologen Luc Boltanski und ein Neffe des bildenden Künstlers Christian Boltanski. Sein erster Roman *Das Versteck* war ein Überraschungserfolg in Frankreich und wurde mit dem Prix Femina ausgezeichnet.

Tobias Scheffel, 1964 geboren, studierte Romanistik, Geschichte und Geographie an den Universitäten Tübingen, Tours (Frankreich) und Freiburg. 2005 erhielt er den Eugen-Helmlé-Übersetzerpreis.